二月河 大河歷史小說

帝王三部曲

절대군주 건륭황제

【일러두기】
· 번역 원본은 1999년 4월 중국 하남문예출판사가 펴낸 제2판 1쇄본을 사용하였습니다.
· 본문에 나오는 인명과 지명 중 만주어를 제외한 모든 한자는 한글발음대로 표기하였으며, 독특한 관직
  명은 이해하기 쉽도록 의역한 부분도 있습니다. 그리고 소설 진행상 불필요한 부분은 축역하였습니다.

(절대군주) 건륭황제. 15 / 이월하 저 ; 한미화 옮김. --
서울 : 산수야, 2006
288p. ;22.4cm.

판권기관칭: 二月河 大河歷史小說
원서명: 乾隆皇帝
ISBN 89-8097-139-7 04820 ₩ 8,000
ISBN 89-8097-124-9(세트)

823.7-KDC4
895.1352-DDC21   CIP2005001241

二月河 大河歷史小說

帝王三部曲

絶代君主

건륭황제

乾隆皇帝

15

산수야

二月河 大河歷史小說

절대군주 건륭황제 ⑮

초판 1쇄 발행   2005년 11월 20일
초판 2쇄 발행   2011년 10월 25일

지은이   이월하
옮긴이   한미화
발행인   권윤삼
발행처   도서출판 산수야

등록번호   제1-1515호
등록일자   1993년 4월 30일
주소   서울시 마포구 망원동 472-19호
우편번호   121-826
전화   02-332-9655
팩스   02-335-0674

값   8,000원

ISBN 89-8097-139-7 04820
ISBN 89-8097-124-9(세트)

산수야의 책은 독자가 만듭니다.
독자 여러분들의 소중한 의견을 기다립니다.

⑮ **乾隆皇帝**

제5부 운암봉궐(雲暗鳳闕) | 3권

21. 용비(容妃)

"내 말 좀 들어보오."

화신(和珅)이 마치 세 살배기 코흘리개에게 셈하는 법을 가르쳐 주듯 손가락을 꼽으며 국태(國泰)에게 말했다.

"첫째, 설령 내가 국 순무의 호의를 받아 챙겼다손 치더라도 하필이면 문제가 터진 다음에야 날 물어버린다는 건 송곳으로 자기 눈을 찌르는 어리석은 발상이 아닐 수 없소. 여태까지 뭘 하고 있다가 내가 자기의 치부를 들추기 시작하니 그제야 종아리를 덥석 무느냐 이거지. 둘째, 나 외에 다른 대신들한테는 인사치레를 안 했다는 보장이 없지 않소? 결과가 여의치 않다고 하여 아무나 물어버리면 폐하께선 당신을 한낱 눈에 뵈는 게 없는 미친개 취급밖에 더 하시겠소? 국 순무로부터 금시계 하나라도 건네 받은 다른 대신들이 내게 하는 꼴을 본다면 어떻게 할 것 같소. 아예 혓바닥을 잘라버리든가 몽둥이 휘둘러 없애버리지 뒤통수를 치라고 구해주겠소? 몇 년 전 떠들썩했던 고항(高恒)과 전도(錢度)의 사건만 봐도 두 사람이 어찌하여 그리 처참한 최후를 맞을 수밖에 없었는지 알기나 하오? 하나는 장래가 촉망되는 국구(國舅)였고, 하나는 폐하의 성총이 남다른 고굉(股肱)이었지. 재상 푸헝이 그둘을 안타깝게 여겨 누누이 폐하께 선처를 호소했고, 폐하께서도 성심이 흔들리고 계셨소. 참립결(斬立決)이 자꾸만 뒤로 미뤄진 걸 보면 어떻게든 추결(秋決) 때까지 버텨내면 이런저런 이유를 들어 특별히 은사(恩赦)라도 시켜줄 모양이었는데, 그들이 불민하여 성심(聖心)을 헤아리지 못한 거요. 좋은 데도 아니고 저승 가는 마당에 혼자 가기 그렇게도 아쉬운지 이 사람 저 사람 친소(親疎) 여부에 상관없이 마구 물어버리고, 심지어는 구천(九泉)에 있는 나친까지 들먹이며 폐하의 꿈자리를 사납게 해드렸다는 거 아니오. 그러니 관가 전체가 술렁이고 미친개의 소란을 더 이상 간과할 수 없었던 문무 관료들이 합심하여 하루라도 빨리 입을 막아버렸던 거지."

이같이 말하며 화신은 가벼운 콧소리를 내어 냉소를 머금으며 찻잔을 집어들었다.

국태는 또 한번 온몸에 소름이 쫙 끼치면서 식은땀이 돋았다. 잔뜩 겁에 질린 그가 입을 열었다.

"계집도 아니고 칠척(七尺)의 사내가 어찌 함부로 사람을 물겠습니까? 천죄, 만죄 혼자 떠 안고 혀 깨물어 죽어버리는 한이 있더라도."

"그러게 말이오. 옆에서 지켜보니 과연 생사(生死)는 일념(一念)의 차이에서 온다는 걸 실감하겠더라고."

화신이 덧붙였다.

"다행히 조정에는 어떤, 어떤 여덟 가지에 해당되는 자에겐 감형시켜준다는 '팔의제도(八議制度)'가 오래 전부터 시행 중이고, 일전엔 의죄은제도(議罪銀制度)라는 것이 새로 제정되었소. 둘 다 내 목소리가 반영될 수 있는 사안인 만큼 내가 힘닿는 데까지 나서볼 테니 잠자코 있어 보오. 그림이란 덧칠을 하면 할수록 더 볼썽사납게 되는 법이오. 마음이 앞서면 오히려 대사를 그르치는 수가 있으니 괜히 이 구멍 저 구멍 들쑤시고 다니지 말고 있어 보오. 적자가 난 부분의 은자(銀子)는 어디로 샜는지, 부하들의 '인사'는 얼마나 받았는지 숨김없이 이실직고하여 폐하께 자백서 형태의 상주문(上奏文)을 올리도록 하오. 내 말을 들으면 틀림이 없을 거요. 진정 착오를 뼈저리게 뉘우치고 개과천선을 맹세하는 간곡한 어조로 죄를 인정하는 상주문을 올려 폐하를 감화시키면 모든 건 유암화명우일촌(柳暗花明又一村)의 국면을 맞게 될 것이오."

이같이 말하고 있을 때 밖에서 발걸음소리가 들려왔다. 류전(劉全)과 전풍(錢灃)이 앞서거니 뒤서거니 들어섰다. 이에 화신이 물었다.

"류 대인께선 아직 우이간(于易簡)의 집에 계시오?"

전풍이 백치 같은 얼굴을 하고 있는 국태를 힐끗 쳐다보고는 두 손을 비비며 대답했다.

"날 밝을 때쯤은 되어야 끝날 것 같다고 하오. 그래서 말인데, 밤에 출출하면 밖에서 국물 한 그릇씩이라도 사먹으라는 석암 공의 분부가 계셨소. 여태 얘기 중이었소?"

"꽤 많은 얘길 나누었소."

화신이 천근이나 되는 등짐을 벗어놓은 듯한 홀가분함에 길게 기지개를 켰다. 그리고는 하품이 섞여 분명치 않은 말투로 국태에게 말했다.

"듣기 좋은 타령도 세 번이라고. 자꾸 강조해서 안 됐소만 다른 사람을 하나라도 더 껴안고 물 속에 뛰어들 생각일랑 말고, 재산을 다른 데로 은닉하느라 헛된 고생 할 거 없이 모든 걸 솔직히 고백하는 게 좋을 거요. 죄를 인정하는 태도 여하에 따라 동정여론도 이는 법이오. 피곤해 보이는데 가서 푹 쉬시오. 무슨 일이 있으면 언제든지 좋으니 우리 셋 중 아무나 찾아오시오."

"예……."

"파관(罷官)은 마치 잔치 뒤끝과도 같아 낭자한 배반(杯盤)에 남은 건 적막뿐이로다……."

화신이 어디서 주워들은 소린지 한 구절 중얼거렸다. 그리고는 웃으며 말했다.

"죄를 자복할 의사는 충분히 있는 것 같은데, 이젠 폐하께서 어찌 받아들이실지 궁금하오."

류용, 화신 그리고 전풍이 공동으로 올린 6백리 긴급 상주문이 북경에 도착한 것은 일명 '파오(破五)'라 불리는 정월 초닷새였다. 이날 민간에서는 술과 고기로 잔치를 베풀어 묵은 재신(財神)을 보내고 새로운 재신을 맞이함으로써 초엿새부터 개시(開市)하는 희망찬 시작을 기원하는 행사를 가졌다. '파오'의 서광을 먼저 맞이하는 자가 길운을 독차지한다 하여 경사(京師)의 가가호호는 거의 날밤을 새다시피 등촉이 밝혀져 있었다. 삼경(三更)부터 폭죽소리가 콩 볶듯 하고 동네는 추위도 잊은 채 떨치고 나선 남녀노소들로 밤을 잊고 있었다.

군기처(軍機處)에는 우민중(于敏中)이 당직을 서고 있었다. 워낙 숙면을 취하지 못하는 데다 이래저래 머리 속이 복잡하여 뒤척이다가 날밤을 꼬박 새운 그는 주사갑(奏事匣)이 들어오자 벌떡 자리를 차고 일어났다.

지방관들이 올린 문후 상주문이 대부분인 가운데 류용의 화칠(火漆)로 단단히 봉한 서간(書簡)이 유난히 눈에 띄었다. 시비에 휘말려 있는 우이간의 근황이 궁금한지라 그는 서둘러 류용(劉鏞)의 서간부터 뜯어보았다.

신 류용과 화신, 전풍이 산동순무 국태, 안찰사 우이간의 불법탐묵(不法貪墨)과 관련하여 무릎 꿇어 주하옵나이다. 이 두 자는 일방의 부모관(父母官)으로서의 책임감을 상실한 채 부하들에게 뇌물상납을 강요해왔고, 회회(嬉戱)에 윤락(淪落)하여 직무에 태만하였기에 국정이 파탄에 직면하고 무려 2백 7만 4천 6백 13냥 4전이라는 거액의 적자를 초래하였사옵니다. 지의(旨意)를 받들어 가산을 수색하여 색출해 낸 재산목록을 함께 동봉하였사오니 어람을 청하는 바이옵나이다.

재산목록이라면서 동봉한 서류가 두툼했다. 상주문도 장장 수천 자는 될 것 같았다. 단정하고 힘있는 해서체 일색이었다. 잠을 자지 못해 멍한 표정으로 있던 우민중의 두 눈이 번쩍 뜨였다. 일목십행(一目十行)하여 미끄럼 타듯 재빨리 읽어보고 나니 우이간의 죄질이 가볍지만은 않은 것 같았다. 손에 식은땀이 흥건히 맺혀 상주문이 어느새 눅눅해져 있었다.

"일찍 일어나셨네요, 우 공(于公)!"

우민중이 넋을 놓고 상주문을 바라보고 있노라니 밖에서 기윤 (紀昀)이 아침 찬 공기를 앞세우며 힘있게 들어섰다. 아직 공기 중에는 터뜨린 폭죽의 매캐한 화약냄새가 짙게 배어 있었다. 기윤 은 추위에 빨갛게 얼어붙은 코끝을 실룩거리며 빙그레 웃음을 지 어 보였다.

"감투를 쓴 자들만 재물을 좋아하는 줄 알았더니 백성들도 만만 치가 않네요. 재신을 맞는 경건함이 조상 모시듯 하는 걸 보세요. 서로 먼저 재신을 맞겠노라고 밤잠들도 안 잔 것 같네요. 동(銅) 구린내가 그렇게도 좋은지! 길에 나가면 폭죽 쓰레기가 푹푹 밟혀 요! 워낙 잠귀가 밝은 우 중당이 또 날밤을 꼬박 샜겠구나 싶어서 궁문이 열리기 바쁘게 들어왔다는 거 아닙니까."

말을 마친 기윤은 우민중이 얼굴 가득 서글픈 웃음을 짓는 걸 보며 그는 적이 긴장을 했다.

"무슨 일이 있는 겁니까?"

이에 우민중이 입을 꽉 다물어 입을 길게 찢으며 들고 있던 상주 문을 건네주었다.

"류용이 올린 상주문이오. 읽어보오."

기윤이 말없이 상주문을 받아들었다. 우민중과는 달리 그는 상 주문을 읽을 때 먼저 제목과 끝 부분부터 읽어보는 습관이 있었다.

……상술한 바와 같이 국태와 우이간은 탐묵과 갈취, 낭비와 착복 으로 그 죄질이 엄중한 자들이옵나이다. 이들의 위식(僞飾) 수법과 요상한 기량들은 신이 떠나올 때 폐하께오서 예측하셨던 바 그대로였 사옵니다. 다시금 성총(聖聰)의 고원(高遠)함과 성명(聖明)하심을 우러러 경앙하옵나이다. 신들은 국태와 우이간을 즉시 북경으로 압송

하여 부의(部議)에 넘겨 엄벌에 처할 것을 주청올리옵나이다.

상주문을 다 읽고 난 기윤은 '탐묵관(貪墨官)'의 형인 우민중 앞에서 마땅히 할말을 찾지 못했다. 앞부분을 다시 읽어보는 척하며 속으로 우민중이 먼저 입을 열길 기다리고 있던 기윤이 한참만에 천천히 머리를 들어 입을 열었다.

"한시라도 지체할 수 있는 사안이 아닌 것 같습니다. 지금 즉시 폐하를 알현하여 성심의 향방을 알아보는 것이 시급할 것 같습니다."

"이틀 동안 잠을 못 잤더니 머리가 무겁고 정신도 맑지 못하여 실수라도 할까봐 걱정되오. 오늘은 기윤 공이 당직이니 혼자 들어가시게."

우민중은 안색이 창백하게 변해 있었다. 감출 길 없는 우울한 기색을 보이며 그는 담담하게 말을 이어나갔다.

"그 잘난 아우를 두고 무슨 얼굴로 폐하를 뵙겠소. 동생과 관련된 사안을 논하는 자리인 것만큼 난 자리를 피하는 게 좋을 것 같소."

기윤은 그 기분을 정확하게 헤아릴 수는 없어도 달리 위로의 말을 하기도 무엇했다.

"누구라도 이런 경우에 직면하면 괴롭긴 마찬가지겠지만 폐하께오선 성명하시어서 우이간의 일로 우 중당을 소홀히 하시거나 냉대하시진 않을 겁니다. 이럴 때 중당께서 중대사안을 회피하시면 되레 안 좋은 의혹을 불러일으키지는 않을까 염려됩니다."

기윤의 말이 이어지고 있을 때 태감 왕치(王恥)가 들어왔다. 우민중이 물었다.

"지의가 계신가?"

이에 왕치가 대답했다.

"폐하께오선 양성전(養性殿)에 계십니다. 우 중당더러 들라는 지의와 함께 기윤이 있으면 함께 들게 하라고 덧붙이셨습니다."

"예!"

두 사람은 공손히 건륭의 지의를 받들었다.

그러나 양성전이 어디에 위치해 있는지 두 사람은 알지 못했다. 평소에 부름을 받고 주사(奏事)를 하고 청정(聽政)을 할 때엔 대개 건청문(乾淸門) 아니면 양심전(養心殿)이었고, 후궁들의 접견을 받을 때면 저수궁(儲秀宮)이나 종수궁(鍾粹宮) 아니면 태후의 처소인 자녕궁(慈寧宮)이었는지라 양성전은 이름도 낯설었다. 정월 초닷새까지는 아직 설 명절의 분위기가 다분한지라 후궁들은 황후와 황태후를 에워싸고 무시로 파안대소하며 천륜의 낙을 누리고 있을 터였다. 그런 곳을 놔두고 하필이면 적막한 곳으로 대신들을 부르는 이유가 무엇일까? 내심 의아하게 생각하며 둘은 왕치를 따라 경운문(景運門)을 나섰다.

북쪽은 황자들이 글공부를 하는 육경궁(毓慶宮)이고, 정면엔 봉선전(奉先殿)의 궁장(宮牆)이 남쪽으로 길게 뻗어 있었다. 어선방(御膳房) 쪽으로 가는가 싶더니 구룡벽(九龍壁) 서쪽에 이르니 방향은 북으로 틀어졌다. 영항(永巷)보다 더 깊어 자금성(紫禁城)의 북측 궁벽(宮壁)까지 일목요연한 골목으로 한참을 걸어가 영수문(寧壽門)에 있는 황극전(皇極殿)을 통해 영수궁(寧壽宮) 뒤편으로 가니 왕치가 미궁에라도 들어선 듯 어리둥절해 하는 두 사람을 보며 말했다.

"다 왔습니다. 저쪽 서편에 차고(茶庫)와 능고(綾庫, 비단창고)

가 있는데, 그 동쪽이 바로 양성전입니다. 두 분 대인, 여기를 좀 보십시오. 어화원(御花園)보다 크진 않아도 더 정교하게 만들어진 화원도 있는 걸요!"

기윤이 왕치가 가리키는 방향을 보니 과연 담벼락 너머로 기기묘묘한 나무들이 삼삼(森森)하고, 나무들의 그림자가 파사(婆娑)하여 여느 화원과는 달라 보였다. 담벼락 위로 나무 끄트머리가 조금씩 나온 걸 보니 전부 장청수(長靑樹, 소나무)들인 것 같았다. 기윤은 저도 모르게 감탄사를 내뱉었다.

"궁중엔 키 높은 나무를 심지 못하게 하는 규칙이 있는데, 여긴 대단하네. 어화원도 이 정도는 아닌데…… 이 화원의 이름은 뭔가?"

"일명 '건륭화원(乾隆花園)'이라고 합니다."

왕치가 두 사람을 궁문 앞까지 안내하여 문지기에게 아뢰어 줄 것을 당부하고는 웃으며 덧붙였다.

"규칙이 따로 있습니까. 폐하의 지의가 곧 규칙이죠. 저 키가 큰 나무들은 전부 작년 여름에 옮겨온 것들입니다. 한여름에 나무 옮겨 심기가 얼마나 조심스럽고 어려운 일인데, 보시다시피 다들 잘 살아서 건실하게 자라고 있지 뭡니까. 정성이죠. 화탁 귀비(和卓貴妃)께선 천산(天山)쪽에 계시던 분이니 거기엔 홍송(紅松)이 많지 않습니까? 그래서 이 화원은 천산의 경관을 본따 조경사(造景士)들이 유난히 신경을 쓴 걸로 알고 있습니다. 화탁 귀비께서 청정(淸靜)한 걸 좋아하시니 폐하께서 이 곳을 새로이 단장하라고 명하셨고, 또 귀비께서 꽃을 즐기시니 특별히 사시사철 꽃을 감상할 수 있는 화방(花房)을 만들어 수천 개의 화분이 만자천홍(萬紫千紅)의 아름다움을 발산하고 있지요. '무하무하'를 믿으시는 귀비마마를 위해 궁중에는 또 재궁(齋宮)도 따로 만들어져 있습니다. 태감들 중엔 왕렴(王廉)이나 고봉오(高鳳梧)만 출입할 수 있고 저도 밖에서 시중드는 수밖에 없습니다."

머리 속이 복잡한 우민중은 '귀비' 어쩌고저쩌고 하는 소리를 듣긴 했지만 진정 귀담아 들은 애기는 없었다. 기윤은 한참 생각한 끝에야 겨우 왕치가 '모하메드'를 '무하무하'라고 했다는 걸 깨닫자 실소를 금치 못했다. 한편, 그는 처음부터 우악한 성총을 입어 용비(容妃)로 봉해진 화탁씨가 대체 어떤 인물인지 궁금해졌다. 그가 물었다.

"같은 태감인데, 어째서 자네는 출입할 수 없는가?"

이에 왕치가 어쩔 수 없다는 듯 어깨를 으쓱해 보이며 대답했다.

"귀비마마께서 저의 이름을 못마땅하게 여기시는 바람에 처음부터 찍혀버리고 말았지 뭡니까."

이때 안에서 고봉오가 "기윤과 우민중은 안으로 들라"는 지의를 전해 왔다. 둘은 급히 대답하며 유랑(遊廊)을 따라 양성전으로 들어갔다.

그 길에 양측으로 길게 늘어선 태감들은 작은 모자에 두루마기 차림이고, 궁녀들은 전부 긴 머리를 풀어 가느다란 머리채로 줄줄이 땋아 내린 '천산식(天山式)'이었다. 숱이 많고 적음에 따라 열 가닥, 스무 가닥 등 각기 달랐다. 은박(銀箔)이 수놓아진 긴치마에 무릎까지 오는 장화를 신은 이들의 옷차림은 엄연히 신강(新疆) 처녀들의 옷차림 그대로였다.

적수첨(滴水檐) 낭하에서 이름을 말하고 발[簾] 너머로 궁전 안을 엿보던 두 사람은 깜짝 놀라고 말았다. 그 안엔 건륭이 흰색과 남색 두 가지 무늬의 신강 전통양식인 두루마기를 입고 무릎

위로 올라오는 장화에 자주색 비단바지를 입고 있었던 것이다. 난생 처음 보는 건륭의 차림새에 둘은 그저 놀라움을 금치 못할 뿐이었다. 역시 신강식 옷차림을 한 젊은 여인이 가야금을 타고 있었다. 건륭이 등뒤에서 몸을 밀착하여 직접 손을 잡고 가르치고 있었다.

"왔으면 들게."

두 사람의 기척을 들은 건륭이 그제야 웃으며 화탁에게서 떨어져 자리로 돌아와 앉았다. 두 신하에게 자리를 내주고 나서 그는 말했다.

"화탁씨는 서역인(西域人)이라서 우리 중원(中原)의 예법 같은 건 잘 모르네. 짐도 그런 걸 꼭 익힐 걸 강요하지는 않네. 그러니 경들도 격식을 따로 차릴 것 없네. 이보게 화탁, 짐의 두 고굉이오. 서역에 있을 때 화탁의 부왕(父王) 주변에서 차사를 거들던 자이쌍이라는 사람들과 비슷하다고 보면 될 거요. 이쪽은 기윤이고, 여기는 우민중이라고 하지. 짐에게 정무를 주하고자 들었다오. 용비(容妃)가 직접 끓인 우유를 한잔씩 맛보여 드리지!"

화탁이 두 사람을 향해 가볍게 미소를 지어 보였다. 그리고는 그리 유창하지 않은 한어(漢語)로 말했다.

"버거다칸의 명에 따르겠사옵나이다!"

기윤은 한눈에 여인의 미모가 보통 아름다운 게 아니라는 것을 알 수 있었다. 스무 살 남짓해 보이는 여인은 턱이 갸름했고, 고운 우윳빛 얼굴이 동안이었다. 콧마루는 중원의 여인들보다 더 오똑하고 크고 맑은 두 눈은 심산유곡의 샘물 같았다. 공들여 그리지 않아도 천연의 아름다움이 매혹적인 짙은 눈썹에 타고난 웃는 얼굴이 복스러운 경국(傾國)의 절색(絶色)이었다!

기윤은 서역 변방에 어찌 저런 미인이 있었을까 하고 내심 감탄하며 넋을 잃었다. 그러나 우민중은 자고로 홍안(紅顔)은 화수(禍水)라는 말이 떠올라 마냥 좋아할 일만은 아니라며 내심 걱정스러웠다.

상반된 두 신하의 속내를 알 리가 없는 화탁은 생긋 웃어 보이며 자리를 뜨더니 잠시 후 옥쟁반에 두 개의 작은 사발을 받쳐들고 나왔다. 두 사람에게 하나씩 건네며 그녀는 듣기에 딱딱한 한어로 말했다.

"자이쌍, 진주(眞主) 알라께서 두 분을 보우(保佑)해주실 것입니다. 서역식 내차(奶茶)이니 맛을 보십시오."

"망극하옵나이다, 귀비마마!"

두 신하가 급히 자리에서 일어나 상체를 낮게 숙여 조심스레 찻잔을 받았다. 전해들은 바대로 가까이 있으니 과연 여인의 몸에서는 기이한 향내가 은은히 배어 나오고 있었다. 난향(蘭香) 같기도 하고 사향(麝香) 같기도 한 것이 기분이 좋았다. 그러나 우민중은 향을 맡는 순간 뚝 숨을 멈추며 괴로운 기색을 애써 감추었다. 기윤은 우유를 한 모금 마시고 공손히 격식을 갖춰 감사의 뜻을 표했다.

"마마께서 직접 끓이셔서 그런지 우유가 오늘따라 유난히 맛이 좋습니다! 신은 승덕(承德)에서 몽고인(蒙古人)들의 내차를 마셔본 적이 있사오나 맛은 천양지차입니다. 귀비마마께오서 하사하신 내차를 마실 수 있으니 또한 신의 분복이 아닌가 생각합니다."

두 신하가 우유를 마시고 있는 동안 잠시 자리를 뜬 건륭은 가벼운 옷으로 갈아입고 나왔다. 군신간의 대화가 있으리라 생각한 용비가 자리를 피하려 하자 건륭이 말했다.

"옆에서 차 시중이나 들고 있지 일부러 회피할 건 없소. 후궁들은 정무에 간섭하고 사사로이 대사를 논해선 절대 아니 되지만 들어두는 건 무방하오. 더욱이 용비는 서역에서 왔으니 중원의 천하가 어떠한지 귀동냥하며 한어를 익히는 것도 그리 나쁘진 않을 거요."

옆에 있던 여자 통역관이 무어라 한바탕 지껄이니 용비가 명을 받들겠노라며 다소곳이 웃어 보였다. 그리고는 수를 놓는 틀을 가져다 한 쪽에 조용히 앉았다.

기윤이 류용의 상주문을 건륭에게 받쳐 올렸다.

"산동(山東)에서 이제 막 올라온 상주문이옵니다. 어람을 청하는 바이옵니다. 우민중은 사안에 우이간이 연루되어 있사온지라 이 자리를 회피하려 했으나 마침 함께 들라는 지의를 받고 같이 들게 되었사옵니다."

건륭이 대충 몇 장 넘겨보고는 말없이 서안 위에 내려놓았다. 그리고는 말했다.

"옹염(顒琰)이 연주(兗州)에서 올린 문후 상주문에서도 국태가 산동에서 평이 나쁘다며 '국태가 산동을 지키고 있으니 제노(齊魯, 산동)의 백성들이 불안하고, 우이간이 번고(藩庫)를 퍼내니 굶주린 쥐들이 곡하네'라는 동요를 적어 올렸네. 우이간은 〈의창론(義倉論)〉이라는 글에서 휼민(恤民)의 정이 언표(言表)에 흘러 넘쳐서 짐을 감동시켰었네. 또한 국태는 한낱 내무부의 서무관에서 일방의 봉강대리로 거듭나기까지는 불과 몇 년의 세월밖에 걸리지 않을 정도로 짐의 성은을 입었네! 그래서 짐은 옹염의 주장을 읽고서도 쉽게 믿지를 않았는데, 그 모든 것이 과연 사실이란 말이지! 보아하니 둘 다 상주문을 읽어본 것 같은데 말해보게, 이 둘을 어찌 벌하는 것이 마땅할는지."

벌써 분을 삭이느라 건륭의 숨소리가 거칠어졌다.

"우이간은 신의 아우이옵나이다. 솔직히 주하옵건대 신은 내심 이 모든 것이 사실이 아니길 빌고 또 빌어왔사옵니다."

목구멍에 솜뭉치가 틀어 막힌 듯 우민중은 울먹이며 침통한 기분을 가누지 못했다.

"지방의 번고마다 많든 적든 얼마간의 적자는 다 있사오니 신은 그가 뇌물을 수뢰한 사실만 없다면 그나마 용서할 수 있었을 것이옵니다. 하오나 이 상주문을 읽어보고 신은 혹형을 받는 느낌이 따로 없었사옵니다. 국태와는 평소에 그리 아귀가 맞는 편은 아니었다고 들었사오나 죄행은 똑같이 가증스럽사옵니다. 군부(君父)를 기만하고 조상의 이름을 욕되게 했을 뿐더러 우씨 가문의 청망(淸望)을 더럽혔사오니 신은 이제 무슨 면목으로 폐하를 뵙겠사옵니까……."

마침내 그는 눈물까지 보이고 말았다. 북받치는 눈물을 참느라 흑흑 집어삼키던 그가 한참 후에야 겨우 진정을 하고 천천히 말을 이어나갔다.

"더 이상 이 세상에 남아 있을 자격이 없는 자들이옵니다. 류용에게 하명하시어 제남(濟南) 현지에서 그 두 배은망덕한 자들을 처형함이 마땅할 것이옵니다. 가산(家産)은 몰수하고 가인(家人)들은 흑룡강(黑龍江)으로 유배 보내어 피갑인(披甲人)들에게 노예로 팔아버려야 할 것이옵니다!"

잠시 숨을 돌리고 그는 덧붙여 아뢰었다.

"불행하게도 가문에 저 같은 인면수심(人面獸心)의 죄신이 생겼으니 신 또한 폐하와 여러 신료들을 대할 면목이 없사옵니다. 신은 더 이상 군기처에 몸담을 자격이 없사오니 파직시켜 주시옵소서, 폐하."

듣고 난 건륭은 안타까운 듯 크게 탄식을 했다. 그리고는 머리를 가로 저었다.

"주련(株連)은 하지 않을 것이네. 커룽둬가 일족이 멸문지화를 입어 마땅할 죄를 범했어도 그 아우는 승진 길에 막힘이 없었고, 오배(鰲拜)가 대역죄를 지었어도 그 가인들은 주련 당하지 않았네. 성조(聖祖)와 선제(先帝)의 규칙이 엄연하거늘 짐이 어찌 그 전례를 타파할 수가 있겠나. 경이 군기처에서 갖은 방법으로 저해를 했더라면 류용과 화신이 순조롭게 차사에 임할 수 없었을 것이요, 짐이 경에 대한 믿음이 굳건하지 못했더라면 짐은 애당초 경을 군기처에 두지도 않았을 것이네. 자식도 부모 맘대로 되지 않거늘 배다른 아우야 더 말해 무엇하겠는가? 우이간의 일 때문에 자네가 자책하거나 실의에 빠질 이유는 전혀 없네."

그러자 우민중은 눈물을 흘리며 아뢰었다.

"세종(世宗, 옹정)께서 장정로(張廷璐)의 목을 치실 때도 장정옥(張廷玉)은 군기처에 몸담고 있었사옵니다. 신은 필히 장정옥을 본받아 대의멸친(大義滅親)할 것이옵니다. 크나크신 성은에 다시금 머리 조아려 깊은 사은을 표하옵고, 이 한 몸 으스러져 가루가 되어 흩날리는 한이 있더라도 일만 성은의 한 점이라도 갚고자 차사에 더욱 매진할 것을 맹세하옵나이다……."

"처벌을 내리는 것에 대해선 조금 여유를 갖는 것이 바람직할 것 같사옵니다."

자신과는 무관하여 홀가분했지만 기윤은 괴로운 표정을 지어 분위기에 동참했다.

"적자는 정확하게 밝혀졌사오나 탐오(貪汚)와 뇌물수수 액수는 아직 얼마인지 밝혀내지 못하고 있사오니 죄를 묻기엔 이르다고 사려되옵나이다. 적자가 생겼으면 메워야 하옵니다. 이는 한두 사람의 문제가 아니오라 산동성 각 부(府)의 주현관들, 그리고 전임 순무와 안찰사, 이미 산동을 떠났거나 이런 저런 이유로 퇴직한 관원들까지 모두 그 임기 내의 책임소재를 따져야 마땅할 것이옵나이다. 감숙(甘肅)의 왕단망(王亶望), 러얼진 사건과 이번 국태의 사안은 비슷한 데가 많사옵니다. 전 성의 관원들을 전부 도마 위에 올려 성역 없는 수사를 거친 연후에 그 죄질의 경중에 따라 벌해야 마땅하다고 생각하옵니다."

기윤의 말을 듣고 난 건륭이 우민중에게 물었다.

"경이 듣기에 기윤의 의견이 어떻다고 생각하는가?"

자신을 '뉘여' 놓고 나니 한층 마음이 홀가분해진 우민중이 대답했다.

"기윤의 의견이 이치에 맞다고 생각하옵니다. 하오나 감숙성의 전례를 그대로 답습하는 건 아니옵니다. 일개 성의 관원들을 전부 물갈이한다는 것은 적잖은 후유증과 문제점을 불러일으킬 것이옵니다. 감숙의 충격이 가시기도 전에 산동에서 또 물갈이를 한다면 유사한 화약고를 안고 있는 다른 행성(行省)들의 불안은 극에 달할 것이옵니다. 신의 소견으론 죄질이 무거운 자들 몇몇만 목을 치고 나머지 주현관들은 적자가 난 부분을 나누어 정해진 기일 내에 메우게끔 벌을 주는 것이 바람직할 것 같사옵니다."

우민중의 말에 기윤이 즉각 찬성의 뜻을 표했다.

"신의 부족함을 보완한 훌륭한 발상이라고 생각하옵나이다."

"그렇게 하세. 충격을 최소화시키는 쪽으로 해야지……."

건륭이 들었던 찻잔을 내려놓으며 덧붙였다.

"호남포정사(湖南布政使) 엽패손(葉佩蓀)이 전에 국태와 산동에서 같이 있었으니, 국태에 대해 지엽적이나마 알고 있을 게 아닌가? 산동성에서의 임기 내에 국태에 관해 보고들은 바를 똑바로 주하라는 지의를 내려보내도록 하게. 감히 부정을 비호하려 들었다간……."

건륭의 콧소리가 어찌나 오싹했던지 기윤의 눈꺼풀이 푸들거렸다. 건륭이 말을 이었다.

"기윤, 자네가 어지(御旨)를 작성하여 류용에게 발문하도록 하게!"

기윤이 급히 일어나 대답하니 꽃을 유난히 좋아하는 화탁의 총애에 편승하여 이름을 작약(芍藥)이라고 고친 태감 고봉오가 그를 한 쪽으로 데리고 가 필묵을 시중들었다. 건륭이 달리 할말이 있는 것 같아 기윤은 붓을 든 채 잠시 기다렸다. 건륭이 입을 열었다.

"뇌물을 받은 자와 공여한 자를 똑같이 치부해선 아니 될 것이네. 공석(空席)을 미끼로 뇌물을 받아 챙긴 국태와 우이간은 물론 부당한 방법으로라도 한 자리를 차지하고 싶었던 말단들이 뇌물 상납을 강요받은 사실을 쉬이 인정하려고 들지 않을 것이네. 주먹을 휘두르고 겁을 주기보다는 교화 쪽으로 정력을 기울여야 할 것이네. 울며 겨자 먹기로 뇌물을 상납할 수밖에 없었던 속사정을 십분 이해하니 죄를 자백하여 수사에 협조만 한다면 짐은 감숙성(甘肅省)의 전례를 따라 대옥(大獄)을 다시 일으키고 싶은 뜻은 없네. 이런 내용을 골자로 해서 경이 알아서 문자를 윤색하도록 하게."

기윤이 대답과 함께 잠시 생각하더니 이내 붓을 날리기 시작했다.

한 쪽에서 석고처럼 굳은 표정으로 있는 우민중을 보며 건륭이 위로를 했다.

"어쨌든 경의 아우이네. 그럼에도 짐으로선 어찌할 도리가 없네! '왕법엔 친함이 없고, 국법엔 사사로움이 없다[王法無親, 國法無私)]'고 했네. 세종께선 당신의 자식이자 짐의 친형인 홍시(弘時)를 주살(誅殺)하셨네. 지금 돌이켜보니 그 당시 아바마마의 마음이 오죽했을까 싶네. 형으로서 죽어 마땅한 죄를 지었다지만 짐은 십 수 년 동안 늘 마음속에 그것을 간직하고 살아왔네. 혈육의 정이란 그렇게 무서운 것이거늘 짐이 어찌 경의 괴로움을 모르겠는가…… 됐네, 오늘은 더 이상 논하지 않는 게 좋겠네. 부의(附議)에서 어떤 쪽으로 결정이 날지 모르지만 아무튼 그때까지 지켜보세. 일말의 가능성이라도 있다면 짐은 경의 체면을 봐서라도 시은(施恩)을 할 것이네. 화탁, 싱싱한 과일이 있으면 좀 올려오지!"

군주와 신하가 논하는 바를 아무리 귀기울여 듣고 있어도 무슨 말인지 통 알아들을 수 없어 답답했던 화탁은 수를 놓는 것에만 열중하고 있었다. 그러던 중 건륭의 부름을 받고는 생긋 웃으며 내전(內殿)으로 들어갔다. 쟁반에 받쳐 올린 홍포도, 청포도, 건포도, 노란 참외, 사과 등 오색을 맞춘 싱싱한 과일은 향도 좋거니와 색깔의 조화가 너무 예뻤다. 조심스레 쟁반을 내려놓으며 화탁이 웃으며 말했다.

"폐하! 자이쌍! 드세요. 기분이 안 좋으세요, 자이쌍? 우루마이 아한커잉?"

'우루마이……?'

우민중은 오리무중에 빠졌다.

우민중이 알아듣거나 말거나 정색을 한 채 무어라 빠르게 말하는 화탁은 우민중을 위로하는 것 같기도 하고 뭔가 설명하고 있는 것 같기도 했다. 어지(御旨)를 작성하고 자리로 돌아온 기윤 역시 잠시 망연자실한 표정이었다.

그러나 건륭은 귀를 세우고 열심히 들었다. 그리고는 천천히 머리를 끄덕였다.

"무슨 말인지 대충은 알아들은 것 같네. '자이쌍께서 이리 우울해 하시는 걸 보니 어느 아리따운 처녀에게 청혼하여 거절이라도 당하신 것 같습니다! 그런 일이라면 우울해하지 마세요. 얼음처럼 깨끗하고 옥처럼 맑은 아리따운 처녀가 요원한 전방에서 영원히 그대를 기다리고 있을 것입니다. 진주알라(알라신)께서 그대를 보우하사 그 꿈은 곧 실현될 것입니다!' 짐이 통역을 제대로 한 건가?"

건륭이 화탁의 통역관인 여자에게 물었다. 그러자 그녀는 대단히 놀라서 두 눈이 휘둥그레졌다.

"한 치의 오차도 없사옵니다! 이년은 다시 태어나도 그렇게 좋은 단어를 구사하지 못할 것이옵니다. 하온데 폐하께선 언제 천산남로(天山南路)의 장족어(藏族語)를 배우셨사옵니까?"

그 말에 건륭은 히죽 웃어 보였다.

"정성을 기울이면 못할 일이 어디 있겠나! 이보게 민중, 비록 화탁 귀비가 저렇게 '좋은 소리'를 하긴 했다만 뭔가 위로의 말을 해주고 싶었나 보네. 호의를 저버려선 아니 되겠네!"

우민중은 벌써 얼굴이 빨개져 있었다. 한인 도학파(道學派)들은 '정애(情愛)' 두 글자를 가장 두려워했다. 누군가로부터 '인욕(人慾)'이란 말을 들으면 귀 막고 저만치 도망가버리는 것이 도학파들이었으니, 아녀자에게 '청혼'하여 '거절'을 당했다고 추측 당한 우민중은 쑥스러워 죽을 맛이었다. 그는 귓불까지 빨개져 급히 사은을 표했다.

"신은 필히 수양에 힘써 절대 귀비마마의 심려를 끼쳐 드리지 않도록 노력하겠사옵니다."

건륭이 화탁에게 이를 번역해주니 화탁이 얼굴 가득 화사한 미소를 머금고 커다란 눈망울로 두 신하를 정겹게 바라보았다. 이들이 다시 정사(政事)를 논하기 시작하자 여인은 슬그머니 자리를 피했다.

잠시나마 무거운 화제에서 벗어나 무겁고 침울한 분위기가 한결 밝아진 것 같았다. 건륭은 기윤이 작성하여 올린 지의를 살펴보며 붓을 들어 몇 글자 빼고 보탰다. 그리고는 잠시 침묵하더니 천천히 입을 열었다.

"류용 일행 셋이 차사에 진력하여 실적이 탁월한 바 승진을 시켜야겠네. 경들과 마찬가지로 류용과 화신은 군기대신으로 들이고, 류용은 여전히 형부의 업무를 겸하게 될 것이네. 그리고, 전풍은……."

궁전 모퉁이를 한참 응시하고 있던 건륭은 가볍게 머리를 저으며 말을 이었다.

"앞으로 크게 쓸 수 있는 가능성이 충분한 인재이네. 그가 갖고 있는 장점은 경들이 비할 바가 못 되네. 아직 그 장점을 장점으로 볼 수 있는 사람은 드물 것이네. 가능성이 있는 사람을 너무 빨리 출두(出頭)하게 만들면 알묘조장(揠苗助長, 빨리 자라라고 싹을 뽑아 늘인다)의 우(愚)를 범하는 것과 마찬가지일 것이네. 일단은 우부도어사(右副都御史)에 제수하고, 구체적인 업무는 보지 않더라도 예부시랑(禮部侍郎)의 직위를 내리겠네. 류용에게 지의를 전하게. 산동 현지에서 국태의 사건을 마무리짓고 전풍더러 입경하여 술직하라고 하게!"

　우부도어사. 이는 정삼품(正三品)에 해당되는 직급이었다. 아직 4품관밖에 안 되는 전풍이 자질과 실력을 검증 받아 정삼품의 반열에 오르려면 규칙대로라면 적어도 6년 동안 연속 '탁이(卓異)'의 평가를 받아야만 가능했다. 분명히 목마를 태워 놓고도 아직 성에 차지 않는 듯한 건륭을 보며 두 신하는 어리둥절했다. 우부도어사라면 무관(武官)들을 규핵(糾劾)하는 업무를 보는 장관(長官)이거늘 거기에 정이품(正二品)에 해당하는 예부시랑의 직위까지 주면 전풍은 문무(文武)를 모두 관장하는 어마어마한 권력가가 되는 것이었다.

　비록 학술은 달라도 둘 다 가슴속에 만권(萬卷)을 망라하고 천하를 식궁(識窮)했다고 자부하는 두 신하는 도저히 건륭의 의중을 파악할 수가 없었다. 전풍이 과연 이토록 대우할만한 상대가 되는지에 대해서도 확신이 서지 않았다! 둘은 시선을 마주쳐 서로를 쳐다보았다. 우민중이 먼저 아뢰었다.

　"국태 사건이라면 전풍이 불꽃을 지핀 건 사실이옵나이다. 하오나 수사과정에서 그는 단지 보좌역할만 했을 뿐이옵니다. 승진 속도가 너무 빠른 것 같사옵니다. 작금과 같은 태평성세의 초고속 승진은 다른 문무 신료들로 하여금 행진(倖進)의 요행심리를 부추길 소지가 크옵니다."

"꼭 그것만은 아니네."

건륭이 담담하게 미소를 지어 보였다.

"화친왕(和親王, 홍주)이 엄지를 내두른 인물이네. 그가 사람을 붙여 모름지기 전풍의 모든 것을 면밀히 조사하고 검토하고 지켜본 바를 이부(吏部)에서 몰라서 그렇지 중용하기에 충분한 사람이네. 경들의 말에도 일리가 없는 건 아니나 짐은 짐의 판단을 믿네!"

건륭의 단호함에 두 신하는 더 이상 토를 달 수가 없었다. 건륭이 다시 말을 이었다.

"우민중, 자네는 한 계단씩 자질을 인정받고 수순을 제대로 밟아 군기처에 입직했지만 기윤은 아니네. 장정옥도 그랬고! 심지어 성조 때의 고사기(高士奇)는 일일칠천(一日七遷, 하루에 일곱 계단이나 승진하다)했다는 거 아닌가. 경들의 생각대로라면 그땐 태평성세가 아니었단 말인가? 천하의 정무를 총람(總攬)하고 있는 군기대신들이네. 형식과 규칙에 지나치게 얽매이어 사유가 목석같이 굳어져서야 쓰겠나? 아니 그런가?"

"지당하신 말씀이옵나이다!"

두 신하가 흔쾌히 수긍을 하자 건륭은 자리에서 일어났다. 뒷짐을 진 채 천천히 거닐며 미간을 좁혀가며 사색에 잠겨 있던 그가 천천히 다시 입을 열었다.

"한 가마에 집어넣고 휘젓겠디는 뜻은 아니지만 그렇다고 무원칙적이고, 무차별하게 용서한다는 건 아니네. 한 가지 일을 가지고 판을 그게 벌이고 나선다면 조정이 지나치게 옹졸하게 보일 게 아닌가. 이번 사건을 계기로 이치쇄신(吏治刷新)에 더더욱 박차를 가해야 할 것이며, 관가에도 적당한 충격을 주어야 할 것이네.

십팔행성(十八行省)의 도부(道府)와 번고(藩庫), 그리고 병부(兵部)의 무고(武庫), 피복(被服), 양고(糧庫), 동정(銅政), 염운사(鹽運司), 내무부(內務府) 산하의 각 직조사(織造司)에 명조(明詔)를 내려 건륭 25년 이후의 적자를 보고하라고 명하게. 수백 냥 범주에서는 감면해 줄 수도 있다고 하게. 이에 앞서 현재 도마 위에 오른 사건들은 빠른 시일 내에 수사를 마쳐 몇몇 배불뚝이들을 엄벌에 처하여 모두에게 경종을 울려주도록 해야 할 것이네. 아니면 밑에선 또 우렛소리만 요란하고 정작 빗방울은 작을 거라는 요행심리에 명조를 공문(空文)처럼 취급할 수도 있네."

사색을 거듭해가며 건륭은 말을 이어나갔다.

"첨평정(詹平正), 마효성(馬效成), 노견증(盧見曾), 옹용검(翁用儉)…… 이런 자들은 조정에서 그 뒤를 캐기 시작했는 데도 불구하고 겁 없이 가인들을 시켜 땅과 화원을 사들이고 있네. 불나방 신세를 자초하려고 작심을 한 게지."

건륭이 거론한 네 사람 가운데 노견증이 있었다. 순간 기윤의 뒷머리가 불안하게 꿈틀거렸다. 건륭을 보니 그는 우민중에게 시선을 박고 있었다. 우민중이 아뢰었다.

"명조를 내리심은 바람직하다 사려되오나 '감면' 두 글자는 명조에 밝히지 않는 것이 좋을 것 같사옵니다. 간혹 앞에서 던지고 간 모래에 눈을 다쳐 곤경을 치르는 경우도 있을 것이옵니다. 그럴 땐 폐하께오서 특별히 은전(恩典)을 내리시어 감면을 해주는 수는 있겠사오나 미리 '감면'을 언급하시면 저들의 태만을 조장할 소지가 크옵니다."

그 말에 건륭이 희미하게 웃음을 머금었다.

"그럼 경의 뜻에 따라보세. 그밖에 옹염이 산동에서 일지화(一

枝花)의 잔당인 임상문(林爽文)의 흔적을 발견했다고 하네. 연주 일대에서 포교하고 다닌다는 정확한 첩보를 입수하여 이미 암암리에 조치에 착수했다고 하네. 민중, 자네가 산동포정사인 갈효화(葛孝化)에게 서찰을 보내어 그쪽의 주변도로를 전부 봉쇄하여 태호수사(太湖水師)에 협조를 청해 반드시 그 자를 붙잡아야 한다는 지의를 전하게. 짐은 이미 대만지부(臺灣知府)인 진봉오(秦鳳梧)에게 밀유(密諭)를 보내어 그 자가 해상을 통해 대만으로 도주할 우려가 있으니 철저히 방비하라는 명령을 내렸네."

이에 우민중이 즉시 대답했다.

"그리하겠사옵니다! 신도 갈효화의 서찰을 받았사옵니다. 안 그래도 폐하께 주하려던 참이었사옵니다. 갈효화 그 친구는 아계(阿桂)의 문인(門人)으로서 차사에 진력하는 편이옵니다. 기밀이 누설되어 임상문이 도주할세라 그는 감히 체포청에도 협조를 구하지 못하고 있다고 했사옵니다. 협조를 구하고 지혜를 모아야 할 산동 순무와 안찰사 자리가 비어 있사오니 이참에 갈효화를 순무직에 올려놓아 사권(事權)을 통일시키는 게 어떨까 하옵니다."

우민중의 말을 듣고 난 건륭이 기윤을 바라보았다.

"연주의 곡부(曲阜)는 성현(聖賢, 공자를 가리킴)의 고거(故居)로서 한인 문명의 발상지이옵니다."

사돈인 노견증 때문에 머리 속이 복잡하던 기윤이 조심스레 말을 이었다.

"임상문이 어찌하여 하필이면 그곳을 포교 장소로 정했을까요? 일단 그곳은 지주와 소작농들간의 분쟁이 가장 심하여 해마다 사단이 빈번한 곳이옵니다. 또한 그 자는 한인 문명을 보다 더 발전

시킨다는 미명하에 인심을 포섭할 엉큼한 생각을 했던 것 같사옵니다. 간사하고 교활하기가 역영(易瑛)과 표고(飄高)의 뺨을 칠 자이옵나이다!"

건륭의 안색은 어느새 무섭게 변해 있었다. 가짜 주삼태자(朱三太子) 양기륭(楊起隆)의 사건에서부터 삼번(三藩)의 난, 그 뒤에 이어진 녹림호강(綠林豪强)들의 모반은 모두 만한(滿漢, 만주족과 한족)은 유별하니 오랑캐들을 몰아내야 한다는 구호를 내걸고 깃발을 올렸던 것이다. 그 자들의 표현을 빌자면 조정 자체가 '이적(夷狄)이 주인'인 셈이니 역대의 대청황제들은 '화이(華夷)' 두 글자만 들어도 벌에 쏘인 듯 민감할 수밖에 없었다. 명(明)나라가 망하면서 사실상 한인들의 통치도 막을 내렸으나 장장 백년의 세월이 흐른 지금에도 '한가(漢家)의 부흥'을 꿈꾸는 자들이 있으니 건륭은 긴장하지 않을 수 없었다. 지금은 강희, 옹정, 건륭 초년과 달라 이치(吏治)의 부패로 인해 나무는 크나 속이 텅 빈 느낌이 없지 않은데, 이럴 때 태풍이라도 불어닥치는 날엔 과연 어떡한단 말인가? 생각만 해도 끔찍했다. 건륭은 오싹 어깨를 떨면서도 애써 웃음을 지었다.

"기윤, 자네 말대로 임상문은 실로 보통의 비적(匪賊)은 아니네. 근래에는 주삼태자가 자바국(인도네시아 자바섬)에서 양병(養兵)하여 대거 쳐들어 올 거라는 요언(妖言)이 떠돌고 있었네. 당치도 않은 말을 믿는 자들이 있다는 데 짐은 적이 놀랐네! 숭정(崇禎) 갑신년(甲申年)에서 지금까지 무려 1백 30년이 흘렀는데, 무슨 놈의 '태자'가 지금까지 살아있단 말인가? 짐은 이를 화이(華夷) 구분이 여전하기에 가능한 발상이라고 생각하네. 요언을 맹신한다기보다는 과연 그렇게 되길 내심 바라는 무리들이 있다는 얘

기네. 이는 국가의 근본이 달린 문제이니 절대 간과해서는 아니
될 걸세!"

"연주부에서 임상문으로 인한 사단이 발생하는 걸 미연에 방지
해야겠사옵니다."

기윤이 하포(荷包)에서 담배를 꺼냈다. 커다란 곰방대에 담배
를 꾹꾹 눌러 재우는 손이 약간 떨렸다.

"올해 연말이 고비라고 생각하옵니다. 남경(南京)에서 새신(賽
神, 수확이 끝난 후 제물을 차려놓고 신에게 제사를 지내는 일) 행사가
있었사온데, 요진(妖秦)이라는 도사의 법회에 현무호(玄武湖) 강
변에 무려 5천여 명이 몰려 한바탕 홍역을 치렀다고 하옵니다.
〈황정(黃庭)〉이나 〈도장(道藏)〉을 가르치는 게 아니라 제목이 〈
만법귀일(萬法歸一)〉이라고 대단히 수상쩍었사옵니다. 북경, 직
예 일대는 이 같은 성세는 형성되지 않았으나 암암리에 움직임이
활발하다고 하옵니다. 산동…… 산동은 자고로 녹림호강들의 연
고가 깊은 곳이니 더욱 그 기세가 창궐한가 보옵니다. 그런 맥락에
서 임상문 사건에 촉각을 곤두세워야 할 것이옵니다. 신의 소견으
론 십오마마께오서 지방관들 앞에 직접 나타나시지 않는 것도 뭔
가 이상한 기미를 눈치챘기 때문이 아닌가 하옵니다. 폐하, 신과
우 중당은 모두 군정에는 문외한이옵니다. 갈효화라면 신도 조금
은 알고 있사오나 관가의 미꾸라지로 통하는 자이옵니다. 평안하
고 무사한 국면을 유지하라면 몰라도 대사를 거뜬히 차고 나갈
재목은 못 된다고 생각하옵니다. 따라서 군무에 익숙한 사람을
보내는 것이 어떨까 하온데, 복강안(福康安) 정도면 문제없을 것
같사옵니다."

잠시 멍한 표정으로 있던 건륭이 웃으며 입을 열었다.

"지나치게 민감할 건 없네. 짐은 이미 아계더러 흑하(黑河)의 군무만 요리해 놓고 귀경하라는 지의를 내렸네. 내지(內地)의 군무에 대해 경들이 자주 서찰을 보내주게. 그래야 오자마자 업무에 익숙해질 게 아닌가. 경사(京師, 북경)엔 이시요(李侍堯)가 있고, 강남(江南)엔 김홍(金鉷)이 있으니 수상한 움직임을 유심히 살피라고 주의를 주면 되겠고, 산동(山東)에는 류용(劉鏞)이 있으니 그의 주재하에 갈효화더러 움직이게 하면 될 것이니 그리 염려치 않아도 될 성싶네."

건륭이 이쯤 하여 손을 내저었다.

"너무 가혹할지 모르지만 지금부터 원소절(原宵節)까지 열흘 동안 전부 군기처로 나와 방화(防火), 방적(防賊)에 만전을 기하도록 하세! 그리 알고 이만 물러들 가게!"

"예!"

두 신하는 대답과 함께 일어섰다. 작별인사를 고하고 물러가려 하자 건륭이 다시 불러 세웠다.

"잠시만 기다려보게. 용비의 주자(廚子)가 통양구이를 하고 있다는데 요리가 다 된 모양이네. 아침을 미처 못 먹었을 테니 여기서 먹고 가게. 그쪽엔 육자절(肉孜節), 개재절(開齋節), 그리고 재계월(齋戒月)은 있어도 중원과는 풍속이 달라 설은 쇠지 않는다고 하네. 이참에 경들도 서역의 풍미를 느껴보도록 하게."

기윤과 우민중은 다시 자리에 앉았다. 기윤이 아뢰었다.

"어쩐지 궁문에 춘련(春聯)이 없어 이상하게 느꼈사옵니다. 귀비마마의 고향에선 설 명절을 쇠지 않는 줄 몰랐사옵니다! 하오나 신이 보니 우가(牛街) 일대에 집거해 있는 무슬림(이슬람교도)들은 저희들과 마찬가지로 설을 쇠는 것 같았사옵니다. 절에 들어오셨으면 사찰음식을 먹어야 한다고, 귀비마마께오서도 이제부터는 중원인이오니 이쪽 풍속에 따르시는 것도 나쁘진 않을 것이옵니다. 옛말에 어느 산에 오르면 그곳의 산노래를 불러야 한다고들 하지 않사옵니까!"

용비는 열심히 듣는 것 같았으나 무슨 뜻인지를 잘 모르는 것 같았다. 역관이 어찌 통역을 했는지 용비가 대뜸 물었다.

"폐하, 이 자이쌍께선 신첩의 노래를 듣고 싶다고 하는 것이옵니까?"

"오, 그게 그렇게 되나?"

건륭이 잠시 어리둥절하여 역관을 바라보더니 하하하 너털웃음을 터트리며 덧붙였다.

"그래, 그래! 귀비의 노래라면 짐도 듣고 싶은 걸! 그쪽 아녀자들은 가무에 능하다고 들었네. 우리도 한번 그쪽 정취에 젖어보게 한 곡조 뽑아보시지!"

그러자 화탁은 조금도 빼는 법 없이 건륭과 두 신하를 향해 예를 갖추고는 노래를 부르기 시작했다. 그 뜻인즉 이러했다.

싸리얼산(山)에 구름과 안개가 만만(漫漫)하고,
그 속에 투명한 빙산(氷山)이 가려져 있네.
푸른 하늘 푸른 목장에서 힘껏 채찍을 날리니,
청아한 노랫소리 저 멀리로 울려 퍼지네…….
광대한 초원은 하늘과 일색이고.
청청(淸淸)한 물가엔 백화(百花)가 만개해 있네.
힘껏 말을 달려 천하를 달리니,
그리운 고향은 언제나 꿈속에 있네…….

노래가 이어지는 동안 궁녀들이 춤을 추며 흥을 돋우었다. 건륭과 두 신하는 꾀꼬리 같은 청아한 목소리와 아리따운 자태에 저도 모르게 환호를 지르며 박수를 보냈다.

그사이 두 명의 요리사가 커다란 목판에 통째로 구운 양을 들여왔다. 화탁이 급히 손을 씻고 와 작은칼로 고기를 썰어 쟁반에 한 덩이씩 덜어주며 말했다.

"잘 못 불렀죠? 그래도 두 분 자이쌍께서 흉보진 마세요. 따끈할 때 드셔야 해요. 어서 많이 드세요."

"어찌 그리 겸양의 말씀을 하시옵니까!"

우민중이 덧붙였다.

"전 머리털이 난 이후 이처럼 청아한 목소리는 처음 들어보옵니다. 실로 옥쟁반에 옥구슬이 굴러간다는 말이 실감났사옵니다. 태후부처님께오서 들으시면 얼마나 반가워 하실지 모르겠사옵니다!"

이에 건륭이 나섰다.

"안 그래도 부처님께오선 벌써 들으셨네. 무릎으로 박자를 맞추시며 얼마나 흥에 겨워하셨는지 모르네. 늘 고향 몽고에 대한 향수(鄕愁)에 젖어 계셨는데, 모처럼 똑같지는 않으나 비슷한 음률을 들었다며 반가워하셨네."

건륭이 고기를 조금 떼어 입에 넣자 기윤은 기다렸다는 듯이 통째로 집어 뭉턱뭉턱 베어먹기 시작했다. 우민중은 건륭을 따라 조금씩 먹으며 기윤 특유의 '게걸스러움'을 한심하다는 듯 쳐다보았다. 건륭이 웃으며 말했다.

"천천히 먹게, 우리 몫까지 다 내어줄 테니 체하지나 말게. 그러나 세상에 공짜는 없는 법이지. 용비가 아직 구두로만 귀비로 봉해졌지 글로써 명조(明詔)를 내린 건 아니니, 먹고 나서 책문(冊文) 한 편을 써내야겠네! 천하제일재자(天下第一才子)의 수필(手筆)을 또다시 검증 받을 때가 된 거지!"

기윤이 '천하제일재자'임은 조야(朝野)에 모르는 사람이 없었다. 그러나 건륭이 직접 당사자를 앞에 두고 인정해 준 적은 한번도 없었다. 고기를 배불리 먹고 번들거리는 입을 닦고 있던 기윤의 두 눈이 삽시간에 흥분과 광희(狂喜)로 번뜩거렸다. 몸이 솜털같이 가벼워지며 구름 위를 거니는 것 같은 기분에 사로잡혔다. 감출 길 없는 희색을 고기 찌꺼기가 낀 치아와 더불어 있는 대로 드러내며 주체할 줄을 몰라 하던 그는 찰나에 자신의 잘못을 알아차렸다. 시(詩), 서(書), 문(文) 모두에 능한 건륭 앞에서 한마디 칭찬의 말에 이같이 가벼운 모습을 보인다면 과연 건륭이 나를 어찌 생각할 것인가? 뇌리를 스치는 생각에 그는 흥분이 급속도록 냉각되는 것을 느꼈다.

"천하제일의 재자라니요? 당치도 않사옵니다. 폐하야말로 그 미칭(美稱)을 받기에 추호도 손색이 없는 분이시옵니다. 안 그래도 어제 우 중당이랑 폐하의 〈등보월루(登寶月樓)〉라는 시구를 읊으며 감탄을 금하지 못했사옵니다. 실로 천하를 아우르시는 기백이 넘쳤사옵니다!"

우민중은 속으로 기윤의 임기응변에 탄복했다. '어제'가 아니라 '언젠가' 둘이서 건륭의 시를 논한 바는 있었지만 '감탄'한 적은 없었다. 비록 임기응변의 거짓말이긴 하지만 벌써 빙그레 입이 벌어지고 있는 건륭을 훔쳐보며 우민중은 '난 어찌 저런 바특한 재주가 없을까' 하고 은근히 기윤을 부러워했다.

"어찌 경들에게서 그 시에 대한 평가가 없나 내심 궁금했었는데……."

건륭의 얼굴에는 반가운 기색이 역력했다.

"솔직히 그리 잘 쓴 건 아니지만 '원융(圓融)'이라는 평은 들을 법하지. 됐네, 이제 그만 물러들 가게. 기윤, 자네는 상서방(上書房)으로 가서 개국 초의 예친왕(叡親王) 도르곤에 관한 처벌 조서가 어디 보존되어 있는지 찾아내어 짐에게 들여보내도록 하게."

느닷없이 백년 전의, 그것도 도르곤의 문서를 찾아내라는 말에 두 신하는 못내 궁금해하며 건륭을 바라보았다.

"그 당시 도르곤은 억울한 죄를 덮어썼네. 백년이 지난 지금에 와서 보면 갈수록 명백해지니 그 죄를 소설(昭雪)시켜 주어야 할 것이네."

건륭이 말을 이었다.

"그 당시에 도르곤을 곤경에 처넣은 자는 바로 지얼하랑이라는 소인배였네. 그때만 해도 연치가 어렸던 세조(世祖) 장황제(章皇帝)께서 아직 친정(親政) 전이었는지라 소인배들이 권력을 장악하여 충신을 죽임으로써 백년의 복분원옥(覆盆冤獄)을 빚어냈던 걸세! 그 당시 팔기(八旗)의 병권은 전부 도르곤의 수중에 장악되어 있었지. 오삼계(吳三桂)와 전명(前明)의 구신(舊臣)들도 그에게 잘 보이려고 안간힘을 썼을 때인데, 그가 모역(謀逆)을 일삼으려고 했으면 거수지로(擧手之勞)가 아니었겠는가? 섭정왕(攝政王) 자리에 오래 있다보니 전횡과 오만, 아집 등등의 성격상의 문제는 충분히 있었을 거라고 생각하네. 허나 모역죄를 뒤집어쓸 만큼 그는 나쁜 사람이 아니었다고 짐은 확신하네. 어찌 감히 일대 충신에게 그런 죄를 덮어씌울 수가 있단 말인가!"

두 신하가 여전히 놀란 시선으로 자신을 바라보자 건륭이 한숨을 지으며 덧붙였다.

"탐관들을 숙청하고 이치정돈의 닻을 올리는 동시에 충신을 장려하고 그 충절을 높이 평가하는 일도 병행해야 할 것이네. 세종 때의 팔숙(八叔), 구숙(九叔)의 사건도 워낙 민감한 사안이었는지라 짐이 들추지 않으면 후세자손들은 더더욱 '뜨거운 감자' 대하듯 할 것이네. 급한 것은 아니니 서두를 건 없고 앞으로 논할 때를 대비하여 고민이나 해보게."

"두 분 자이쌍은 모두 좋아 보이옵니다."

물러가는 두 신하의 뒷모습을 보며 화탁씨가 말했다.

"눈을 보면 아옵니다. 둘 다 버거다칸에 대한 충정이 대단한 것 같사옵니다. 기(紀)는 고기 먹는 모습이 꼭 고향 오라버니를 보는 것 같았사옵고, 우(于)는 어느 서당의 훈장 선생 같았사옵니다……. 기(紀)는 문장 실력이 탁월하다고 들었사옵니다!"

건륭이 흐뭇한 미소를 지으며 길게 땋아 내린 그녀의 머리채를 만지작거리며 말을 이었다.

"정확히 말해서 자이쌍은 아니고, 저 둘의 직무상 명칭은 군기대신이라네. 3만 대중들 중에서 간택된 인상지인(人上之人)들이지. 한인들은 총명하고 박학다식한 데다 세상 물정에 밝아 문명의 창시자로 손색이 없네. 이는 다른 민족이 아무리 특출하다고 해도 비할 바가 못 되네. 그러나 명쟁암투(明爭暗鬪)에 능하고 음험하고 교활한 것도 일등인 민족이지. 그래서 이 버거다칸은 그들을 필요로 하면서도 늘 살얼음 위를 걷는 아슬아슬한 심정이라네. 저들에게 있어선 짐도 이적(夷狄)이고, 자네도 이적이네. 우리 둘은 똑같이 외이(外夷)이기에 못할 말이 없지만 저들 앞에선 말을 가려서 해야 하네."

화탁씨는 말귀를 알아듣지 못하는 것 같았다. 커다란 눈망울을 순진하게 깜빡거리며 고개를 갸우뚱거리는 모습이 어쩐지 석연치가 않았다. 그 모습이 오히려 귀여워 건륭은 동그란 머리를 한 손으로 감싸 앞으로 당겼다. 그리고는 이마에 가볍게 입술을 대어 애정을 표하고는 속삭이듯 말했다.

"저녁에 다시 올 테니 곱게 치장하고 기다리게……. 난 태후마마께 문후 올리러 다녀와야겠네. 설 뒤끝이라 명절 분위기에 취해 있을 테지. 자네는 오후 나절에 혼자 들어가 문후 올리면 되겠네……."

화탁씨가 머리를 까닥거리며 알겠노라고 했다. 건륭은 씽긋 웃어 보이고는 곧 자리를 떴다.

22. 동량(棟梁)

　연 이틀 동안 건륭은 양성전 용비의 침궁에 머물러 있었다. 원소절에 즈음하여 정무가 한가한 틈을 타 건륭은 팽팽하게 조여진 심신의 긴장을 풀고자 이곳을 택했던 것이다.

　다른 후궁들의 처소엔 이른 새벽부터 '철등화(撤燈火), 철쇄(撤鎖)'를 외쳐대는 태감들의 오리 같은 소리가 시끄러워 새벽녘의 단잠을 청할 수가 없었다. 게다가 용비는 아직 다른 후궁들에 비해 '그 맛'을 잘 모르기에 방사(房事)에 그리 열심이지는 않았는지라 '폐하의 용마정신(龍馬精神)'을 운운하며 은근히 끝없는 정욕을 부채질하는 후궁들보다 다루기 편했다. 적당히 하고 숙면을 취하긴 그만이었다.

　초이렛날 아침에도 건륭은 묘시(卯時) 정각이 다 되어서야 일어났다. 화탁은 벌써 일어나 있은 듯 초롱초롱한 눈빛으로 허옇게 밝아오는 창문 밖을 바라보며 생각에 잠겨 있었다. 건륭이 일어나자 옷 입는 걸 시중들고 세숫물을 받아 세수를 거들었다. 아침상을 물리고는 전신을 비출 수 있는 커다란 거울 앞에 건륭을 앉게 하고는 머리를 빗어 내려 곱게 땋아주었다.

거울을 통해 여인이 건륭의 등에 바싹 밀착하여 무언가를 찾는 듯 두 눈을 좁히고 손가락으로 모발 속을 건드리는 걸 보며 건륭이 웃으며 물었다.

"흰머리라도 있는 겐가?"

"예, 하나 있는 것 같사옵니다."

화탁이 아이처럼 웃음을 지어 보였다.

"제가 북경에 와서 가장 우스웠던 것이 무엇인 줄 아시옵니까? 바로 남정네들이 머리채를 길게 땋고 앞머리는 **빡빡** 밀어버린 것이 그렇게도 우스울 수가 없었사옵니다. 지금은 자꾸 보니 괜찮은 것 같사옵니다. 버거다칸, 버거다칸께오선 지고무상한 권력자이시거늘 어찌하여 단발령을 내리지 않는 것이옵니까?"

그러자 건륭이 가볍게 한숨을 내쉬었다.

"조상 대대로 내려온 가법이니 짐으로서도 어찌할 수가 없네. 사실 20년 전부터 난 이런 차림이 싫었네. 그러나 태후마마와 왕친 귀족들이 펄쩍 뛰며 짐의 복장과 머리에 관한 개혁안을 반대하고 나섰지. 끝까지 밀고 나갔더라면 그 분들이 날 개혁해버렸을지도 모르네! 만주인의 풍속엔 아녀자들이 머리 자르는 것이 대단한 기휘(忌諱)이네. 모발을 자르면 자신의 남정네를 좋아하지 않는 것이라고들 생각하거든. 남정네들은 머리를 기르고 앞머리를 반들거리게 면도하지 않으면 죽는다는 속설이 있다네!"

"정말이옵니까!"

"당연히 정말이지. 자네 머리 위의 진주와 마찬가지로 정말이지."

건륭이 천천히 말을 이어나갔다.

"나중에 짐을 따라 출궁하면 길에서 이발장(理髮匠)들이 지게를 메고 다니는 걸 흔히 볼 수 있을 거네. 한쪽엔 화로와 더운물 대야를, 한쪽엔 서랍이 하나 달린 자그마한 탁자를 달아서 메고 다니지."

건륭이 화탁씨의 화장대를 가볍게 두드려 보였다.

"모양은 이거랑 비슷할 거네. 위에 쇠갈고리를 꽂아 가지고 다니는데, 어디에 쓰는 물건인 줄 아나? 베어낸 사람머리를 걸어놓기 위한 거라네!"

"예?"

화탁이 놀라 두 눈이 휘둥그레졌다. 그녀는 하마터면 빗을 떨어뜨릴 것처럼 화들짝 놀랐다.

"어찌 그리 잔인할 수가 있단 말이옵니까?"

"잔인한 게 아니라 잔혹한 거지."

건륭이 한숨을 지으며 덧붙였다.

"한인들로 하여금 앞머리를 빡빡 밀라는 거지. 밀지 않으면 목을 잘라 쇠갈고리에 걸고 다니면서 신왕조(新王朝)의 통치에 반항한 자의 처참한 말로를 보여주곤 했다네. 우리 대청(大淸)이 처음 산해관(山海關)을 넘어 왔을 때 전명(前明) 시대를 잊지 못하고 새 시대가 도래했음을 감지하지 못하는 자들이 앞머리 치는데 항거하다가 양주성(揚州城)에서만 열흘에 30만 명의 한인들이 죽어 나갔다고 하네……. 조상들의 과거에 대해 짐이 왈가왈부할 순 없지만 그래서 짐은 더더욱 관정(寬政)을 베풀려고 하네. 그 당시 한인들이 당한 치욕과 원한은 백년 세월이 흘렀어도 완전히 없어지진 않았네."

거울을 통해 본 화탁의 옥용(玉容)은 놀라서 파랗게 질려 있었다. 건륭은 한가닥 미소를 머금으며 덧붙였다.

"1백 30년 전의 일이네. 그리 놀랄 건 없네. 우리 함께 태후마마께 문후 올리러 가세."

화탁은 애써 웃음을 지어 보였다. 그리고는 길게 땋아 내린 건륭의 머리끝을 노란 비단으로 꽃 모양으로 매듭을 지었다. 옆에서 시중들던 고작약(高芍藥)이 말했다.

"떠날 채비를 시키고 오겠사옵니다."

"그럴 거 없다."

건륭이 일어서며 말을 이었다.

"짐은 용비랑 걸어서 산책하며 갈 것이야. 넌 시중들게 따라나서거라."

"예……."

건륭과 용비가 양성전을 나섰을 때는 이미 아침해가 떠올라 있었다. 다만 궁벽(宮壁)과 즐비한 건물들에 가로막혀 아직은 춥고 바람이 차가웠다. 궁전의 노란 기와며 병풍, 그리고 처마 밑에 달린 동마(銅馬)며 수두(獸頭)들이 태양 빛에 노랗게 물들어 반짝반짝 빛나고 있었다.

자녕궁으로 향하는 골목에 이르렀을 때 건륭은 잠시 망설이는 듯했다. 이때 진미미(秦媚媚)가 종종걸음으로 다가오는 걸 보고 건륭이 물었다.

"무슨 일인가?"

진미미가 숨이 차 헐떡대며 말했다.

"태후부처님께오선 어화원으로 산책을 떠나실 예정이오니 폐하더러 문후 올리러 들지 않아도 좋다고 하셨사옵니다. 어화원에 다녀오시는 길에 양성전에 잠깐 들르시어 조선(早膳)을 드시고 싶다고 하셨사옵니다. 일부러 격식을 갖춰 음식상을 준비할 건 없고 있는 그대로가 좋다고 하셨사옵니다."

건륭이 알겠노라 대답하고는 화탁씨에게 말했다.

"지난번 자네가 만들어 올린 양고기 요리를 맛있게 드셨다더니 태후부처님께서 또 그 생각이 나셨나 보네. 고작약, 넌 가서 주자(廚子)더러 양고기 요리를 맛있게 만들어 낼 준비나 하라고 이르거라"

"그리하겠사옵니다!"

고작약이 날 듯이 달려갔다. 건륭이 어화원으로 향하려는 것임을 알아차린 진미미가 벌써 건륭과 화탁을 북쪽 길로 안내했다. 지름길로 질러가니 어화원은 금방이었다.

마당이 휑뎅그렁한 걸 보니 태후는 아직 도착해 있는 것 같지 않았다. 흠안전(欽安殿)의 붉은 돌계단 위에는 몇몇 늙은 태감들이 열심히 비질을 하고 있었다.

건륭을 따라 천천히 곤녕문(坤寧門) 쪽으로 걸어가며 화탁씨가 물었다.

"버거다칸, 저들은 어찌 버거다칸에게 행례(行禮)도 하지 않는 것이옵니까?"

"저네들 말인가……"

건륭이 희미한 미소를 지었다.

"모두 성조 때부터 궁중에서 살아온 노인들이라네. 환갑이면 젊은 축에 속하네. 게다가 대부분이 귀가 멀지 않았으면 벙어리라서 기척을 모르지. 짐이 여길 찾는 횟수가 손으로 꼽을 정도이고, 오더라도 측문(側門)을 통과하는 경우는 거의 없으니 저들이 짐일 거라곤 애당초 생각하지 못했을 테지."

"저들이 모두 벙어리, 귀머거리라고요?"

"그래."

건륭이 히죽 웃으며 덧붙였다.

"뭐가 그리 놀라운가? 성조 말년에 궁중이 시끄러워 밖으로 소문이 새어나가는 걸 차단하기 위한 고육지책(苦肉之策)으로 태감들을 저리 만들었네."

멀리서 작약이 따라오는 걸 본 건륭이 분부했다.

"짐은 귀비랑 산책하고 있을 테니 여기서 지키고 서 있다가 태후부처님께오서 당도하시면 알리거라."

화탁씨가 그 자리에 서서 움직일 생각을 하지 않고 있자 건륭은 서북쪽을 가리키며 말했다.

"저기 천추정(千秋亭)이라고 있는데, 가서 따뜻하게 햇볕이나 쬐다 화방(花房)에 들러 꽃구경이나 하세. 헌데 무슨 생각을 그리 하시오?"

용비가 그제야 정신이 들어 건륭을 따라 천천히 걸음을 떼어놓으며 대답했다.

"아침부터 너무 무서운 얘기를 들은 것 같사옵니다. 멀쩡한 귀를 멀게 하고 목구멍을 찔러 벙어리로 만들다니…… 너무 끔찍한 것 같사옵니다……."

"아름답고 선량한 공주가 듣기엔 너무 끔찍한 얘기가 아닐 수 없겠지. 이래서 아녀자들은 정무와 전쟁에서 멀어질수록 좋다고 하는 것이오. 지금은 처음이니 충격이 클 테지만 점차 습관이 되면 괜찮아질 거요……."

건륭이 말끝을 흐리며 돌아서더니 손을 들어 동쪽 어딘가를 가리켰다.

"우리가 방금 지나온 곳은 다섯 칸짜리 작은 궁방(宮房)인데, 예전에 저 속에 황태후 한 분이 갇혀 있었지. 다들 그 아들은 옹립하여 황제 자리에 앉혔으면서도 모친의 지위는 인정해주지 않으려 했던 게야. 저 속에서 20년 동안 수감되어 있던 중 어느 날 뒤늦게 아들이 찾아갔을 때 황태후는 이미 병이 고황에 들어 두 눈이 실명한 뒤였다네. 아들의 옷자락을 잡고 '컸구나! 장성했구나! 어미는 이제 죽어도 여한이 없다'라며 한참을 되뇌더니 그 자리에서 숨을 거두고 말았다고 하네……."

이같이 말하는 건륭의 목소리가 가늘게 떨렸다.

두 사람은 거의 동시에 걸음을 멈추었다. 흠안전 계단 아래에서 둘은 한동안 아무 말도 없었다.

"저쪽……."

건륭이 이번에는 서북쪽을 가리켜 말했다.

"저기엔 중화궁(重華宮)이라는 궁전이 있네. 저 속엔 태자(太子)가 무려 7년 동안이나 숨어 있던 곳으로 유명하지. 나중엔 황제마저 자신에게 그런 아들이 있었던가를 깜빡할 정도였다고 하니 말 다했지! 그건 그의 모친이 힘이 약해 아들을 보호하지 못했기 때문이었지. 다른 후궁들이 서로 자신의 소생을 보위에 올려놓고자 아귀다툼을 벌였는데, 그 명쟁암투에서 패한 거지……. 감금당한 채 아이는 커갔고 뒤늦게 부자간이 상봉했을 때 아이는 황제를 보자마자 누가 시켜주지도 않았는데 '아바마마' 하며 달려가 가슴에 안겼다고 하네. 그래서 흔히들 피는 못 속인다고들 하나 보지……."

말끝을 흐리는 건륭의 두 눈에 눈물이 일렁거렸다. 부지런히 눈을 슴벅거려 눈물을 거두고 그는 다시 남측 어딘가를 가리키며 말을 이었다.

"우리가 머물렀던 양성전은 2백년쯤 전에 주후조(朱厚照)라고 불리는 명나라의 11대 황제가 살았던 곳이네. 세상에 둘도 없이 무능하고 황음(荒淫)한 혼군(昏君)이었는데, 어느 날 밤 밧줄을 들고 덮친 일곱 명의 궁녀들에게 하마터면 큰 변을 당할 뻔했다네……."

"어머나 세상에!"

"그러나 다행히 참사는 면할 수 있었다지."

건륭이 입가에 소름끼치는 웃음을 띠우며 덧붙였다.

"칠흑 같은 어둠 속에서 밧줄이 한데 엉겨붙었던 거네. 생각해 보게, 그 당시 황제는 어땠고 궁녀들은 또 어떠했겠는지!"

화탁씨는 겁을 집어먹었는지 어느새 건륭의 등뒤에 숨어 바들바들 떨었다.

"더 이상 말씀하시지 마세요, 폐하. 무서워요……."

"그래도 들어두는 게 좋을 거네."

건륭이 돌아서서 그 어깨를 다독거려 주었다.

"모두 혼군이 초래한 비극이지. 지금으로부터 몇백 년 전의 일들이네. 대청 건국 이후엔 그런 끔찍한 일들 없었네. 다만 옹정 초에 커룽둬라는 군기대신이 병마를 이끌어 자금성을 범하는 바람에 선제께서 지의를 내려 종신토록 구금시켰던 것 외엔 별다른 사건이 없었지. 그러고 보니 그것도 벌써 50년 전의 일이네. 용비, 자넨 서역에서 평화로운 공주로 깊은 규방에서만 살아왔기에 모르는 것이 너무 많네. 겁도 유난히 많고. 그래서 짐이 이런 일은 알아두는 게 좋을 것 같아 말해주는 것이네."

건륭이 빙그레 웃으며 덧붙였다.

"하지만 그리 겁먹을 건 없네. 짐이 있는 한 자넬 해코지할 사람은 아무도 없을 테니!"

두 사람이 이런저런 이야기를 나누며 거닐고 있을 때 천추정 북쪽에서 웃으며 상난치는 소리가 은은히 들려왔다. 소리 나는 곳으로 다가가 유심히 살펴보니 죽림(竹林)이 무성한 너머로 한 무리의 아이들이 술래잡기를 하고 있는 것 같았다. 대나무 사이로 언뜻언뜻 그림자가 스치고 자지러지게 웃고 떠드는 소리가 심심찮게 들려왔다.

한참 귀기울여 듣고 있던 건륭이 계단을 올라가기 시작했다. 그리고는 말했다.

"이제 막 입궁한 꼬마태감들이네. 중화궁에서 왕태감들의 조련을 받고 있던 중 명절 때라 관리가 소홀한 틈을 타 도망 나와 저들끼리 놀고 있는 것 같네."

화탁이 못내 귀여워하며 죽림을 돌아가 보니 과연 열 명도 넘는 아이들이 공터에서 놀고 있었다. 술래잡기 놀이는 아니었다. 큰아이는 열 살 가량 되어 보였고, 작은애들은 예닐곱 살밖에 되지 않은 것 같았다. 다리를 하나씩 올려 잡고 닭싸움 놀이를 하는 애들이 있는가 하면 팽이를 돌리는 애들도 있었다. 또 몇몇은 동그랗게 모여 뭔가를 열심히 들여다보고 있었다.

건륭이 다가가 보니 백발의 늙은 태감이 가운데에서 무릎을 꿇고서 뭔가를 그리고 있었다. 아이들은 아무도 건륭이 누군 줄 모르는 것 같았다. 코를 실룩거리며 힐끗 쳐다보고는 무시해버렸다.

그리고는 늙은 태감을 에워싸고 떠들어댔다.

"건청문을 거기다 그리면 안 되지!"

"자녕궁은 여기가 맞고!"

"이건 무슨 여자가 바지도 안 입었어요, 징그럽게! 머리채가 긴 걸 보니 이건 남자인 것 같은데…… 역시 바지를 안 입었네. 헤헤…… 고추는 징그럽게 크네……."

그러자 어떤 아이가 반박했다.

"밖에는 여자들도 머리채 긴 여자가 있어. 머리채만 보고 남자라고 단정지을 순 없잖아."

아이가 그림을 가리키며 말했다.

"사타구니에 달걀이 없잖아!"

이에 다른 아이가 키득대며 말을 받았다.

"그러는 넌 달걀 있어? 어디 보자!"

한바탕 웃고 떠들고 나서 아이 하나가 태감에게 말했다.

"이봐 고풍자(高瘋子, 미치광이라는 뜻), 그 따위로 그릴 거면 엉덩이 걷어차기 전에 일어나!"

건륭이 그제야 심히 살펴보니 정자 앞의 벽돌이 깔린 바닥에는 온통 낙서 천지였다. 궁궐의 누문(樓門)도 있었고, 남자와 여자가 더러 섞여 있기도 했다. 어떤 그림은 발로 밟아 흔적이 희미하여 알아볼 수가 없었다.

늙은 태감은 보기에 60살 가량 될 것 같았다. 머리카락은 봉두난발이었고, 이마엔 머리카락이 한 뼘은 넘게 길어 얼굴을 반쯤 가리고 있었다. 옷을 재단할 때 금 긋는 활석(滑石)을 들고 손에 아이들의 놀림 따위엔 전혀 아랑곳하지 않고 죽어라 땅바닥에 뭔가를 죽죽 그어 대고 있었다. 일순, 건륭은 그가 어딘가 눈에 익어 보였다. 그러나 마땅히 떠오르는 바는 없었다.

"똥버러지 같은 놈, 대꾸를 안 하잖아! 얘들아, 오줌이나 갈겨버리자!"

큰아이가 부르자 아이들은 좋아라 하며 달려들더니 저마다 바지를 내렸다. 그럼에도 아무런 반응이 없는 늙은 태감을 향해 오줌줄기를 뿜어 올렸다. 태감은 삽시간에 때아닌 오줌비를 맞아 머리며 몸에 온통 오물을 뒤집어쓰고 말았다. 날도 추운데 금세 얼어버릴 것만 같았다. 처음엔 귀엽게 봐주는 듯하던 건륭의 얼굴이 무섭게 일그러졌다. 막 일갈을 하려던 찰나 꼬마들 중 누군가가 고함을 질렀다.

"진공공(秦公公)이시다!"

그 소리에 아이들은 삽시간에 뿔뿔이 흩어져버리고 말았다. 건륭이 돌아다보니 과연 진미미가 빠른 걸음으로 다가오고 있었다. 태후가 당도했을 거라고 짐작한 건륭은 그가 아뢰기도 전에 화탁씨를 데리고 돌아섰다. 걸어가며 그는 분부했다.

"어느 궁의 태감인가? 병이 들었으면 의생(醫生)을 불러 고쳐줘야지, 저렇게 방치해 둘 참인가? 씻겨주고 옷이나 갈아 입히라고 하게. 그리고 저 조무래기들은 누가 맡고 있나? 맡겨지면 제대로 맡아야지 조련을 어떻게 시켰기에 저리 위아래도 없이 막돼먹은 건가? 저들의 조련 태감과 저 아이들 모두 대나무 회초리로 종아리를 다섯 대씩 치게!"

분부를 마친 건륭이 덧붙여 물었다.

"저 늙은이가 전에 어느 궁에서 시중들었는지 아는가? 눈에 익은 것 같은데, 생각이 나질 않네."

건륭의 분부에 진미미가 연신 고개를 끄덕이며 화탁씨를 부축하여 조심스레 계단을 내려섰다. 그리고는 아뢰었다.

"저 미친 노인은 예전에 옹화궁(雍和宮)에서 폐하의 필묵을 시
중들었던 적이 있사옵니다. 폐하께서 즉위하시자 따라서 입궐했
사온데, 그 당시만 해도 고대용(高大庸)이 주사태감(主事太監)이
었는지라 그 세력을 믿고 꽤나 으스대고 다녔나 보옵니다. 전에
계시던 황후마마에서 지금의 황후마마, 뉴구루 귀비 등 여러 마마
님들을 시중들었사오나 어쩌다 태감 고운종(高雲從)과 척을 지게
되면서 궁중에서 자화(字畵)를 훔쳤다는 누명을 쓰고 쫓겨나 한
바탕 매타작을 당한 끝에 북오소(北五所) 마당 청소부로 보내졌
다고 들었사옵니다. 전에 폐하께오서 남순하시고 귀경하실 즈음
에 저수궁(儲秀宮)으로 돌아올 가망이 있다고 했사온데, 갑자기
미쳐버리고 말았사옵니다. 누굴 봐도 말 한마디 없고 그저 땅바닥
에 엎드려 그림 그리는 게 전부라고 하옵니다. 몇 년 동안 쭉 그래
왔다고 하옵니다. 그밖에 다른 건 소인도 잘 모르겠사옵니다
……."

건륭은 진미미의 말을 들으며 애써 기억을 더듬는 기색이 역력
했다. 그러나 역시 떠오르는 바가 없었다. 이때 태후가 곤녕문 저
쪽에서 진씨와 이십사복진 오아씨(烏雅氏)의 부축을 받으며 흠안
전을 향해 천천히 움직이고 있는 모습이 보였다. 뒤에는 한 무리의
태감들이 따르고 있었다.

건륭은 빠른 걸음으로 다가가 오아씨가 잡았던 태후의 팔을 대
신 부축했다. 그리고는 웃으며 말했다.

"숙모님께선 이 시간에 벌써 부처님께 문후 여쭈러 드셨습니
까? 정성이 갸륵하십니다. 어마마마, 오늘도 기분이 좋아 보이시
네요! 소자는 방금 기윤과 우민중을 접견하고 화탁씨를 데리고

어마마마께 문후 여쭈러 가려고 나섰다가 어마마마께서 이리로 거동하실 거라는 소식을 접하고 먼저 와서 기다리고 있던 중입니다. 모자간에 통하는 데가 있나 봅니다."

"그러게 말입니다."

태후가 웃으며 덧붙였다.

"오늘은 여느 때보다 좀 일찍 일어나지지 뭡니까? 이십사복신이 들여보낸 고려참쌀떡이 맛있긴 하나 소화가 잘 안 될 것 같아 한 쪽만 먹고 나와 산책을 하기 시작했는데, 여기까지 걸어와도 다리 아픈 줄을 모르겠네요! 숙모더러 부축하라고 하세요, 폐하께서도 환갑을 넘기신 분인데. 여긴 양지라 따뜻하고 바람도 없어 의자 가져다 잠시 앉았다 가는 것도 좋겠네. 화탁의 음식솜씨는 좀 있다 보도록 하고!"

그사이 화탁은 벌써 예를 갖추었다. 건륭이 분부했다.

"고작약, 가서 의자를 가져오너라. 화탁, 인사드리게. 이 분은 숙모님이시네!"

화탁이 오아씨가 배운 예법대로 오아씨에게 몸을 낮춰 인사를 했다. 그러자 오아씨가 급히 화탁에게 맞인사를 했다.

"귀비마마, 마마께오선 주인이시고 전 아무리 숙모라도 아랫것인데, 앞으론 이러시지 마세요. 태후마마, 용비의 의상이 참으로 곱지요? 미색도 절륜이시고요. 어쩌면 코도 저리 조각한 듯 오똑하고 예쁠까요!"

태후가 환한 미소를 지으며 머리를 끄덕였다. 그사이 태감들이 등나무의자를 가져왔다. 진씨와 오아씨의 부축을 받으며 의자에 앉은 태후가 말했다.

"방금 내무부에서 조아무개가 들어 아뢰는데, 화신이 산동에서 또 금발탑(金髮塔)을 짓는데 보태라며 금 3백 냥을 보냈다고 하는 군요. 궁중에서 쓰는 금수저조차도 다 걷었는데, 더 이상은 무리인 듯 싶습니다. 받침대는 은을 섞어 마무리짓도록 합시다. 근검절약의 모범을 보여야 할 천가(天家)에서 너무 수선을 떠는 게 보기에 안 좋으니 지의(旨意)를 내려 더 이상 금 사냥에 나설 필요 없다고 하세요."

"무슨 말씀인지 알겠습니다."

건륭이 웃으며 말을 이었다.

"어마마마의 근검절약 정신에 금이 갈 정도는 아닙니다. 금발탑을 지으면서 아직 국고에 손을 댄 건 단 한 냥도 없습니다. 어마마마께서 말씀 안 하셔도 받침대는 은을 섞으려고 했습니다. 작약, 지의를 전하거라. 화신이 보내온 금 3백 냥 가운데서 30냥으로 금수저 백 개를 만들어 자녕궁에 보내고 나머지는 은과 섞어 받침대 만드는 데 요긴하게 쓰라고 하라. 더 이상 금을 수거하는 일은 없게 하라."

건륭의 말이 끝나기도 전에 오아씨는 손수건으로 입을 막고 웃고 있었다. 이에 건륭이 물었다.

"무슨 일입니까, 숙모님?"

그러자 오아씨가 웃어서 발그레해진 얼굴로 대답했다.

"작약이라는 이름이 너무 재미있어서 그러옵니다. 탄 누룽지 들러붙은 것 같은 저 얼굴이 '작약'이라고요? 짜리몽땅한 저 다리가 '작약꽃대'라고 생각하니 웃음이 절로 터져 나옵나이다!"

그러자 역시 웃음을 참지 못하던 진씨가 아뢰었다.

"숙모님 댁의 태감들은 모두 선제 때 부리던 태감들인지라 우스꽝스런 이름들이 없어서 그렇습니다. 자꾸 듣다보면 재미있는 걸요. 화친왕부의 몇몇 태감들은 '개똥'에, '갈보새끼'에 별의별 입에 올리기에도 민망스런 이름 천지입니다."

진씨의 말에 건륭과 태후를 비롯하여 궁녀, 태감들도 모두 한바탕 웃음을 터뜨렸다. 이어 태후가 원소절 관등행사(觀燈行事)에 대해 흥미진진하게 입을 열자 아녀자들은 어화원에 커다란 용등(龍燈)을 만들어야 한다느니, 자녕궁 앞마당에 천막을 만들어 세상천지의 등롱(燈籠)이란 등롱은 다 모아 이색적인 등절(燈節)을 보내야 한다느니 하며 재잘거리고 떠들었다. 또 어떤 이는 태감들을 동원하여 긴 창대를 두 다리에 묶고 춤추는 전통 영가(秧歌)놀이와 한선(旱船, 배 모형을 만들어 저으며 춤추는 놀이)놀이도 곁들여야 제격이라고 했다……. 누군가는 사향과 노루를 방출하여 사람과 더불어 뛰놀게 하면 금상첨화일 거라고도 했다. 그러자 건륭이 웃으며 말했다.

"그러다 자금성에 야수들까지 쳐들어오는 날엔 큰일이 아닌가? 어화원에서 연회를 베풀어 백관을 초대하는 자리인 만큼 정중함을 잃어선 아니 될 것입니다. 구애받지 않고 즐겁게 놀려면 원명원(圓明園)이 낫지. 보월루(寶月樓), 서해자(西海子)쪽에 넓은 공터가 있으니 내무부더러 정월대보름 분위기를 한껏 고조시키게끔 준비를 해놓으라고 하면 그게 더 낫지 않겠습니까?"

그러자 태후가 웃으며 머리를 저었다.

"그날 하루라도 모든 속박에서 벗어나 맘껏 뛰놀고 웃고 즐기려면 궁원(宮苑)에선 어딜 가든 불가능하다고 봐야죠. 여기서 가까운 정양문(正陽門)이 북경성에서 가장 번화한 곳이지 않습니까? 선제께서는 젊은 시절에 늘 이 어미를 데리고 그리로 꽃등 구경을 가곤 하셨죠. 그날의 밤하늘을 온통 화려하게 장식한 폭죽과 한껏 치장한 주변의 은산화수(銀山火樹), 그리고 인산인해(人山人海)를 이룬 사람들……. 지금도 잊혀지지가 않습니다. 궁원에서는 아무리 공을 들여도 그런 재미는 만끽하기 힘들죠!"

태후는 과거로의 잠깐 여행에 흥분하여 두 눈에 희열이 반짝거렸다. 그 옛날의 풍화(風華)가 그립고 유수(流水) 같은 세월이 실감나는 듯 개탄을 했다.

"아이고, 눈 깜짝할 새에 벌써 55년이란 세월이 흘러버렸군……."

"그때로 다시 돌아가고 싶으시죠?"

건륭이 모친의 어깨를 쓸어안았다.

"선제께서 어마마마께 그리도 아름다운 추억을 남겨주셨거늘 소자가 어찌 가만히 있을 수가 있겠습니까? 이참에 아주 제대로 등절(燈節)을 즐겨봅시다. 경사(京師)의 백성들에게 고시하고, 소자가 어마마마를 모시고 정양문으로 가서 등불을 보도록 할 것입니다! 황후, 귀비를 비롯한 여러 후궁들…… 그리고……."

건륭이 오아씨를 힐끗 쳐다보며 덧붙였다.

"친왕과 패륵, 패자와 그 복진들도 함께 정양문으로 모여주시게. 백성들이 밀물처럼 몰려들 텐데, 더 이상 떠들썩하고 볼만한 등절이 어디 있겠습니까!"

그러자 태후가 좋아라 하며 박수를 쳤다.

"폐하께서 그렇게 배려해 주신다면 이 늙은이는 더 이상 바랄 게 뭐 있겠습니까! 상상만 해도 여민동락(與民同樂), 금오불금(金吾不禁)의 성세(盛世)의 기상이 흥분의 도가니로 다가오는 것 같습니다. 헌데 사람이 너무 많아 깔려죽거나 다친다든가, 아니면 시끌벅적한 틈을 타 아이들을 유괴해 가는 사태가 발생하면 큰일입니다."

"염려놓으세요, 어마마마."

금세 흥분하여 어쩔 줄 몰라 하다가도 어린애처럼 걱정이 태산 같은 태후를 보며 건륭이 웃음을 지었다.

"이시요가 있지 않습니까? 이럴 때 만전을 기하라고 당부하면 좀 잘하겠습니까!"

태후가 흡족해하며 자리에서 일어나려 했다. 그러자 건륭이 말했다.

"진씨와 숙모께서 부축해 드리세요. 우리 같이 화방에 꽃구경이나 갑시다."

일행은 서둘러 자리에서 일어났다. 태후를 에워싸고 서쪽으로 조금 가니 유리창 너머로 만자천홍(萬紫千紅)이 눈앞에 펼쳐졌다. 태후를 비롯하여 여인네들은 연신 환성을 지르며 입을 다물지 못했다.

이때 건륭은 저만치에서 종종걸음으로 달려오던 작약이 등뒤에서 따라오던 왕치에게 무어라 심각하게 수군대는 걸 보았다. 두어 걸음 떼어놓던 건륭은 뭔가 이상한 느낌이 들어서 뒤돌아 섰다. 태후를 둘러싸고 여인네들이 호들갑을 떨며 꽃구경에 여념이 없는 틈을 타 그는 몰래 다가가 물었다.

"무슨 일인가?"

그러자 고작약이 낮은 목소리로 아뢰었다.

"푸헝 공께서⋯⋯ 돌아가셨다고 하옵나이다!"

"⋯⋯."

"복강안이 천가(天街)로 들어와 비보를 알리고 군기처에서 지의를 기다리고 있사옵니다."

건륭이 일순 그 자리에 굳어지고 말았다. 올 것이 왔구나, 라는 생각을 하면서 '며칠 사이에 비보가 있을지도 모른다'는 '방정맞은 생각'을 불과 엊그제까지도 했으면서도 건륭은 충격을 금할 수 없었다. 위태위태하던 담벼락이 쿵! 하고 무너져 버리는 것 같았다.

한참동안 맥을 놓고 서 있던 그가 정신을 추스르고 나서 급히 지시했다.

"당직 군기대신더러 복강안을 데리고 양심전으로 가 있으라고 전하라. 짐이 곧 그리고 갈 것이니⋯⋯. 그리고, 이시요를 들라하라!"

잠시 마음을 안정시킨 후 그는 돌아서서 걸어갔다. 마침 화공태감(花工太監)이 벌꿀을 마셔보라며 태후에게 받쳐 올리고 있었다. 건륭이 쇳소리를 질렀다.

"네 이놈, 네가 먼저 마셔보고 올렸어야지!"

벼락같은 고함에 조금 놀란 기색을 보이는 태후에게 사죄하는 뜻으로 웃어 보이며 건륭이 말했다.

"어마마마, 그새 무슨 일이 있다고 하네요. 어마마마를 모시고 조선(早膳)을 들지 못하겠습니다. 나오신 김에 실컷 꽃구경을 하고 들어가세요. 화탁씨가 멋진 서역(西域)의 춤사위를 선사하여 어마마마를 즐겁게 해드릴 것입니다! 그럼, 소자는 이만 가보겠습니다. 화탁, 정성껏 부처님을 시중들게. 숙모님도 모처럼 입궐하셨으니 오래 놀다가세요. 늦으면 여기서 주무셔도 되고요. 진씨가 알아서 잠자리를 봐드리게⋯⋯."

그러자 태후가 어서 가보라는 듯 손사래를 쳤다. 그리고는 웃으며 말했다.

"염려 붙들어 매시게. 폐하께서 당부 안 하신다고 누가 감히 이 늙은이를 괴롭히기라도 하겠습니까?"

어화원을 나선 건륭은 곤녕문 앞에 대기하고 있던 수레를 타고 길을 재촉했다. 저수궁 문 앞에 다다르니 영항 남쪽 양심전의 수화 문이 한눈에 보였다.

기윤은 벌써 와 있었다. 흰색 효복(孝服)을 입은 복강안과 함께 계단 아래에 엎드려 어가(御駕)를 맞고 있었다. 수레에서 내려선 건륭은 어깨를 들썩이며 소리 죽여 울고 있는 복강안을 보며 한숨을 내쉬었다. 그리고는 짤막한 한마디를 남기고 궁전 안으로 들어 갔다.

"들게!"

왕치와 왕렴이 서둘러 건륭의 의복을 갈아 입혀주고 아직 차를 내어오기도 전에 기윤이 안으로 들어섰다. 그 뒤로 슬픔에 젖어 몸도 제대로 가누지 못하는 복강안이 따라 들어왔다.

"폐하……."

복강안이 마치 사지가 마비된 듯 땅바닥에 풀썩 무너지듯 주저 앉으며 울먹였다. 평소에 항상 한 올의 흐트러짐도 없이 빗어 내렸던 머리가 푸석푸석하게 사방으로 삐어져 나왔고, 슬픔에 잠긴 낯빛도 초췌해 보였다. 그는 땅바닥을 후벼 잡으며 연신 울음을 터뜨렸다.

"폐하…… 폐하……."

말을 잇지 못하는 복강안을 보며 기윤의 눈에도 눈물이 그렁그 렁 고였다. 함께 부둥켜안고 크게 목을 놓아버리고 싶었으나 방촌 (方寸)의 중추(中樞)에서 감히 그런 무례를 범할 수가 없었다. 정월 대보름날이라서가 아니라 평소에도 언성이 어느 정도 높아

지면 군전무례(軍前無禮)라는 죄명을 쓰기 십상이었으니 기윤은 애써 터져 나오는 울음을 참으며 말했다.

"푸헝이 이승의 끈을 놓아버리고 말았사옵나이다……."

건륭은 잠시 말이 없었다. 사방에 눈 둘 바를 모르고 두리번거리더니 천장의 조정(藻井)을 한참 뚫어지게 바라보았다. 두 줄기 눈물이 소리 없이 흘러내려 턱에 빗물같이 대롱대롱 매달렸다. 왕치가 급히 받쳐 올린 수건을 받아 눈물을 문질러 닦고 난 그는 쉰 목소리로 말했다.

"끝내는 가버렸군……. 이제 쉰 살을 조금 넘겼을 뿐인데, 뭐가 그리 조급해서 짐을 뒤로 하고 먼저 떠나버렸단 말인가?"

눈물이 그렁그렁한 눈길로 복강안을 보니 그는 연신 머리를 조아리고 있었다. 목구멍이 꽉 막혀 숨쉬기조차 힘겨웠다. 창백한 두 손으로 미끄러운 바닥을 죽어라 헤집으며 그는 극도의 슬픔을 참고 있었다…….

그 모습을 잠자코 지켜보며 건륭이 위로를 했다.

"강아야, 네가 얼마나 괴로울지 짐작하고도 남음이 있느니라. 억지로 참지 말고…… 소리 내어 울거라. 힘껏 울어버리거라……."

"흑흑흑……."

드디어 참고 참았던 누르고 눌렀던 오열이 터져 나오기 시작했다. 아무렇게나 땅에 엎드린 채 몸을 뒤틀며 복강안은 대성통곡했다. 억눌렸던 긴 울음소리가 터져 나오자 건륭의 두 눈에서도 참았던 눈물이 비오듯 흘러내렸다. 궁전 가득한 태감들과 궁녀들도 평소에 빈부귀천에 상관없이 언제나 겸양하고 아랫것들이라고 하여 달리 하대하는 법 없이 자상하고 인간적이었던 푸헝의 죽음을 애도하여 저마다 눈물을 쏟았다. 복강안을 껴안고 한참 오열을 쏟아내고 난 기윤은 그제야 가슴이 좀 홀가분해지는 것 같았다. 이대로 맥을 놓고 있기엔 할 일이 너무 많았다. 그는 서둘러 눈물을 닦고 감정을 추슬렀다.

"실로 여한이 없는 일생을 살다 갔사옵니다. 폐하의 성은을 입고 백성들의 신망을 얻어 청사에 길이 남는 혁혁한 공로를 세워 역사의 한쪽을 멋지게 풍미할 영원한 일등공신으로 세인들의 가슴에 오래오래 남을 것이옵니다……."

기윤이 눈물을 흩뿌리며 연신 머리를 조아렸다.

"발인(發靷) 기간에는 3일 동안 철조(輟朝)한다."

건륭이 눈물을 닦고 복강안이 울음을 그치자 이같이 말했다. 탁하고 무거운 목소리로 그는 한 글자 한 글자 힘을 실어 또박또박 말했다.

"기윤, 자넨 짐을 대신하여 제문(祭文)을 작성하도록 하게. 황자 옹린(顯璘)을 발인식에 보낼 것이네. 다라니경(陀羅尼經) 이불은 미리 준비해 두었었네. 내심 기적이라는 걸 기대하며 미리 하사하지 않았지만 이젠 기윤 자네가 우민중과 함께 가서 지의와 함께 전해주고 오게. 장례식은 예부에서 정해주는 대로 일등공장(一等公葬)으로 치러질 것이네."

그는 잠시 말을 멈추었다가 다시 이었다.

"푸헝이 현량사(賢良祠)로 들어가는 건 두말하면 잔소리이네. 장례가 끝나면 푸헝의 단청회상(丹靑繪像)을 자광각(紫光閣)에 모시게. 복륭안(福隆安)은 일등백작(一等伯爵)으로 봉하고, 복령안(福靈安)은 이등백작(二等伯爵)으로 추가로 봉하여 산질대신(散秩大臣)으로 대령케 하겠네. 복강안(福康安)은 푸헝의 적자

(嫡子)이니…… 지금 이 순간부터 자네 부친의 작위를 세습 받아 일등공작(一等公爵)에 봉하네."

기운 없이 무릎꿇어 있던 복강안의 몸이 흠칫 떨렸다. 기윤의 허리에도 힘이 들어갔다. 앞서 내린 휼전(恤典)은 푸헝의 신망과 일생동안의 업적을 돌이켜볼 때 그 정도는 당연하다고 생각했다. 그러나 '일등공작'은 신하로선 최고의 공명(功名)이었다. 작금의 수많은 뜻 있는 자들이 인신(人臣)으로서 최고의 공명을 지니고자 사막(沙漠)에 몸을 던지고 온갖 공을 다 들였어도 말짱 도루묵이 되기 일쑤였거늘 복강안은 아비를 잘 두었다는 이유만으로 손쉽게 '별'을 따냈다는 것이 그저 놀랍기만 했다. 아직 앞날이 구만리인 복강안에게 이 같은 수은(殊恩)이 과연 무슨 이로운 점이 있단 말인가? 기윤은 머리를 갸웃했다.

건륭의 복강안에 대한 성총이 유별함은 모르는 이가 없었다. 몇 번이고 3등 공작의 공명을 하사하고자 했으나 번번이 군기처의 반대로 벽에 부딪혔었다. 그 분풀이를 하기라도 하듯 건륭은 돌연 복강안에게 '일등공작'을 세습 받도록 했던 것이다! 복강안에게 있어서 득보다는 실이 많을 공명을 재고해 주십사 하고 주하고 싶었으나 혼자 힘으론 자신이 없었다. 또한 때가 때이니 만큼 가뜩이나 민감해 있는 건륭을 자극하는 것도 옳지 않다고 생각한 기윤은 일시에 어찌 대답할지 몰라 그저 깊은 사색을 하는 시늉을 해보일 뿐이었다.

기윤은 의도적이었든 그렇지 않았든 다리로 복강안을 슬쩍 건드렸다. 그와 동시에 복강안은 머리를 조아렸다.

"폐하의 휼전은 부친에 대한 영예의 연장이오니 신으로선 사양하지 않는 게 예의인 줄로 알고 있사옵니다. 하오나 폐하께오선 누누이 '기품 있는 여인은 혼수복(婚需服)을 입지 않고, 뜻 있는 사내는 부모전(父母田)을 먹지 않는다'고 하시며 뜻 깊은 훈육을 내리셨사옵나이다. 신은 자립자강(自立自强)하여 공로를 세워 폐하의 높고 크신 성은에 보답하고 부친의 못 다한 뜻을 이룩하는 그날에야 비로소 오늘 폐하께서 내리신 공명을 당당하게 받을 수 있을 것 같사옵니다. 장례기간이 끝나는 대로 신은 부친을 잃은 슬픔을 말끔히 씻어내고 씩씩하게 폐하와 종묘사직을 위한 차사에 전념하도록 하겠사옵니다."

"자네의 뜻이 정 그러하다면 짐이 이 조목을 지의에 명시토록 하겠네. 그 뜻대로 더욱 거듭나는 계기가 되길 바라네."

건륭이 힘주어 덧붙였다.

"그러나, 자네는 필경 복륭안이나 복령안과는 다르네. 자네가 공명을 사절하면 그들은 어찌 되겠는가? 이등공작(二等公爵)이라도 내릴 테니 두말하지 말게."

건륭이 역시 눈물범벅이 되어 엎어질 듯 들어와 예를 행하는 이시요를 보며 말했다.

"경과 기윤은 모두 푸헝의 은혜를 입은 사람들이네. 기윤이 중심이 되어 장례식을 잘 치르도록 하게. 푸헝은 다른 사람과는 다르네. 짐과는 처남매부지간이자 사책(史册)에 길이 빛날 고굉의 신하이네. 짐은 푸헝의 집으로 친히 걸음을 할 자신이 없네. 만조의 문무들이 다 모인 자리에서 흐트러진 모습을 보이고 말 것 같으니, 짐은 가지 않겠네. 경들이 알아서 잘 하리라 믿고 맡기니 무슨 일이 있으면 수시로 짐에게 아뢰도록 하게……."

눈물을 거두며 이시요가 머리를 조아리며 아뢰었다.

"푸헝은 평생동안 신의 상사였고, 훌륭한 스승이었사옵나이다.

융종문에서 비보를 접하고 신은 마치 마른 하늘의 날벼락을 맞은 것 같은 충격에 사로 잡혔사옵나이다. 지금도 신은 감히 믿을 수가 없사옵니다……. 푸헝은 폐하께서 손수 키워오신 재상이옵나이다. 정무에 있어서도 일인지하 만인지상의 위력을 과시했을 뿐더러 삼군장사(三軍壯士)들에게 있어서도 영원한 대통수(大統帥)로 오래도록 추앙될 것이옵니다. 주청 올리옵건대, 장례식 때 일천의 병사들을 동원하여 영행(榮行)을 위로하는 것이 어떨까 하옵나이다."

건륭은 이시요를 바라보며 말이 없었다. 대통수로서의 푸헝의 위망(威望)을 고려할 때 1천 명의 병사들을 동원시켜 영구(靈柩)를 호송하는 건 어쩌면 당연한 건지도 몰랐다. 그러나 전쟁터에서 장렬하게 죽어간 통수가 아닌 이상 아직 이 같은 영광을 누린 전례는 없었다. 이미 일등공작에 봉하는 등 최고의 공명을 내렸거늘 이시요가 한술 더 뜨는 저의는 무엇일까?

건륭은 잠시 침묵했다. 세 신하는 일순 무형의 압력에 짓눌렸다. 복강안도 기윤도 마땅히 이시요를 대신하여 할말이 없는 것 같았다. 말이 빗나간 걸 후회하는 듯 불안스레 몸을 움찔거리고 있는 이시요를 보며 건륭은 그 '실수'를 이해할 것 같았다.

푸헝의 장례식에 대한 언급으로 화제를 돌리며 건륭이 한숨을 내쉬었다.

"자네도 좋은 마음에서 그리 말했다는 걸 알고 있네. 영웅의 가는 길에 좀더 잘해주고 싶어하는 걸 짐이 어찌 모르겠나. 다만 너무 부담을 주면 푸헝의 성격에 구천에서도 발을 편히 뻗고 잠을 자지 못할 것이네."

이에 이시요가 연신 머리를 조아렸다.

"신의 불민함을 용서해 주시옵소서. 폐하의 성유(聖諭)에 따르겠사옵니다."

건륭이 막 입을 열려고 할 때 왕렴이 들어섰다. 그는 손에 두 통의 서찰을 받쳐들고 있었다. 이에 건륭이 물었다.

"어디서 보낸 편지인가?"

"군기처에서 화급하다며 전해온 서찰이옵나이다."

왕렴이 편지를 받쳐 올렸다. 그리고는 한 걸음 뒤로 물러나 아뢰었다.

"한 통은 수이허더 장군의 서찰이옵고, 다른 한 통은 십오마마의 서찰이옵나이다. 둘 다 '특급'이라는 글씨가 적혀 있사옵니다. 특히 십오마마의 서찰엔 세 개의 닭털이 붙여져 있었사옵니다……."

건륭이 시끄럽다는 듯이 미간을 찌푸리며 손사래를 쳤다.

왕렴이 풀이 죽어 뒷걸음쳐 물러갔다. 기윤과 이시요는 무슨 일인지 잔뜩 긴장하여 무릎 꿇은 채로 허리를 곧추 펴고 고개를 쳐들었다. 복강안 역시 눈물이 그렁그렁한 눈빛으로 건륭을 바라보았다.

건륭이 두 통의 편지를 대조하듯 번갈아 보았다. 화칠(火漆)로 봉한 수이허더의 서간은 그 오는 길이 멀고 오래됐음을 말해주듯 벌써 변두리가 닳고닳아 있었다. 옹염의 편지는 알고 보니 군기처로 보낸 서찰이었다.

먼저 수이허더의 편지를 뜯어 일목십행하여 훑어보고 난 건륭은 서둘러 옹염의 속지를 꺼냈다. 그러나 옹염의 필적이 아니라는 데 놀랐다. 그는 물었다.

"기윤, 이번에 옹염을 수행한 사람은 누군가?"

"왕이열(王爾烈)이라는 사람이옵나이다."

기윤이 느닷없는 질문에 놀라며 급히 대답했다.

"육경궁(毓慶宮)에서 황자들의 글공부를 시중들고 있는 자이옵니다. 한림원(翰林院)에서 편수(編修)……."

말을 맺지도 못하고 그는 입을 다물어야만 했다. 그새 건륭은 열심히 서찰을 읽고 있었던 것이다.

난각 안팎은 조용하여 미세한 숨소리조차 들리지 않았다. 무릎을 꿇고 있는 세 신하는 잠시 푸헝의 상사(喪事)도 잊은 채 긴장하고 있었다. 태감들도 잔뜩 숨죽인 채 몰래 건륭을 훔쳐보았다. 용지(用紙)는 많지 않았으나 글씨가 작고 행간이 좁아 대단히 장문(長文)인 듯 했다. 처음엔 목석처럼 무표정해 보이던 건륭의 얼굴이 벌겋게 부어오르기 시작했다. 약간 내리깐 눈꺼풀 사이로 분노에 찬 서슬이 번뜩이는가 싶더니 이내 암담하게 변했다. 안색도 창백하게 변해갔다.

편지를 내려놓고 깊은 생각에 잠긴 채 한참 앉아 있던 건륭이 드디어 천천히 입을 열었다.

"내심 두려워했던 일이 결국은 터지고 말았군!"

일어나 다시 편지를 집어들고 그는 천천히 실내를 배회했다.

한번 자리를 잡으면 적어도 세 시간이어서 좌공(坐功)이 뛰어나길 옹정을 능가한다던 건륭이 안절부절하고 있었다. 다행히 안색은 조금씩 원래대로 되돌아오는 것 같았다. 기윤이 적이 떨리는 목소리로 여쭈었다.

"무슨…… 안 좋은 일이라도 생긴 것이옵니까?"

"평읍현(平邑縣)에서 사고가 났네."

뭔가 불길한 예감을 하지 못한 건 아니었지만 세 신하는 건륭의 입에서 이 한 마디가 나오는 순간 놀라움을 금치 못했다.

"……두 땔감장사가 손님 하나를 두고 다투다가 몸싸움이 붙었는데, 현아문의 아역들이 사람을 둘 다 연행했다고 하네! 그 중 한 장본인의 눈 먼 어미가 아들이 불쌍하다고 울면서 동냥해온 밥을 한 입씩 떠 먹이고 있었는데, 아역들이 그 밥그릇을 빼앗아 발로 차버렸다고 하네……."

건륭은 안색은 다시 무섭게 변해가고 있었다.

"그러니 백성들의 분노를 사지 않고 배기겠나? 때는 초나흗날인지라 아직 설 명절이라 낮에 길가에 사람들이 많았다는데, 그걸 보고 욱하고 몰려들어 난동을 부린 게지. 왕염(王炎)이라는 자가 마차에 뛰어올라 주먹을 휘두르며 선동을 하는 통에 삽시간에 5천여 명이 호응했고, 우르르 현아문으로 쳐들어가 감옥을 때려부수고 한바탕 아수라장을 만들어버렸다고 하네! 십오황자는 그 자를 임상문으로 의심하고 있네……. 현령은 어디론가 숨어버리고 큰아들이 난민(亂民)들의 칼에 맞아 죽었다고 하네. 여섯 명의 하녀들이 윤간을 당하고 아역들도 스물 한 명이나 맞아 죽었으며 엄청나게 다쳤나 보네. 더욱 가증스러운 것은 성 밖에 주둔해 있는 1천의 녹영병(綠營兵)들은 저희들끼리 치고 박고 내분이 일어나 성안에 난이 일어도 병마를 이끌어 진압하러 오는 자가 없더라는 거네. 그 혼란을 틈타 2천 난민들은 성 밖으로 나가 뻥 뚫려 있는 군영의 채문(寨門)으로 돌격하여 군영을 범해 버렸다고 하네. 병사 열세 명이 죽고, 조총도 다섯 자루나 빼앗기고, 대포 한 문이 그 자리에서 폭파당하는 수모를 당하고도 모자라 폭도들은 설 명절 때 배급받을 고기며 식량 등 먹거리를 전부 빼앗아 유유히 달아났다고 하네!"

흥분한 건륭은 칸막이 병풍을 주먹으로 강타하는 시늉을 해 보이며 분을 삭이지 못했다. 그는 큰소리로 불렀다.

"고운종은 들라!"

"찾아계셨사옵니까!"

고운종이 또르르 구르듯 달려 들어왔다.

"어제 군기처에 여쭈니 아계가 어디쯤 왔다고 하더냐?"

"아뢰옵니다, 폐하! 고비점(高碑店)까지 왔다고 하옵나이다."

"쾌마(快馬)를 파견하여 지의를 전하라. 엄동(嚴冬)에 뭐가 볼 게 있다고 그리 얼쩡거리느냐고."

"예!"

일어나려던 고운종이 다시 엎드려 지의를 복술했다. 건륭이 더 이상 보태는 말이 없자 그제야 물러갔다.

건륭은 궁전 여기 저기를 쓸어보는 모양이 누군가에게 분풀이라도 하고 싶은 것 같았다. 신하들에게로 시선을 돌린 그는 기윤에게 눈길을 박았다.

"조후이의 군중(軍中)에서는 채소를 못 먹은 지 오래됐다는데, 군기처에서는 어찌하여 짐에게 이 사실을 아뢰지 않았단 말인가?"

산동 평읍현의 폭동에 대해 머리 복잡하게 생각하던 중이던 기윤이 추상같은 건륭의 호령에 놀라서 급히 머리를 조아리며 대답했다.

"군무에 대해선 신은 잘 모르옵나이다. 군기처 장경(章京)인 류보기(劉保琪)에게서 들은 바로는 우민중이 홍당무 30만 근을 하남성(河南省) 개봉(開封)에서 서녕(西寧)으로 운송하고자 했으나 30만 근이라고 해봤자 3백 냥 값어치밖에 안 나가는 홍당무를 운송하는 데 비용은 6천냥이 드니 병부에서 난색을 표했다고 하옵니다."

"6천 냥이 아니라 6만 냥이라도 보낼 건 보냈어야지!"

건륭이 쉰 목소리로 포효하듯 고함을 질렀다.

"병부 그 자식들, 안 되겠구만! 검은 돈 챙길 값비싼 물건을 운송하라고 했으면 그렇게 나오지 않았을 걸? 조후이의 병사들은 채소를 먹지 못해 지금 대부분이 야맹증을 앓고 있네. 밤중에 적들이 쳐들어오면 물체를 알아보지 못해 갈팡질팡하다가 자칫 자기네들끼리 쳐죽이고 마는 불상사를 초래할 수도 있단 말이지. 병부상서(兵部尙書) 아하무의 직무를 박탈한다. 빠른 시일 내에 조후이의 군영에 채소를 운송하고, 조후이의 영수증을 받아오면 복귀시킨다고 지의를 전하게!"

"예!"

기윤이 응답과 함께 일어서려 하니 건륭이 미간을 좁히며 눌러 앉혔다.

"왕치, 네가 다녀오너라. 우민중에게도 지의를 전하거라."

왕치가 급히 다가와 지의를 듣고자 귀를 세웠다. 건륭이 분부했다.

"산동성 평읍에서 폭동이 발생한 사실을 우민중에게 이르거라. 그러나 조후이 군영의 군무가 더 중요하니 채소 외에 필요한 물건은 없는지 사전에 파악하고 미리미리 공급해 주라고 하라. '서선안, 천하녕(西線安, 天下寧, 서부전선이 평안하면 천하가 안녕하다)!' 이 여섯 글자를 부디 명심하라고 하거라! 가봐!"

이 여섯 글자를 건륭은 미리 생각해 두고 있었던 것 같았다. 편각의 되새김 끝에 이시요는 그 말에 담긴 의미를 가늠해 낼 수 있었다.

내지(內地)의 군정(軍政)과 민정(民政)은 사방에 구멍이 뚫리고 팔방에서 바람이 새고있으니 서부전선에서 승리를 거두면 그 여세를 몰아 내지의 안정을 도모하는 데 크게 기여할 것임은 틀림이 없었다. 그러나 내지가 워낙 불안정한 상황에서 서부까지 패망하는 날엔 사태는 걷잡을 수 없는 악화일로로 치닫게 될 터였다. 그것이 조정에서 서부 전사(戰事)에 목숨을 거는 이유라면 이유였다.

북경에 온 이래 속 시원하게 풀린 일은 하나도 없다고 이시요는 개인적으로 불만이었다. 이럴 때는 총대 메고 나가 사막을 종횡무진 누비는 것이 차라리 나을 것 같았다. 머리 속이 후끈 달아오르며 흥분하여 그가 막 입을 열려던 찰나 복강안이 먼저 앞질러 나가고 있었다.

"폐하, 신이 성려(聖慮)를 덜어드리겠사옵니다! 조후이가 주장(主將)이 되고 신이 선봉(先鋒)이 되어 서역을 소탕하고 개선해 오겠사옵니다!"

"이시요도 엉덩이를 들썩이는 걸 보니 뜻이 있나 본데, 둘 다 가상한 생각이긴 하나 아직 서역이 그 정도로 위급한 상황은 아니네."

건륭이 한결 부드러워진 눈매로 신하들을 차례로 쓸어보며 말을 이었다.

"워낙 넓디넓은 천하이니 이 구멍을 막으면 저기서 물이 새고, 동쪽을 무마하고 나면 남쪽에서 궐기하니 짐이 과부하가 걸려 유난히 민감해지는 것 같네. 부친의 장례가 끝나지 않았으니 조급해하지 말고 차분한 마음가짐으로 장례식부터 탈없이 치르게. 부친을 입토(入土)시키고 나선 홀로 되어 상심이 클 모친도 돌봐야지 않겠나. 3년간의 효도 기간이 끝나면 짐이 자네를 기용하여 부리고 싶은 곳이 있으니 염려하지 말게."

그러나 복강안은 타고난 성정이 고집스럽고 승부욕이 강하여 쉬이 뜻을 굽히는 경우가 없었다. 아비의 후광을 입어 일등공작에 봉해지면 뭘 하고, 자손 대대로 후한 봉록을 먹으며 구차하게 살아선 뭘 하랴 싶었다. 평소에 연마하고 익힌 군사재능을 이 기회에 발휘해 보고 싶었다. 그러니 눈앞에 닥친 기회를 순순히 놓칠 리가 없었다.

그는 연신 머리를 조아리며 아뢰었다.

"폐하, 넓고도 크신 성은에 깊이깊이 사은을 표하오나 신으로선 이번이 그 동안 저희 일가가 입어온 하해(河海)와 같은 성은에 조금이나마 보답할 수 있는 절호의 기회이옵나이다! 집에는 두 형제가 남아 있으니 뒷일을 마무리짓고 고당(高堂)을 위로해 드릴 것이옵니다. 폐하께오서 신을 서녕으로 보낼 의향이 없으시다면 평읍으로라도 보내주시옵소서. 선량한 백성들을 난민(亂民)으로 전락하게 종용하고 선동한 악의 무리들을 때려 엎고 오겠사옵니다. 그곳의 반적(反賊)들은 아직은 오합지졸(烏合之卒)에 불과하오나 시간이 흐를수록 세를 형성할 것이오니 대적하기가 그만큼 힘겨워질 것이옵나이다. 통촉하여 주시옵소서!"

이에 건륭이 미간을 좁히며 대답했다.

"평읍의 난은 비적들과 사교(邪敎) 일당들이 우매한 백성들을 볼모로 하여 일으킨 난동에 불과할 뿐 계획적이고 조직적이었던 건 아닌 듯 싶네. 5천이라고 해도 백성들이 대부분이고 비적들과 사교도들은 1천 명 정도가 고작일 것 같네. 허니 그 정도면 류용과 화신이 요리하기에 무리는 아니라고 생각하네."

복강안이 다시 머리를 조아렸다.

"류용은 믿을 만하오나 화신은 한낱 용신(庸臣)에 불과하다고 신은 생각하옵나이다! 그 자가 무슨 재주가 있어 군사를 요리하겠사옵니까? 병서(兵書)에 보면 '단숨에 뿌리 뽑지 못하면 두 번째는 힘이 쇠락하고, 세 번째는 주저앉는다'고 했사옵니다. 단박에 쳐내지 못하면 열 배로 힘들어질 것이옵나이다!"

화신에 대한 성총이 남달라 평보(平步)에 청운(靑雲)하는 꿈을 이루었고 수직상승의 여세를 몰아 급기야 군기대신으로의 입직을 앞두고 있는 인물을 복강안은 대뜸 '용신'이라고 단정지어 버렸다!

이시요와 기윤은 복강안의 무모하다 싶을 정도로 담대한 모습에 그만 차가운 숨을 들이마시고 말았다. 그들은 한편 통쾌하면서도 걱정이 되는 눈빛으로 건륭을 바라보았다.

"화신은 용신이 아니네. 육부(六部)를 조화롭게 하는 이재(理財)의 능수이네."

건륭이 덧붙였다.

"그러나, 그가 군무에 재량이 없다는 자네의 말에는 어느 정도 공감하네."

건륭에게는 전혀 화난 기색이 없을뿐더러 목소리는 담담했고, 복강안을 향하는 눈빛은 마냥 부드럽기만 했다. 크게 호통이 이어지고 한바탕 훈책이 불가피하다고 생각했던 기윤과 이시요는 적이 의외라는 표정으로 서로를 마주보며 시선을 마주쳤다. 다른 신하들은 감히 엄두도 내지 못할 말을 아무렇지도 않게 내뱉는 복강안과 그런 신하를 대견하다는 표정으로 바라보는 건륭. 신기하다고나 할까, 두 신하는 그저 지켜보는 수밖에 없었다.

그런 둘의 마음을 알기나 하는지 건륭은 여전히 봄햇살처럼 따사로운 미소를 지어 보이며 이어서 복강안에게 준엄한 훈회까지 내렸다.

"네가 한사코 밀어내며 받기를 거부하지만 넌 일등공작이고 잠영(簪纓)의 귀주(貴冑)이니라. 앞으로 신분에 어긋나는 언행은 금물이야. 무심코 던진 돌에 개구리는 맞아 죽는다고 했다. 유심(有心)이든 무심(無心)이든 간에 말조심을 해야 하느니라······. 너의 아비는 온량공검양(溫良恭儉讓) 다섯 가지 미덕을 두루 갖춘 흔치 않은 호인이니 잘 본받아 이 나라의 동량으로 거듭나거라······. 웬만하면 너의 뜻을 받아 주고 싶지만 차마 상중(喪中)인 너를 보낼 수가 없구나······."

복강안의 두 눈에서 눈물이 흘러내렸다. 그는 땅에 엎드려 머리를 조아렸다.

"부친께서도 평소에 신에게 그와 같은 가르침을 주셨사옵니다. 임종시에도 신의 손을 잡고 '폐하께서 너의 고모부인 건 사실이다. 허나 그 이전에 군신관계가 엄연한 주종(主從) 사이임을 간과해선 아니 된다······. 태어날 때부터 차고 나온 부귀공명은 아무 소용이 없느니라. 네가 두 주먹으로 창출해내야 진정 값지고 보람이 있는 것이거늘······. 금천(金川)으로 널 데리고 가지 않았던 걸 지금 돌이켜 보면 후회막급이다······'라고 유언을 남기셨사옵나이다······."

푸헝이 아들에게 남겼다는 유언을 듣고 난 건륭이 아랫입술을 지그시 깨물었다. 진정한 충신을 잃은 슬픔이 다시 파도처럼 밀려왔다. 한참 눈을 감고 생각에 잠겨 있던 건륭이 천천히 입을 열었다.

"너의 아비 뜻이 정녕 그러하다면 짐도 생각을 고쳐야겠구나. 너에게 초비선위사(剿匪宣慰使) 자격을 줄 테니 산동으로 가서 사태를 수습하고 오너라!"

23. 가병(家兵)

　"옛!"

　실망한 표정으로 있던 복강안이 막판의 은지(恩旨)에 너무나 흥분한 나머지 금세 눈물이 그렁그렁했다. 엎드리고 있던 그가 허리를 벌떡 일으키며 소리치듯 힘차고 분명한 목소리로 아뢰었다.

　"망극하옵나이다! 신의 부친께서도 필시 우악(優渥)하신 성은에 감은(感恩)하시어 감격의 눈물을 흘리실 것이옵니다. 충효스런 아들로 거듭나게 해주신 은혜에 이 한 몸의 심혈을 다해 보답하겠사옵니다! 신은 지금 당장 모친과 작별을 고하고 병부로 가서 감합(勘合)을 받는 대로 오후에 입궐하여 폐하께 아뢰어 폐하의 기의(機宜)를 면수(面授)받도록 하겠사옵나이다!"

　젊음의 혈기가 왕성하여 벌떡 솟구치듯 일어나려는 복강안을 향해 건륭은 두 손으로 도로 앉으라는 시늉을 했다. 그리고는 물었다.

"북경에서 군사를 데리고 갈 것인가, 아니면 산동의 녹영병들을 쓸 것인가?"

이에 복강안이 대답했다.

"현지 주둔군들을 활용하고자 하옵니다. 한낱 도량소추(跳梁小醜)에 불과한 자들을 소탕하면서 대병(大兵)까지 동원시킬 순 없사옵니다. 그리되면 경사(京師)의 백성들을 경동시켜 갖은 요언이 난무하는 수가 있사옵니다. 청하옵건대 조총(鳥銃)과 화창(火槍)을 합쳐 서른 자루와 쾌마 서른 필을 지원해 주시옵소서. 신은 가노(家奴)들을 데리고 늦은 밤일지라도 출발하겠사옵니다. 열흘 내에 폐하께 첩음(捷音)을 들려드리도록 하겠사옵니다."

건륭이 사기충천해 있는 복강안을 바라보았다. 그리고는 오랜 침묵 끝에야 비로소 입을 열었다.

"대병을 동원시키면 경사의 백성들이 불안해한다는 걸 염려하는 걸 보니 과연 진보가 크네. 반적들을 소탕한다는 명목 하에 사람을 너무 많이 죽이지는 말게. 또한 동시에 양민들을 적극 보호해야 하네. 사후 조치에 있어선 '선위(宣慰)' 두 글자만 잊어버리지 말고. 하찮은 적일지라도 절대 소홀히 대해선 아니 될 것이네. 시간이 걸리더라도 전략전술에 만전을 기하여 반드시 승리해야 하네. 패배하는 날엔 왕법(王法)이 무친(無親)하니 그때 가선 짐도 성은을 내릴 수가 없음을 미리 못박네. 알겠는가?"

복강안의 준수한 얼굴이 대단히 엄숙하여 마치 주물(鑄物)같았다. 그는 머리를 조아려 대답했다.

"절대 경거망동하고 소홀해선 아니 된다는 지엄하신 훈회로 받아들이겠사옵니다. 부친께서도 늘 마속(馬謖), 조괄(趙括)의 예를 들어가며 신의 쾌우파차(快牛破車, 소가 너무 빨리 달려 수레가 망가짐)를 염려하셨사옵니다. 그 정훈(庭訓) 또한 아직도 귓전에 생생하온대 신이 어찌 감히 군부(君父)의 훈회를 한순간인들 잊을 수가 있겠사옵니까? 성려를 거두시옵소서. 신은 이 자리에서 군령장(軍令狀)을 세우겠사옵니다!"

건륭이 '조카'를 조용히 응시했다. 몇 마디 당부의 말이 더 있는 것 같았으나 입가에 맴도는 말을 거두는 것 같았다.

"그럼 이만 물러가게. 기윤이 함께 병부에 들러줄 것이고, 짐을 대신하여 문상을 갈 것이네. 가보게……."

건륭은 손사래를 쳐 보였다. 기윤과 복강안은 함께 물러났다. 창문 너머로 두 사람이 조벽(照壁)을 돌아서는 걸 보며 건륭은 그제야 이시요에게 말했다.

"그만 일어나서 저쪽 걸상에 앉게."

이시요가 사은을 표하고 미처 자리에 제대로 앉기도 전에 그는 물었다.

"원소절(정월대보름)이 바로 코앞인데, 자네 보군통령아문(步軍統領衙門)에서는 경사의 치안을 어찌 유지할 셈인가?"

"폐하."

그린 듯 자리에 앉아 있던 이시요가 장시간 꿇은 무릎이 아픈 듯 몰래 손으로 문지르며 아뢰었다.

"순천부(順天府)와의 합의하에 화재를 예방하고 도둑을 잡는 데 전력을 다하기로 했사옵니다. 순천부와 제독아문에는 주야로 당직을 세우고 유사시 신속한 화재진압을 위해 수통(水桶)과 수차(水車)를 비롯한 구화대(救火隊)를 조직하여 비상대기 상태에 돌입하도록 조치해 놓았사옵니다. 그리고 집포청(緝捕廳)의 아역들도 수시로 출동하게끔 했사옵니다. 이밖에 사이비 교도들이 명절을 틈타 소동을 일으키는 걸 미연에 방지하기 위해 구문제독아문의 군리(軍吏)들은 일제히 변복(變服)하여 현지 청방(靑幇), 그리고 황천패(黃天覇) 등과 함께 엄밀한 감시를 하여 수상한 움직임이 있으면 즉각 손을 쓸 것이옵니다. 정양문, 서직문, 동직문, 북안정문, 조양문 등 평소에도 사람들이 많은 곳에 대한 감시는 더욱 철저히 할 것이옵니다. 이밖에도 2천 군사들이 항시 신의 명령을 대기하고 있을 것이옵니다. 사단이 일어나지 않으면 더할 나위 없이 좋겠지만 설령 무슨 움직임이 있어도 즉각 사태를 진정시키도록 최선을 다하겠사옵니다. 각 향당(香堂)의 당주(堂主)들과 평소에 요주의 인물로 찍힌 자들에 대해선 미행을 붙여 즐겁고 무사한 등절(燈節)을 보낼 수 있게끔 다방면으로 노력할 것이옵니다. 만에 하나 차사에 차질을 빚게 되는 날엔 신의 죄를 물어주시옵소서!"

"'만에 하나'라는 말 자체도 없어야 하네."

건륭이 온돌로 돌아가 앉으며 덧붙였다.

"태후부처님과 황후도 백성들과 더불어 등절을 보내고 싶다고 하셨네."

이에 이시요의 미골이 가볍게 떨렸다. 그는 다그쳐 물었다.

"어디서 관등(觀燈)을 하실 건지요?"

"정양문이네."

건륭이 말했다.

"경사(京師)의 백성들에게 안민고시(安民告示)를 내붙여 짐이 친히 성곽에 올라 태후부처님을 시중들 것이라고 고시할 거네."

건륭이 태후가 성곽으로 오르고 백관들에게 연회를 베푸는 등등의 행사에 대해 일일이 설명해주었다. 이시요는 잔뜩 긴장하여 미간을 잔뜩 좁힌 채 듣고만 있었다. 그는 오래도록 아무런 말이 없었다.

"자네 표정이 어찌 그리 어두운가? 무슨 어려움이라도 있는 건가?"

"시일이 좀 촉박할 것 같사옵니다."

이시요가 침착하게 말을 이었다.

"신은 태후부처님께서 정양문으로 등성(登城)하시어 관등하실 줄은 미처 모르고 인력을 다른 곳에 대부분 배치해 버리고 말았사옵니다. 폐하께오서 성모(聖母)를 모시고 여민동락(與民同樂)하는 뜻 있는 등절을 보내시고 여러 신하들에게 은연(恩筵)을 내리심은 성세를 조식(藻飾)하고 효(孝)를 만천하에 알리는 거대사(巨大事)가 아닐 수 없사옵니다. 첫째도 안전, 둘째도 안전, 치안을 도모하는 것이 무엇보다 긴요한 차사이겠사옵니다. 이리되면 정양문(正陽門) 일대에만 적어도 2만 병력은 배치해야 할 것이옵니다. 따라서 다른 지역에 배치하기로 했던 병력을 끌어와야 하오니 다른 곳의 방어에 구멍이 뚫리는 위험도 배제할 순 없사옵니다."

건륭이 들으며 연신 머리를 끄덕였다.

"맞는 말이네. 곧바로 문제점을 짚어내는 걸 보니 과연 예지(叡智)가 돋보이네. 설령 태후께서 친히 성곽에 올라 등불을 구경하지 않더라도 성세(盛世)를 조식(彫飾)함은 무엇보다 중요한 일이지."

건륭에게서 직접 "예지가 돋보인다"는 칭찬을 듣는 건 처음인지라 이시요는 날 듯이 기뻤다. 애써 흥분을 삭이느라 숨이 가빴다. 한참 동안 깊이 생각한 다음에 그가 아뢰었다.

"고시가 나붙기만 하면 아문에서 나설 사이도 없이 상인들과 실세들이 정양문 앞의 관제묘(關帝廟), 기반가(棋盤街), 대랑묘(大廊廟) 일대에 천막을 세운다, 등불을 내다 건다 하며 한바탕 수선을 피울 것이옵니다. 어림잡아 70만 인파는 몰릴 것 같사옵니다. 순천부에서 총출동하고 신의 아문에서 2만 명을 동원시키면 그날의 치안을 유지하는 데는 별 무리가 없을 것 같사옵니다. 좀더 구체적이고 세밀한 부분은 신이 돌아가 부하들과 충분히 검토하고 상의한 끝에 폐하께 아뢰도록 하겠사옵니다."

건륭은 말이 없었다. 이시요가 물러가려 하자 그제야 불러 세우며 물었다.

"자네 혹시 광주(廣州)나 다른 곳에 장원(莊園)을 구입한 바가 있나?"

막 자리에서 일어서던 이시요가 느닷없는 질문에 잠시 멍한 표정을 짓더니 급히 대답했다.

"신은 모두 세 곳에 장원이 있사옵니다. 그 중 두 곳은 폐하로부터 하사 받은 것이고, 나머지 하나는 선조께서 유산으로 남겨주신 땅이옵니다. 그밖에 다른 건 없사옵니다. 신은 다년간 전쟁터에서 군무를 보아왔고 몇 해 동안 총독을 지녔어도 군정(軍政)이 위주이다 보니 그런 신외지물(身外之物)엔 관심이 없었사옵니다. 병마를 이끄는 장군은 땅이나 기타 재산이 많으면 그것이 애착이 되어 결정적인 순간에 과감하게 목숨을 내놓을 수가 없게 되므로 신은 재물에 대한 욕심을 근본적으로 갖지 않고자 노력하는 편이옵나이다……"

건륭이 묻는 순간 이는 결코 '눈먼 돌'과 무관하지 않으리라 생각했고, 가장 먼저 뇌리에 떠오르는 인물은 화신(和珅)이었으니 그는 언중유골(言中有骨)을 담아 대답했다.

"화신이 출경(出京)을 앞두고 신에게 순의현(順義縣)에 쓸만한 장원(莊園)이 4천 무(畝) 가량 있는데, 의향이 있으면 싼값에 살 수 있게 도와주겠노라며 의사를 타진해온 적은 있었사옵니다. 신은……."

"됐네, 그만하게. 짐이 그저 문득 생각이 나서 물어봤을 뿐이네."

그사이 이마에 땀이 송골송골 맺힌 이시요를 보며 건륭이 히죽 웃으며 손사래를 쳤다.

"짐은 우민중과 기윤, 푸헝이 북경 바깥에 장원을 구입했다는 제보가 들어 왔기에 자네가 알고 있나 해서 그러네."

이에 이시요가 아뢰었다.

"우민중과 기윤은 잘 모르겠사오나 푸상은 결코 그런 일이 없을 것이옵니다. 불과 닷새 전에 찾아뵈었을 때도 성은에 힘입어 푸가 [傅家]의 재산이 날로 늘어나 그 동안 과분한 부귀를 누렸으니 이젠 폐하께서 하사하신 일곱 개의 장원을 복룡안을 시켜 폐하께 환원하고 싶다는 뜻을 내비친 푸상이옵니다. 자신의 사후(死後) 에 신더러 폐하께 밀주하여 자신의 뜻을 받아 주십사 하고 주청을 올려달라고 부탁했사옵니다……."

건륭은 그 말을 듣고는 머리를 숙여 잠시 생각에 잠겼다. 그리고 는 천천히 입을 열었다.

"모두 짐이 하사한 건데 뭐가 문제될 게 있다고 그러는가? 자기 가 없어도 자손들은 살아야 할 게 아닌가? 근본이 바로 선 자손들 은 산업(産業)이 아무리 많아도 해가 되는 법이 없네. 바탕이 비뚤

어진 족속들이나 재물이 화를 부르는 경우가 종종 있지. 알았네, 가보게!"

양심전에서 나온 이시요는 아문으로 돌아가지 않고 수레에 올라 분부했다.

"병부로 가세!"

말이 끝나기가 바쁘게 사인교(四人轎)는 벌써 미끄러지듯 앞으로 나아갔다. 아직 명절 분위기가 다분한 길가엔 마냥 즐거운 아이들이 깔깔대며 뛰노는 소리와 한가롭게 나돌아다니는 사람들이 언뜻언뜻 차창을 스쳤다.

수레는 큰 흔들림 없이 편안했으나 이시요의 마음은 쉬이 안정이 되지 않았다. 건륭이 질문할 때의 말투며 자신을 바라보던 일섬(一閃)의 눈빛이 어쩐지 석연치가 않았다. 아무리 별일 아니라고 해명을 했으나 거듭하여 생각해봐도 건륭은 '그저 해 본' 소리가 아닌 것 같았다. 또 누군가가 시비를 붙이고 다니는 것 같아 불안했다. 건륭이 "예지가 돋보인다"는 평가를 내린 걸 보면 성총은 여전히 변함이 없는 것 같기도 했다. 하지만 그 '예지'가 '총명'하다는 뜻을 내포하고 있으니 칭찬일 수도 있고 칭찬을 가장한 폄하일 가능성도 있었다…….

푸헝의 병세가 가중되면서 그는 건륭이 우민중과 화신에게 기울이는 정성이 자신을 앞선다고 생각해왔다. 자신과 기윤은 모두 푸헝의 부뚜막에 얹혀진 솥이었으니 푸헝이 없어지면 둘의 처지는 불 보듯 뻔했다.

그래서인지 기윤은 벌써부터 유난히 언행에 조심하여 쓸데없는 걸음을 하지 않고 쓸데없는 말을 하지 않고 있었다. 갈대 같은

근성을 지닌 아랫것들도 벌써 이를 간파하고 건륭을 도와 낡은 '부뚜막'을 헐어버리려 드는 것 같았다. 그러나 한편으론 안심이 되는 건 아계가 아직 건재하다는 것이었다. 그리고 푸헝이 비록 한줌의 연기로 사라졌다고는 하지만 그 생전의 은총은 여전하여 복강안이 새삼 사람들의 부러움을 받는 성은을 입지 않았는가? 낡은 부뚜막도 부뚜막 나름이니 좀더 추이를 지켜봐야 할 것 같았다…… 알다가도 모르겠고, 뻔히 들여다보이면서도 오리무중(五里霧中)인 제심(帝心)은 그래서 불측(不測)이라고들 하는 것 같았다…….

머리를 싸매고 울타리 없는 생각을 넘나들다 보니 눈앞이 가물거렸다. 그사이 수레는 내려앉고 친병 하나가 창가로 와서 아뢰었다.

"군문, 병부에 도착했습니다."

"오, 알았네……."

미로와 같은 사색의 골목에서 헤어 나와 창밖을 내다보니 과연 육부(六部) 골목의 북쪽 맨 끝에 와 있었다. 길 서측으로 첫 번째 큰 아문, 조벽(照壁) 안에 민둥머리 오동나무가 빼곡하여 가지들끼리 한데 엉켜있는 저 곳이 바로 병부아문이었다.

때는 오시(午時)가 막 지난 시각이었다. 명절 기간에도 병부는 휴가가 따로 없다고는 하나 워낙 한가하다보니 각 사(司)에 당직을 서는 관원들만 빼곤 대당(大堂), 이당(二堂), 공문결재처의 문은 굳게 닫혀 있었다. 몇몇 서판(書辦)들은 모두 닳고닳은 노회한 관리들인지라 공문결재처 옆방에서 출입문을 열어 놓은 채 화롯불을 둘러싸고 앉아 땅콩 껍질을 후후 불어가며 황주(黃酒)를 마시고 있었다.

이시요가 들어서는 걸 발견한 그들은 서둘러 자리에서 일어나 맞으러 나왔다. 공손히 예를 갖춰 하는 인사말은 뒤늦은 설 인사가 대부분이었다. 이름들은 정확히 모르지만 낯익은 얼굴들인지라 이시요는 손을 잡아주고 어깨를 두드려주며 얼렁뚱땅 인사를 받았다. 그리고는 물었다.

"호 사마(司馬, 관직명)와 고 사마 등은 어디 갔소?"

"예부(禮部)의 우명당(尤明堂) 대인께서 부르셔서 갔습니다…… 윽!"

얼굴이 벌건 서판이 술 트림을 앞세우며 대답했다.

"우 중당께선 그들의 사부님이지 않습니까? 노인네가 일선에서 은퇴하여 적막하실 텐데, 안 가면 예의가 아니죠. 쾌마를 띄워 불러올까요?"

그러자 이시요가 말했다.

"그럴 필요 없네. 우리 아문에 화약 5백 근이 모자란다고 했더니, 초닷새 날에 보내주기로 해놓고 오늘이 벌써 며칠인데 여태 화약 그림자도 안 보이나 해서 와 봤지! 다행히 조후이가 급히 필요로 하는 군용이 아니기에 망정이지 이 감투가 싫증이 나는가 보지?"

심기가 불편했던 차에 서판이라도 붙잡고 싸잡아 혼내주려고 할 때 밖에서 발소리가 가까워오고 있었다. 좀 기다렸다가 고개를 돌려보니 기윤이 복강안과 함께 무고사(武庫司) 당관인 하봉전(何逢全)과 직방사(職方司) 당관인 후만창(侯滿倉) 등 대여섯 당관들에게 에워싸여 병부로 오고 있었다.

서판들은 삽시간에 웃음을 거둔 채 정색하여 한 쪽에 물러섰다. 효복(孝服, 상복)을 입은 복강안을 맞이하여 앞으로 걸어간 이시요가 말했다.

"복 도련님, 댁으로 돌아가신 줄 알았는데, 여기서 또 만나네
요."

"넷째도련님께서 필요하신 말과 총, 화약을 친히 고르신다고
하여 모시고 왔소."

옆에서 기윤이 대신 대답했다.

"오늘밤으로 출발하실 예정이니 서둘러 모든 준비를 끝내놓고
댁으로 돌아가시어 노부인께 작별을 고하실 거라고 하시오."

복강안이 이시요를 향해 작게 머리를 끄덕여 보였다. 그리고는
무고사 담당인 하봉전에게 말했다.

"쾌마 서른 두 필과 짐을 실어 나를 노새 여섯 마리가 필요하네.
닷새 동안 1천 5백 리를 달려야 하니 알아서 건장한 놈으로 잘
골라주게. 내 차사를 그르쳤다간 큰코다칠 줄 알아."

하봉전이 연신 굽실거리며 대답하는 사이 복강안은 후만창에게
물었다.

"방금 누굴 고북구대영(古北口大營)의 좌영대장(左營大將)으
로 보낸다고 했나?"

후만창이 급히 대답했다.

"시대기(柴大紀)라고 했습니다, 복 도련님."

"어디서 많이 들어 본 이름인데?"

복강안이 기억을 더듬느라 미간을 좁혔다. 이시요가 막 "저희
아문에서 차사를 맡고 있습니다"라고 말하려 할 때 복강안의 등뒤
에서 종복인 왕길보(王吉保)가 대답했다.

"잊으셨습니까? 어느 해인가 양주(揚州)의 역관(驛館)에서 술
에 취해 호극경(胡克敬)을 구류시켰던 그 천총(千總)이 아니옵니

까!"

"그렇다면 중용할 수 없네."

복강안이 더 이상 고려할 여지가 없다는 듯이 그의 말을 잘라버렸다.

"그 자의 첫인상이 그리 유쾌하지 않았네."

그러자 후만창이 이시요를 힐끗 쳐다보고는 적이 난감한 표정으로 아뢰었다.

"하오나 복 도련님, 이건…… 풍대대영(豊臺大營)에서 올려온 고과점수가 높은지라 이부(吏部)에서 이미 표(票)를 내렸사옵니다."

"높다니?"

복강안이 차갑게 눈을 흘기며 말을 이었다.

"문관들은 은자만 뿌리면 개나 소나 아무나 다 높게 얻어내는 게 고과평점이네. 이젠 무관들도 좋은 고과평점을 낚고자 은자를 쓰는가 보지? 당장 이부에 전하게, 내가 안 된다면 안 되는 거라고!"

내뱉듯 말하고 난 복강안은 곧 기윤과 함께 자리를 떴다. 이시요는 그 자리에 멍하니 서 있었다.

후만창이 난감한 웃음을 지어 보이며 다가왔다. 두 손을 마주 비비며 그가 말했다.

"다 된 밥에 복 도련님이 와서 코를 휑 풀어버렸네요!"

그러자 이시요가 물었다.

"시대기가 언제 복 도련님께 미운 털이 확 박혀버렸지? 대책 없이 일을 저지르고 다닐 위인은 아닌 것 같던데!"

알 수 없다며 절레절레 머리를 젓고 있는 둘을 향해 이시요가 분부했다.

"시대기 일은 급한 게 아니니 먼저 내가 부탁한 일부터 처리하도록 하게. 자네 직방사에선 이부에서 내려온 표를 잘 건사하고 있게. 찾아보면 대책이 있을 거네!"

그러자 후만창이 한숨을 내쉬었다.

"언제쯤 이 천덕꾸러기 신세를 면할는지 모르겠네요. 돼지오줌보처럼 이리저리 걷어차이고 자질구레한 심부름은 혼자서 다 떠안고!"

그의 볼 부은 소리를 듣고 난 하봉전이 히죽 웃음을 지어 보였다.

"그럼 우리 둘이 바꿀까? 남의 떡이 커 보여서 그렇지 막상 사는 꼴을 들여다보면 다 거기서 거기요. 자네 직방사는 권력은 그리 크지 않아도 병부 지붕 위의 강태공(姜太公)이잖소!"

이같이 한마디씩 불평을 털어놓으며 사람들은 안으로 들어갔다.

한편 복강안과 수레에 동승한 기윤은 복강안의 얼굴에 아직 노기가 채 가시지 않은 것 같아 물었다.

"세형(世兄), 아직도 직방사 그 당관의 말 때문에 화가 나 있는 거요?"

"어디 그럴 가치나 있어야지."

복강안이 거칠게 숨을 몰아쉬며 앞에 시선을 박은 채 짤막하게 대답했다.

"언젠가 류통훈(劉統勛) 중당이 했던 말씀이 생각나오. 어느 조대(朝代)를 막론하고 관직을 매매하는 것이 보편화되고 당연하게 여겨진다면 천하의 대세는 이미 떠나갔다고 봐야 한다고 하셨소. 그래서 류통훈 부자는 목숨을 걸고 폐하를 위해 이를 막아왔지. 나더러 한 가지 더 보태라면 무관(武官)이 문관(文官)을 따라 배워 승관발재(昇官發財)에만 혈안이 돼 있을 때 그 천하도 끝을 향해 치닫고 있다고 하겠소!"

그는 탄식을 내뱉으며 덧붙였다.

"십년 전에만 해도 시대기는 이름조차 들어본 적이 없는 말단 중의 말단 무관이었소. 그사이 어느 전쟁에 가담하여 무슨 공을 세웠다는 소릴 들어본 적도 없는데, 벌써 참장(參將) 반열에 오르다니! 고북구대영은 깨끗한 곳이오. 그런 곳의 병사들을 자격이 의심되는 자에게 맡긴다니 말이나 되오?"

기윤은 흥분하여 노기를 내뿜는 '소년'을 멍하니 바라보았다. 아직 앳된 얼굴이 부어 올라 있었다. 약간 치켜 올라간 턱이 날카로워 보였고, 착 내리간 눈꺼풀 위로 유아독존의 오만함이 흘러내리고 있었다…….

알 듯 말 듯 머리를 가로 저으며 기윤은 탐색하듯 복강안에게 물었다.

"세형(世兄)은 전에 그 자를 만나본 적이 있소?"

"딱 한 번."

복강안이 머리를 끄덕였다.

"양주(揚州) 과주도(瓜州渡)에 있는 역관에서 한 번 만난 적이 있지."

복강안이 내친 김에 역관으로 연락을 취하러 보냈던 호극경이 시대기 등에게 당하여 역관에 억류되었던 사연을 간략하게 설명했다. 그리고는 덧붙였다.

"호극경이 그 당시 옷차림이 깔끔하고, 이 사람의 명을 받고 왔다는 사실을 미리 밝히고 그런 굴욕을 당했더라면 오히려 난 그 자를 용서할 수 있었을 거요. 그러나 호극경은 그 당시 걸인 행색을 하고 찾아갔었소. 그러자 시대기는 말을 들어보지도 않고 사람을 눈밭에 엎어놓고 무자비하게 발길질을 하고 구타를 가했소. 그게 사람이 할 짓이오?"

기윤은 그제야 자초지종을 알 것 같았다. 그러나 오직 그것이 복강안이 시대기의 '자격'을 의심하는 이유라고 받아들이기엔 아무래도 억지스러워 보였다.

"원수는 과연 외나무다리에서 만나는군요!"

한숨을 섞어 이같이 한마디를 하고 그는 이내 말머리를 돌려버렸다.

"노부인을 뵈면 지의를 받고 산동으로 내려간다는 얘기는 조심스럽게 말을 떼야 할 것 같소. 푸헝 공의 장례식도 끝나지 않아 아직 상심이 크실 텐데, 아들까지 멀리 불측의 길로 보내는 심정이 미어지지 않겠소?"

"벌써 알고 계실 것 같습니다. 내가 북경에 있는 한은 어딜 가든지 그 감시의 반경 안에 있거든요."

복강안은 모친에 대한 얘기가 나오자 굳어져 있던 표정이 물에 불린 버섯처럼 스르르 풀어졌다. 미간을 살짝 찌푸리고 곤혹스럽다는 표정을 지어 말했지만 그의 말투에는 애정이 듬뿍 배어 있었다.

"아직도 내가 나무에 올라가서 새 둥지를 털거나, 어디 가서 사단이나 일으키고 다니는 코흘리개인 줄 아나 봐요⋯⋯. 아무튼 꽁무니에 붙어 다니지 않으면 불안해서 잠을 못 잔다니깐요!"

그러자 기윤이 빙그레 미소를 지어 보였다.

"그게 부모 마음이 아니겠소? 우리 어머님도 엄청 극성이셨지. 언젠가 내가 붓을 입에 문 채 먹을 갈고 앉아있었더니 어디서 나타났는지 쏜살같이 달려나오시더니 입에 문 붓을 확 낚아채시고는 '그러다 엎어지면 목구멍 찔려 죽어!' 하시며 호들갑을 떨지 않겠소? 책상 앞에 앉아 있는 사람이 어디로 엎어진다고!"

복강안은 더 이상 말이 없었다. 수레의 움직임에 몸을 내맡긴 채 그는 다소 우울한 눈빛으로 앞을 내다보며 말했다.

"부친께서 돌아가시고 나니 벌써 조정에 뭔가 지각변동 정도까지는 아니지만 움직임이 있는 것 같아요. 기윤 공도 조심하세요. 소인배들이 사방에 득실대니 책상 앞에 앉아 먹을 갈다가도 엎어질 수가 있으니."

기윤의 어깨가 흠칫했다.

"폐하께오선 푸헝을 잃은 자리에 또 다른 푸헝을 심으려 하실 테니, 인사 이동은 불가피하지 않겠습니까."

복강안이 진지한 눈빛으로 기윤을 보며 말했다.

"부친께서 와병 중이신 동안 가까이에서 부친을 시봉하며 두문불출하고 있으니 눈에 보이는 것도 더 많아지더군요. 병문안을 오는 사람들을 보니 부친의 병세가 가중될수록 어중간한 관원들의 왕래는 뜸해지는 반면 거물들의 움직임은 바빠지는 것 같았습니다. 그걸 지켜보며 처음으로 이 바닥이 시장터 같다는 생각을 해봤지요. 장이 열리면 사람들이 바글바글 몰려들고, 장이 파하면 저마다 싸들고 집에 돌아가는 그런 시장터 말입니다."

기윤이 속을 파고드는 한기를 느끼며 물었다.

"푸헝 공께선 뭐라고 하셨소?"

"부친께선 시종일관 담담한 표정이셨습니다……."

아비를 떠올리니 벌써 코끝이 찡해진 복강안이 목이 메인 소리로 말을 이었다.

"미얀마에서 돌아오셨을 때 벌써 '삼춘(三春) 끝에는 백화(百花)가 지니, 각자 집으로 돌아가세' 라고 하시면서…… '평소에 접하지 못했던 사안을 접하면 머리를 잘 써서 현명하게 대처하는 것이 뭐니뭐니해도 중요하다. 기윤 숙부의 〈열미초당필기(閱微草堂筆記)〉를 읽어 자연의 섭리에 순응하는 법을 배우거라. 넘쳐나는 재량을 주체할 수 없을 땐 밖으로 뛰쳐나가 일석(一席)의 공명을 노릴지라도 그렇지 않으면 조용히 집에 있거라……' 라고 말씀하셨습니다."

이같이 말하는 복강안의 눈에는 어느새 그렁그렁 눈물이 고여 있었다.

두 사람이 공부(公府)의 대문에 들어서니 대문에서 의사청(議事廳)으로 이어지는 길다란 자갈길 양옆에 온통 영번(靈幡)이라 불리는 흰 천과 하얀 눈이 애애(皚皚)하게 덮인 것 같은 흰 종이꽃으로 가득했다. 효복 차림 일색인 4백여 명의 남정네들이 통로 양측에 서 있었다. 노인네들은 담벽께에 서 있었고, 젊은이들은 허리에 큰칼을 차고 장승처럼 그 자리에 못박혀 있었다. 의사청 앞에도 수화곤(水火棍)을 든 사람들이 그린 듯 서 있었다. 초상집에 웬 '장승'들이냐는 듯 기윤이 의아해 하니 왕길보가 복강안에게 아뢰었다.

"마님께서 벌써 다 아셨습니다. 이들은 마님께서 직접 선발하신 도련님의 수행원들입니다."

복강안이 머리를 끄덕였다. 그러자 왕길보가 마당이 떠나갈 듯 큰소리로 외쳤다.

"흠차대신…… 우리의 복 도련님께서 귀가하셨다!"

기윤이 그 산울림 같은 외침에 흠칫 놀란 표정을 지을 때 가인 하나가 두어 걸음 앞으로 나서며 무릎을 꿇었다.

"소인 호극경이 넷째도련님께 문후 올립니다!"

그 뒤를 이어 마당 가득한 가인들이 전부 무릎을 꿇었다. 그리고 는 떠나갈 듯 외쳤다.

"넷째도련님께 문후 올립니다!"

4백여 명의 합창이 어찌나 요란했던지 나무 위의 까마귀들이 깍깍 울며 날아올랐다. 복강안이 위엄 있는 눈빛으로 가인들을 쓸어보며 물었다.

"마님은 어디 계시냐?"

"마님께오선 상복 차림이신지라 도련님과 기 대인을 맞으러 나 오실 수 없다고 하시며 서화청에서 두 분을 기다리고 계십니다!"

"모두 일어나게!"

"예!"

우레와 같은 대답과 함께 가인들 모두 나무 위의 까마귀 떼처럼 시끌벅적하게 일어섰다. 복강안은 손짓으로 기윤을 안내하여 월 동문을 거쳐 서화청으로 향했다. 벌써 당아, 복룡안, 복령안 그리 고 복강안이 새로 맞은 부인 황씨가 서화청 동쪽의 서재 앞에 나와 서 기다리고 있었다.

"어머니!"

눈이 퉁퉁 부은 채 한 손에 지팡이를 짚고 한 손으로 화청(花廳) 의 기둥을 붙들고 선 모친의 바람에 날려갈 것 같이 아슬아슬한 가녀린 모습을 보며 슬픔에 겨운 복강안이 달려가 무릎을 꿇었다.

소리나게 땅에 머리를 세 번 조아리며 그는 울먹였다.

"어머니…… 불초한 소자를…… 용서하십시오……."

겨우 운은 떼었으나 눈물이 욱 치밀어 오르며 목이 메어 더 이상 말을 할 수가 없었다.

기윤은 평소에 푸헝의 집을 자주 드나든 편이었으나 이처럼 온 가족이 모두 모인 경우는 처음이었다. 당아(棠兒)는 창백하고 초췌한 모습이었다. 가인들은 모두 '노부인'이라고 부르지만 사실은 아직 마흔을 조금 넘긴 나이였다. 그 뒤에 있는 복강안의 복진(福晉)인 황씨(黃氏)는 작고 아담한 체구에 화장기가 전혀 없는 얼굴이 청순했다. 저런 미색이 하마터면 홀아비에게 팔려갈 뻔했다가 운 좋게 인연을 만나면서 첩실에 이어 흠사복진(欽賜福晉)이 되어 머리 올리고 만인의 부러움을 받는 공작부인으로 불과 몇 년 사이에 전혀 다른 삶을 살고 있다니…….

새삼 인생의 무상함이 속으로 탄식하고 있던 기윤이 당아에게 읍해 보이며 말했다.

"얼마나 상심이 크시겠습니까? 그만 고정하십시오, 부인! 복 도련님께선 면군(面君)하여 청영(請纓)을 윤허 받으시어 조정과 종묘사직을 위해 종융(從戎)하시게 되었습니다. 복 도련님은 충효를 두루 갖추신 인중지걸(人中之傑)이 되기에 손색이 없습니다! 푸헝 공께서 구천(九泉)에서 이를 아셔도 절대 책망하시는 일은 없을 것입니다."

"나도 책망하지는 않습니다."

당아가 말했다. 가녀린 몸에서 나오는 목소리는 의외로 카랑카랑하여 힘이 있어 보였다.

"그리하는 것이 아비의 유언이었으니 아무쪼록 탈없이 잘 다녀

왔으면 좋겠습니다. 새끼를 영원히 품에 끼고 살고 싶은 것이 어미의 욕심입니다만 과감히 날려보낼 줄도 알아야 하지 않겠어요? 아들아, 일어나 이 어미의 말을 듣거라. 폐하의 성은이 망극하다만 진정 네 힘으로, 너의 두 주먹으로 얻은 공명은 아니지 않느냐. 설령 산동에서 쾌거를 올린다 할지라도 자만해선 아니 되느니라. 네가 갈 길은 멀고도 멀었느니, 네가 산동에서 돌아오는 대로 이 어미는 폐하께 널 우리야수타이로 보내어 연마케 해 주십사 하고 주청을 올릴 참이다. 네 스스로 칼 한 자루, 창 한 자루로 이룩해내는 공명이야말로 진정 값지고 소중한 것이기에 폐하와 너의 아비에게 한 점 부끄럼 없이 당당할 수 있다는 걸 명심하거라."

"어머니!"

"가인들을 모두 앞마당에 집결시켰다."

여전히 그 자리에서 움직이지 않고 당아는 단호한 어투로 말을 이어나갔다.

"네 마음대로 뽑아가고 솎아가거라. 은자도 필요한 만큼 얼마든지 가져가거라. 네가 이 어미 얼굴에 먹칠은 아니 할 거라고 믿어 마지 않는다!"

어투를 조금 부드럽게 하여 그녀는 기윤에게 말했다.

"효남 공, 그대는 우리 영감의 오랜 벗으로 늘 가족처럼 지내오지 않았습니까? 앞으로도 그 마음 변치 말고 자주 왕래했으면 합니다. 강아가 앞마당에 다녀올 동안 먼저 선부(先夫)의 영전에 잠깐 앉아 계시죠. 강아가 돌아오면 저를 대신하여 석잔 술로 강아를 배웅해주실 수 있겠습니까?"

"부인의 명이라면 여부가 있겠습니까!"

"여기는 넷째 복진만 남고 모든 아녀자들은 뒤뜰로 물러가거라."

당아가 덧붙였다.

"복강안이 떠나기 전까지 아녀자들은 앞마당에 얼씬거려서는
아니 된다. 강이 너는 떠날 채비를 마치고 마지막으로 부친의 일면
(一面)을 한번 더 뵙고 떠나거라!"

"예, 어머니! 그럼, 소자는 가보겠습니다!"

복강안이 큰 걸음으로 화청을 나섰다. 못 박힌 듯 월동문 앞에서
기다리고 있던 왕길보와 호극경이 깍듯이 군례를 올렸다. 왕길보
가 아뢰었다.

"주인님, 병부에서 조총(鳥銃)과 화창(火槍), 그리고 화약(火
藥)을 보내왔습니다."

"상을 주어 보냈느냐?"

"큰주인님께서 하시던 대로 일인당 은자 여덟 냥씩 주어서 보냈
습니다."

복강안이 머리를 끄덕였다. 그는 기윤을 데리고 곧바로 의사청
앞의 월대(月臺) 위로 올라갔다. 그사이 호극경이 앞마당에 집결
해 있던 가인들을 행오(行伍)처럼 줄을 세워 데리고 왔다. 삽시간
에 2백 명도 넘는 대오가 네모반듯하게 열을 지어 널찍한 마당에
대령했다.

기윤이 보니 뒤에 수화곤을 든 자들은 움직이지 않고 있었다.
2백 명이 떠난 자리에 남은 1백 70명 중에는 60을 넘긴 노인도
있고 마흔을 갓 넘긴 장정도 있었다. 어떤 이들은 쌍지팡이를 짚고
있었고, 어떤 이들은 옆에서 누군가가 부축하고 있었다. 모두 숙연
한 기색으로 월대만을 뚫어지게 바라보고 있었다. 기침소리 하나
없이 조용한 가운데 복강안은 월대 중앙으로 한 걸음 나섰다. 그가

뭔가 발언이 있을 거라 생각한 기윤은 한 편으로 물러섰다.

"외아들들은 대오에서 벗어나 왼쪽에 집합하라!"

복강안이 외쳤다.

잠깐의 자그마한 소동과 함께 스무 명 남짓한 젊은이들이 대오에서 벗어나 왼쪽에 줄지어 섰다.

"선친을 따라 미얀마로 갔던 자들은 오른쪽에 집합하라!"

복강안이 다시 외쳤다.

"미얀마에서 전사한 가족을 둔 자들도 오른쪽으로 건너가라!"

그가 오른팔로 길게 곡선을 그었다.

대오에서는 이번에도 마흔 명 이상이 빠져나갔다.

"치질(痔疾)이나 은질(隱疾, 성병 따위의 드러내고 말하기 거북한 병)이 있거나 병약한 자는 대오에서 벗어나 뒤로 가거라!"

사람들은 두리번거리며 눈치만 볼 뿐 정작 이탈하는 이는 아무도 없었다.

"길게 할 말은 없네."

복강안이 턱을 반쯤 치켜올리고 오른손을 흔들며 큰 소리로 말했다.

"임상문(林爽文)이라는 악질분자가 5천 난민(亂民)들을 충동질하여 산동성(山東省) 귀몽정(龜蒙頂) 평읍현(平邑縣) 경내에서 반란을 일으켰다고 하네. 그래서 이 사람은 그 일당들을 깡그리 쓸어버릴 기회를 주십사 하고 폐하를 면대하여 청을 올렸고, 폐하께선 이를 윤허하셨네. 물론 현지 관군들을 동원시키겠지만 내가 데리고 가는 부대는 일명 감사대(敢死隊)라고 하여, 말 그대로 죽음을 두려워하지 않고 목숨을 초개같이 여기는 자들로 구성되어야 할 것이네. 내가 친히 인솔하여 용맹하게 싸우는 모습을 산동의 녹영병들에게 보여줄 것이네! 내 뜻이 이러할진대 간담이 오그라드는 자들과 목숨을 내놓을 자신이 없는 자들은 지금 알아서 나와!"

복강안이 돌연 목소리를 한층 높였다.

"겁쟁이라고 죄를 묻진 않을 것이니 걱정하지 말고 나와!"

사람들은 이번에도 아무런 움직임이 없었다. 편각의 침묵이 흐른 뒤 갑자기 대오에서 누군가가 팔을 흔들며 고함을 질렀다.

"도련님, 여긴 겁쟁이가 없습니다! 선발해 주십시오!"

"누구야…… 아, 갈봉양(葛逢陽)이잖아."

복강안이 사람들 틈에서 소리친 자를 확인하고는 자부심에 차 기윤을 향해 머리를 끄덕여 보였다. 그리고는 덧붙였다.

"갈 영감의 막둥이, 자네의 형은 지금 어디 있나?"

"귀주(貴州)에서 안찰사(按察使)로 있사옵니다!"

"그래서 형에게 뒤질 수 없으니 도대(道臺) 자리 하나 꿰차야겠다 이건가?"

"예, 그렇습니다!"

"자식!"

복강안이 월대의 계단을 밟고 밑으로 내려섰다. 몇 발짝 옮겨 그 무모한 젊은이에게로 다가간 그는 말없이 아래위로 훑어보았다. 그러더니 돌연 가래 같은 손을 번쩍 쳐들어 젊은이의 뺨을 찰싹찰싹 소리나게 갈겼다. 이어 주먹으로 어깨며 가슴을 수 차례 구타했다.

갈봉양은 느닷없는 주먹세례에 경황이 없어 이리 비틀 저리 비틀 휘청거리며 저만치 나자빠지는 듯했으나 겨우 중심을 잡아 그 자리에 멈춰 섰다. 복강안의 이런 모습은 처음인지라 기윤은 놀라움을 금치 못했다.

그 순간 복강안은 이미 갈봉양을 점찍은 상태였다. 갈봉양에게로 가까이 다가가 그의 어깨를 주물러주며 그는 말했다.

"됐어! 의외로 근골(筋骨)도 단단하고 위험에 직면해서도 침착했어. 첫번째로 발탁된 거야. 마구간으로 가서 달걀에 콩을 섞어 말을 먹이고 와! 알았어?"

"예!"

방금 전까지 얻어맞느라 정신이 없던 갈봉양이 경황없이 예를 갖추고는 달려갔다. 복강안은 그제야 가인들 속에서 수행할 사람을 선발하기 시작했다. 그러나 더 이상 사람을 때리지는 않았다. 신체 조건과 기색을 유심히 살피고 때론 손을 내밀어 그 자리에서 팔씨름을 해보기도 하면서 신중히 선택했다. 뽑힌 자들은 저마다 으쓱하여 어깨가 반 뼘은 높아진 것 같았고, 방금 벗어난 대오에 남아 있는 자들을 한심하다는 듯한 멸시 어린 눈빛으로 쳐다보았다.

그렇게 호극경까지 포함하여 이십여 명이 뽑혔다. 이제나저제나 자신을 점지해주길 기다렸던 왕길보는 복강안이 그대로 돌아서자 다급히 물었다.

"도련님, 전…… 안 데리고 가시는 거예요?"

"자넨…… 집에 남아 있어야지."

복강안이 부드러운 눈매로 놀라움과 서운함으로 멍한 표정인 왕길보를 바라보며 말했다.

"자네 할아버지는 나의 조부님을 따라 전장을 누볐고, 자네 아비는 나의 부친을 따라 금천으로 가서 포구(砲口)를 몸으로 막아 자신의 주인을 구하는 공로를 세웠네. 자네가 날 따라 나서지 않아

도 난 자네의 마음을 누구보다 잘 알고 있네. 이미 병부와 이부에
얘기해 놓았으니, 자네는 곧 참장(參將) 계급에 유격(遊擊)으로
제수될 것이네. 집안의 노인네들을 잘 보살펴주게……."

왕길보는 그러나 복강안의 말은 듣는 둥 마는 둥 믿어지지 않는
다는 듯 중얼거리며 물었다.

"어째서 절 선발해주지 않는단 말씀이십니까, 어째서요? 주인
님께서 이 놈을 외면하실 줄은 징녕 몰랐습니다."

복강안이 말이 통하지 않는 왕길보를 마주하여 난감해하고 있
을 때 동쪽에 열을 지어 있던 무리들에서 두 사람이 앞으로 나왔
다. 백발이 성성한 한 노인네가 다리를 절며 중년사내를 부축하여
다가왔다. 중년사내는 부상 정도가 대단히 심해 보였다. 한 쪽 눈
이 멀었고, 쌍지팡이가 달랑 하나 남은 다리를 받치고 있었다. 한
쪽 팔도 빈 소매만 너덜거렸고, 눈이 먼 반쪽 뺨엔 화상을 입은
흔적이 손바닥만하여 보기에 흉측했다.

기윤은 한눈에 그 두 사람을 알아보았다. 하나는 푸헝네의 왕마
름인 왕 영감, 즉 왕길보의 할아버지였다. 중년의 사내는 바로 포
구를 몸으로 막아 푸헝을 구해내고 자신은 만신창이가 되어버린
왕길보의 아버지 왕칠이었다.

몸이 극도로 성치 않은 두 사람이 힘겹게 복강안의 앞으로 다가
갔다. 노인이 부들부들 떨며 복강안을 향해 아뢰었다.

"도련님, 태로(太老)와 절거(逝去)하신 주인님께선 저희 일가
에 태산 같은 은혜를 내리신 분들이옵니다. 하온데 길보 저 녀석이
어찌 주인께서 가시는 길에 시중들지 않을 수 있겠사옵니까? 길보
야, 와서 네 아비를 부축하거라. 이 할아비는 도련님께 무릎을 꿇
어 재고해 주십사 하고 청을 드려야겠다……."

힘겹게 이같이 말하며 노인은 컹컹 심하게 기침을 해댔다.

"이…… 이러시면 안 돼요!"

복강안이 눈물을 흘리며 말렸다. 길보가 다가와 아비를 부축하자 그는 떨리는 목소리로 말했다.

"자네 할아버지와 아비를 집으로 모시게……. 어르신, 길보를 데리고 가겠습니다. 염려하지 마시고 돌아가 계십시오!"

돌아서 가는 조손(祖孫) 세 사람의 힘겨운 모습을 한참 지켜보던 복강안이 홀연 계단을 여러 개씩 뛰어넘어 월대로 다시 올라왔다. 그리고 말했다.

"아랫것이 아랫것다워야 주인도 더욱 주인다워지는 거야! 앞으로도 전쟁터에 나갈 기회는 얼마든지 있다. 이는 폐하의 말씀이다. 여러분들이 최선을 다해 싸워준다면 팔자를 고치는 건 일도 아니지!"

큰손을 휘저으며 그는 큰소리로 외쳤다.

"가법(家法) 그대로 날 따라 나서는 가인들의 가족에게는 월례를 배로 올려줄 것이다! 용맹하게 싸우다 장렬하게 전사하거나 부상을 입은 자에 대해선 노예에서 탈적(脫籍)시켜 줄 것이고, 군기처의 휼금(恤金) 이외에도 내가 은자(銀子)와 가택(家宅)을 상으로 내릴 것임을 분명히 밝혀둔다! 우리 푸씨 가문이 어떤 가문이라는 걸 이참에 확실히 보여줘야 할 것이다!"

사람들 사이에선 떠나갈 듯한 박수갈채와 환호가 터져 나왔다. 저마다 팔을 걷어붙이고 주먹을 내두르며 사기가 백배 진작되어 있었다.

이어 복강안은 가인들에게 상복을 벗고 머리엔 모두 검은 천을 두르라고 명했다. 갈봉양이 가인들을 시켜 옮겨온 두 개의 커다란 나무상자에는 총대에 누런 기름이 그대로 묻어나는 새 조총이 서른 한 자루 들어있었다.

복강안도 의복을 갈아입었다. 머리엔 네 개의 동주(東珠)가 박힌 금룡(金龍) 무늬의 이등국공(二等國公) 조관(朝冠)을 쓰고, 몸에는 사조(四爪)의 망포(蟒袍)를 입고, 검정색 비단 띠를 허리에 둘렀다. 노란 술 장식이 달린 황제에게 하사 받은 왜도(倭刀)도 뽑아들었다. 그러나 가장 눈에 띄는 건 허리춤에 비스듬히 내건 총대에 금줄이 박힌 조총이었다. 길이는 이척(二尺) 정도밖에 될 것 같지 않은 조총 옆에는 한 줄의 동탄(銅彈)이 누런 뱀마냥 동그랗게 감겨 있었다. 이는 수행원들뿐만 아니라 기윤도 처음 보는 것이었다…….

저마다 총에 장전을 하고 도검(刀劍)을 챙기는 소리에 마당은 삽시간에 살기가 등등했다. 복강안은 움직일 때마다 온몸에서 차가운 쇳소리가 났다. 기윤을 향해 머리를 끄덕이며 그는 큰소리로 씩씩하게 말했다.

"준비완료 됐습니다. 훈시(訓示)를 부탁드립니다!"

"짤막하게 몇 마디만 하겠소."

기윤이 한발 앞으로 나섰다. 이들 '감사대(敢死隊)' 앞에 나서니 어쩐 일인지 잠깐 가슴이 벌렁거렸다. 그러나 이내 마음을 진정시키며 그는 말을 이어나갔다.

"애병필상(哀兵必祥)이라고 했다! 푸헝 공의 영령(英靈)이 재천(在天)하시니 도련님의 이 같은 신무충의(神武忠義)와 가인들의 용맹함에 필히 크게 흡족하시어 여러분들을 보우해 주실 것이네! 자고로 장상(將相)은 무종(無種)이라서, 공명(功名)은 스스로 쟁취하는 수밖에 없다고 했다. 푸헝 공께서 일생동안 보존해오신 영예로운 이름을 여러분이 계승, 발양해야 함이니 이번에 부디 문무가 겸비하신 도련님의 진두 지휘하에 필승하리라 믿어마지 않는다!"

그의 말이 떨어지기 바쁘게 복강안이 박수를 보냈다. 이어 장내는 우레와 같은 박수갈채가 길게 울려 퍼졌다.

그 시각 건륭은 양심전에서 황천패(黃天覇)를 접견하고 있었다. 그는 동난각이 아닌 정전의 수미좌(須彌座)에 앉아 주장(奏章)을 어람하고 있었다. 황천패가 잔뜩 겁먹은 기색으로 쭈뼛거리며 들어서자 그는 손가락으로 의자 하나를 가리켜 머리를 끄덕여 보였다.

"잠깐 앉아 있게. 짐이 어비(御批)를 달고 나서 얘기하세."

여러 번 용안(龍顔)을 뵌 적은 있어도 이제껏 무리들 틈에 끼여 먼발치에서 본 적은 있어도 이처럼 가까이에서 독대해 본 적은 없는 황천패였다. 천하에 두려움이란 게 무엇인지를 몰랐던 그였지만 이 시각 다리가 후들거리고 가슴이 쿵쾅거렸다. 자리에 앉으라고 했으나 잠시 망설인 끝에 그는 말없이 무릎을 꿇었다. 그리고는 눈빛의 여광(餘光)으로 서안(書案)에 엎드려 붓을 날리고 있는 건륭을 수시로 훔쳐보았다.

마침내 건륭이 주필을 내려놓았다. 그제야 그는 머리를 조아리며 아뢰었다.

"존체 강녕하시옵니까, 폐하!"

"일어나게."

건륭이 덧붙였다.

"의자에 앉으라고 했는데, 앉게. 차를 내어오너라!"

건륭은 그제야 강호의 기인을 유심히 뜯어보았다. 원숭이 팔에 표범의 등허리, 긴 얼굴에 큰 입이 부삽 같았다. 50을 넘긴 나이에도 날카로운 검미(劍眉) 아래 두 눈은 여전히 부리부리하여 성깔이 있어 보였고, 온몸에서 퍼내고 퍼내도 마르지 않는 우물같이 힘이 샘솟고 있는 것 같았다. 거구의 사내가 앉아있는 모양이 어쩐지 불안해 보였다. 알고 보니 의자에 엉덩이를 붙이는 둥 마는 둥하고 앉은 것처럼 쭈그리고 있었던 것이다. 그리고 두 손은 무릎을 짚고 있었으니 자칫 뒤로 벌렁 넘어가기 십상이었다. 건륭이 웃으며 말했다.

"어찌 그리 불편하게 앉는가? 짐이 자리를 하사했거늘 편하게 앉아도 되네. 공경하는 마음은 이런 데 있는 게 아니네."

"신은 이게 되레 편하옵니다."

황천패가 덧붙여 아뢰었다.

"신의 무림지가(武林之家)에서는 입문하자마자 이런 좌공(坐功)부터 연마하는 게 정석이옵나이다. 제자들이 신의 앞에서 이런 자세를 취하온데 신이 폐하를 알현하는 자리에서 어찌 감히 엉덩이를 붙이고 앉겠사옵니까!"

"알았네, 편한 대로 하게."

건륭이 더 이상 강요하지는 않았다. 화제를 달리하여 그는 물었다.

"듣자니 자넨 고항(高恒)과 친척 사이라며? 과연 사실인가?"

이에 황천패가 흠칫했다. 급히 몸을 깊게 숙여 아뢰었다.

"고항과 신은 친척 사이가 아니옵니다. 하오나 그런 소문이 난 데는 이유가 있사옵니다. 어느 핸가 65만 냥의 군향(軍餉)이 운송길에 일지화(一枝花)에게 털리는 대형사고가 터지지 않았사옵니까? 그때 신과 고항이 호송을 맡았었사옵니다. 환난을 같이 겪으며 알고 보니 신의 안사람 마씨의 언니와 고항이 그렇고 그런 사이였사옵니다. 고항이 죄를 범하며 참형을 받은 후에 신이 후사를 처리해주었고, 마씨의 언니는 삭발을 하고 산으로 들어가 버렸사옵니다. 이것이 그런 소문이 난 배경이라면 배경일 것이옵니다. 폐하께오서 하문하시는데 신이 어찌 감히 추호라도 거짓이나 은폐함이 있겠사옵니까."

건륭이 뚫어지게 황천패를 쳐다보았다. 그러다가 한참만에 다시 천천히 입을 열었다.

"자네의 충성과 진정을 짐이 당연히 믿지. 어찌된 영문인지를 알았으니 됐네. 자네가 고항의 시체를 거둬주었다고 하여 낭패위간(狼狽爲奸)이니 어쩌니 말들이 많았네만 짐이 자네에 대한 굳건한 믿음으로 그 의혹들을 불식시켜 버렸네. 세상에 둘도 없는 의리파이고, 녹림(綠林)에 몸담고 조정을 위해 얼마나 큰공을 세웠는데 그런 당치도 않은 말들을 하느냐고 엄포를 놓아두었네. 짐이 있는 한 누구든 감히 자네를 해하진 못할 테니 염려하지 말게. 지금 백작(伯爵)의 신분이니 나중에 후작(侯爵), 공작(公爵)인들 바라보지 못하겠는가?"

황천패의 일생은 류통훈 부자와 더불어 살아온 생이라고 해도 과언이 아니었다. 산같이 믿어왔던 류통훈이 죽고 비록 류용은 성총이 남다르다고는 하지만 관직은 여전히 그리 높지는 못했으니 강호 바닥에선 평생을 송두리째 바치고도 빛도 못 보느냐는 식으로 비웃고 이죽대는 사람들이 많았다. 그런 말을 개의치 않는다고 한쪽 귀로 듣고 한쪽으로 내보내긴 했지만 마음 한구석에는 서운한 감이 없지 않았다.

그러나 건륭의 이 같은 말을 듣는 순간 그는 그 동안 쌓였던 억울함과 고통이 삽시간에 눈 녹듯 녹아 내리는 것 같았다. 언제 흘려 보았던지 기억조차 가물가물한 눈물이 주체할 수 없이 흘러 내렸다. 그는 무릎을 꿇어 어깨를 들썩였다.

"신의 진정은 하늘이 알고 천자께서 아시옵니다! 신은 그 말씀 한마디로 족하옵나이다……. 폐하께오서 신을 믿어주시고 가호해 주시온대 신이 어찌 두려울 바가 있겠사옵니까? 마지막 피 한 방울까지 다 쏟고 숨을 거두는 그 순간까지 조정을 위해, 폐하를 위해 분골쇄신하겠사옵니다……."

건륭이 태감더러 부축하여 일으키라는 턱짓을 했다. 물수건으로 얼굴을 닦고 황천패가 감정을 추스르자 그제야 건륭이 천천히 입을 열었다.

"자네도 알고 보니 정이 많은 사람이로군. 류용을 군기대신으로 들이라는 지의가 이미 내려졌네. 그러나 자네는 여전히 그를 수행하게 될 것이네. 이번에 자네를 필요로 하는 차사가 있어서 불렀네. 다만 자네의 제자들이 이래저래 다친 이들이 많아 예전 같지 못하다고 들었네."

황천패가 마치 주인의 부름을 받은 사냥개처럼 고개를 번쩍 쳐들며 눈빛을 반짝이며 건륭을 바라보았다. 그리고 단호한 어투로 아뢰었다.

"그래도 큰 문제될 건 없사옵니다. 신은 수하에 열 세 명의 제자를 두고 있사온대, 그 중 하나는 일지화와 대적하는 과정에서 죽고 큰제자는 중풍이 온 데 이어 다리까지 분질러졌사옵니다. 거기에 막내가 이번에 십오마마를 수행하고 있으므로, 나머지는 수시로 부릴 수 있사옵니다!"

"오, 옹염을 따라간 그 '원숭이'도 자네의 제자였구만."

건륭이 한가닥 미소를 거둬들이며 정색을 했다.

"자네의 십오마마가 지금 산동성 평읍 일대에 있네. 그쪽에 난이 일어나 대단히 위태로운가 본데 복강안을 파견했어도 연락이 닿지 않을까 봐 염려스럽네. 누군가 십오마마의 신변을 지켜주어야 할 것 같네. 그 차사를 바로 자네에게 맡기고자 하네."

"신이 직접 내려가겠사옵니다. 심려 거두십시오. 신이 죽지 않는다면 십오마마께선 털끝 하나 다치지 않을 것이옵니다!"

황천패가 감격에 겨워 덧붙였다.

"제자들을 전부 데리고 가겠사옵니다!"

"다는 안 돼."

건륭이 말을 이었다.

"원소절이 코앞이네. 경사(京師)에서 이시요를 도와 그날의 치안을 도모할 사람이 필요하네. 믿건대 자네 한 사람만 가도 짐의 아들을 노리는 자들은 간담이 서늘해질 것이네."

이 한마디에 황천패는 대단히 만족스러웠다. 그는 자신에 찬 목소리로 대답했다.

"하오면 신은 산동성 녹림에 인맥이 깊은 양부운(梁富雲) 하나만 데리고 가겠사옵니다."

"가서 먼저 류용을 찾아보게. 무슨 일이 있으면 류용을 통해 짐에게 밀주하도록 하게."

건륭이 이같이 말을 마무리지으며 이제 그만 물러가라는 듯 손사래를 쳤다.

황천패가 물러가자 건륭은 피곤에 겨운 하품을 길게 했다. 자리에서 일어나 보니 창밖은 조금씩 어두워지고 있었다. 꼬마 태감이 양초를 한아름 안고 이 방 저 방 다니며 나눠주고 있었다. 그는 태감 왕치를 불러 지시했다.

"지금쯤 아마 복강안은 이미 길에 올랐을 것이야. 지금 즉시 말을 타고 푸부[傅府]에 가서 지의를 전하거라. 복강안과 류용에겐 노란색 여우털 망토를 하나씩 상으로 내린다고. 그리고 황후전에 들어 황후가 오늘 종일 부처님을 시중드느라 노곤할 터이니 일찍 침수에 들라고 하거라. 짐은 오늘밤은 진씨의 처소에 들 거라고 이르거라."

분부를 마친 건륭은 곧 몇몇 태감들을 데리고 진씨의 처소가 있는 건복궁(建福宮)으로 향했다.

건복궁은 양심전에서 서북쪽에 위치해 있었다. 황후의 처소인 저수궁(儲秀宮)과 함복궁(咸福宮) 하나를 사이에 두고 있었다. 함복궁은 순치제(順治帝) 때의 폐황후(廢皇后) 버얼지지터씨가 머물러 있던 곳으로 유명했다. 그래서인지 이곳 건복궁 일대는 태감, 궁녀들조차 멀리 돌아다니는 '냉궁(冷宮)'이었다. 수십 년 동안 방치해온 함복궁은 궁내에 잡초가 키를 넘고 가끔씩 뱀이 출몰하여 지나가던 태감을 물어 죽인 적도 있었다. 밤에는 가끔씩 귀신울음소리가 들린다는 소문까지 돌아 모두가 꺼려하는 곳이었다.

진씨(陳氏)는 비록 건륭의 후궁들 중에서 지위는 평범하나 '성권(聖眷)'은 좋은 편이어서 옹염(顒琰)의 모친인 위가씨(魏佳氏)와 비슷했다. 성격이 쾌활하고 이해심이 많아 이제껏 어느 후궁을 질투하거나 미워하는 법 없고 늘 흐르는 물처럼, 떠다니는 구름처럼 담백하여 건륭의 성총이 식지 않았다. 다른 후궁들은 한번이라도 건륭의 발길을 더 붙잡고자 곤녕궁, 종수궁, 저수궁 쪽으로 한

사코 비비고 들었으나 진씨는 자진하여 이 무시무시한 '냉궁'에 처소를 정함으로써 끝까지 '다투어 피고 싶지 않은' 소신을 지켜왔던 것이다.

건복궁으로 이어지는 어두컴컴한 골목에 들어서니 태감들은 당장 누군가 뒷덜미라도 움켜잡을세라 종종걸음을 쳤다. 그러나 건륭은 기분이 좋아 보였다. 들어가 아뢰려는 문지기 태감을 제지시키고 건륭은 혼자서 궁문 안으로 들어갔다.

불이 훤한 창문을 통해 보니 안에는 오아씨(烏雅氏)도 들어있었다. 진씨와 함께 다과를 놓고 먹으며 지패(紙牌)를 폈다 엎었다 하는 모양이 뭔가 점괘를 보고 있는 것 같았다.

24. 악역죄(惡逆罪)

점괘를 보며 깔깔대고 있던 두 여인이 기척도 없이 나타난 건륭을 보자 터져 나오는 웃음소리를 손바닥으로 눌러 막으며 후닥닥 일어났다. 건륭이 빙그레 웃어 보이자 그제야 두 여인은 놀란 가슴을 쓸어 내리며 예를 갖춰 인사했다.

시녀가 올린 찻잔을 받아 조금씩 마셔가며 두 여인을 슬쩍 훔쳐본 건륭이 물었다.

"둘이서 무슨 얘기를 그리 재미있게 하고 있었나?"

그러자 오아씨가 웃으며 대답했다.

"아녀자들끼리 앉아서 무슨 말을 하겠사옵니까? 아녀자들끼리만 할 수 있는 은밀한 얘기를 하고 있었사옵니다."

얼굴이 빨개지는 진씨를 보며 건륭이 못내 궁금하다는 듯 관심을 보이며 물었다.

"아녀자들끼리만 하는 은밀한 얘기가 뭡니까, 숙모님?"

건륭은 벌써 음흉한 눈빛이었다. 그는 오아씨의 봉긋한 가슴을 게걸스레 바라보고 있었다. 진씨가 수줍어하며 고개를 숙이고 있었으므로 몰래 훔쳐보는 게 가능했다. 둘은 남녀간의 방사(房事)에 대해 얘기하고 있었고, 그래서 진씨는 저리 몸둘 바를 몰라한다는 걸 짐작하여 눈치챈 건륭의 짓궂은 눈빛이 부담스러운 오아씨가 진씨를 힐끗 보고는 건륭에게 제발 그러지 말라는 듯 불안한 눈짓을 해 보였다. 그제야 정신을 번쩍 차린 건륭이 정색하며 물었다.

"숙모님 댁에는 외관들이 많이 드나드는데, 혹시 바깥에서 무슨 소리를 들은 건 없습니까? 좋은 일이든 나쁜 일이든 상관없으니 밤도 긴데 얘기 보따리나 풀어보시죠."

"마마께서 저리 병상에만 계시니 신첩도 외부인들은 거의 접견하지 않았사옵니다."

오아씨가 자세를 고쳐 앉아 다리를 안으로 모으며 조심스레 말을 이었다.

"간혹 명부(命婦)들이 문안인사차 들었다가 푸상의 병세에 대해 얘기하며 안타까워하는 소리는 들었사옵니다……."

그녀가 호두를 한 알 집어 입안에 넣으며 덧붙였다.

"부찰황후마마께서 선서(仙逝)하신 마당에 푸상까지 잘못 되는 날엔 푸가네 가세도 기우는 게 아니냐며 걱정들이 많았사옵니다……. 우민중, 화신과 류용이 무섭게 치고 올라오는데 과연 복강안, 복령안, 복룡안 등 세 푸씨네 기둥들이 어느 정도 선전을 할 수 있겠느냐는 걱정스런 말들이었사옵니다."

이 대목에서 건륭은 귀를 쫑긋 세웠다. 자신은 미처 생각지 못했던 부분이 외인들 사이에선 벌써 화제가 되어 있다는 데 적이 놀랐다. 오아씨가 자신을 의식하고 입을 다물자 그는 짐짓 아무렇지도 않은 듯 웃으며 말했다.

"계속해 보세요, 괜찮아요. 오늘은 무슨 말을 하든 개의치 않을 테니 마음놓고 얘기하세요!"

그러나 눈치 빠른 오아씨는 벌써 건륭이 가볍게 들어 넘기지 못한다는 걸 직감하고는 입에 울타리를 치기 시작했다. 잠시 망설인 끝에 그녀는 다소 어색하게 웃으며 말했다.

"아녀자들이 들어앉아 지지고 볶아보았자 무슨 들을만한 소릴 하겠사옵니까? 요즘은 푸헝네 일가가 화제이긴 하오나 민감한 사안은 아니고 그냥 사람 사는 얘기가 아닌가 하옵니다……."

여인이 눈동자를 돌리며 생각하더니 말을 이었다.

"아! 그리고…… 밖에는 사교(邪敎)가 날로 창궐한다고 들었사옵니다. 동직문(東直門) 밖의 좌가장(左家莊) 북쪽에 네 문의 조총이 일시에 불을 뿜어도 꿈쩍도 하지 않는 대단한 맨발의 신선(神仙)이 있다고 하옵니다! 만병이 낫는 약을 나눠주면서도 돈을 받지 않는다고 하옵니다. 또 남경(南京) 현무호(玄武湖)의 어느 도관(道觀)의 제자가 세상을 구하러 나왔다고 하옵니다. 구문제독아문에서 나와 한바탕 승강이 끝에 아역들이 포박을 거부하는 도인의 팔을 칼로 치니, 신기하게도 도인은 한줄기 검은 회오리로 변하여 어디론가 감쪽같이 사라져 버렸다고 하옵니다! 대신 그 자리엔 팔뚝만한 연근(蓮根)이 떨어져 있었다고 하옵니다……. 신도들은 마치 신선을 모시듯 경건하게 연근을 대각사(大覺寺)에 모셔 놓았는데, 그날부터 대각사는 인산인해로 몸살을 앓았다고 하옵니다……."

마치 자신이 본 것처럼 신이 나서 떠들고 있는 오아씨를 보며 건륭이 말없이 웃었다.

"짐도 그러한 요언을 들은 바가 있네. 그 자는 도사(道士)가 아닌 화상(和尙)이었네. 지금 순천부에 구금되어 있지. 요언대로 과연 신선이라면 벌써 검든 희든 노랗든 회오리로 변해 땅으로 꺼져버리지 않았을까? 숙모님께서도 대각사로 다녀오셨나 보죠?"

"그런 건 아니옵니다. 마마께서 근처에도 얼씬거리지도 못하게 하시옵니다……."

오아씨가 가벼운 한숨을 지으며 덧붙였다.

"전에 붙잡혔던 표고(飄高) 도사를 처형할 때 저희 마마께서 직접 형을 시행했다고 하는데, 요망한 무리들은 표고가 형장에서 홍포(紅袍)를 입고 구름을 타고 날아 갔노라며 요언을 날조하고 있사옵니다. 지난번 다섯째황자마마께오서 저의 집에 오시어 뒤 뜰에 있는 늙은 복숭아나무를 보시더니 '나무가 시름시름 죽어 가는 걸 보니 불길한 조짐'이라며 베어 내치라고 하셨사옵니다. 이에 허튼 소리 말고 하지 집에 가서 '성현의 글'이나 읽으라며 마마께서 발끈하셨는데, 지금도 신첩은 그때 일을 생각하면 가슴이 벌렁벌렁하옵나이다!"

"다섯째황자라니? 옹기 말씀인가요?"

"당연하옵죠. 당금에 다섯째황자가 둘이라도 된다는 말씀이옵니까?"

오아씨가 건륭의 물음이 당치도 않다는 듯 웃으며 말을 이어나 갔다.

"그래서 신첩이 마마께 한마디했사옵니다. 아무리 손자뻘이라 곤 하지만 엄연히 똑같은 친왕 신분인데, 어찌 그리 호통을 치시느냐고 말이에요! 그랬더니 마마께선 아녀자가 무얼 안다고 그러냐고 하시며, 군자는 애인이덕(愛人以德)이라느니 어쩌니 큰 도리를 한바탕 쏟아놓으시는 것이었사옵니다."

건륭은 자식 복이 별로 없는 군주였다. 다섯째 옹기(顒琪) 위로 넷이 있었으나 모두 요절하고 사실상 옹기가 맏이인 셈이었다. 오아씨의 말에 숨어 있는 뜻을 알아차린 건륭이 말했다.

"아무리 황자라도 잘못했으면 혼이 나야죠. 할아버지가 손주를 혼내는 것도 눈치를 봐야겠어요? 염려하지 마세요, 숙모님! 짐은 필히 덕이 있고, 어질고, 유능한 아들에게 대통을 잇게 할 것입니다. 이십사숙의 훈회는 참으로 지당하셨습니다!"

건륭의 말뜻을 잠시 음미하던 오아씨가 급히 웃음을 머금으며 아뢰었다.

"폐하께오서 마음놓고 얘기하라고 하셨사오니 신첩은 달리 생각 없이 털어놓게 되었사옵니다. 하오나 이 일로 폐하께오서 다섯째마마를 훈책하신다면 신첩이 고자질한 게 되지 않겠사옵니까? 마마께오선 본분에 충실하신 분이옵니다. 타고난 체질이 병약하시어 지푸라기라도 잡고 싶은 심정으로 주술적인 힘에 의존하시는 게 아닌가 하옵니다. 신첩은 특별히 옹기마마에게 아부를 하거나 비호를 하기 위해서가 아니옵니다. 솔직히 밖에 나도는 소문에 태자감으로 이 황자 저 황자를 거론하는 건 들었어도 옹기의 이름은 듣지 못했사옵니다⋯⋯."

조심하느라 했으나 엉겁결에 옹기의 '치부'를 들춰버린 오아씨는 이를 무마하느라 안간힘을 쓰다보니 오히려 건륭이 더욱 민감하게 여기는 '태자감'을 운운해 버리고 말았다. 고쳐 그리려고 하면 할수록 더욱 새카맣게 칠해놓는 오아씨를 보며 당황한 진씨가 급히 찻잔의 뚜껑을 열며 말했다.

"차가 식겠사옵니다. 어서 드세요. 숙모님께는 오늘저녁 신첩의
별채에 잠자리를 봐드렸사옵니다. 화롯불에 물주전자를 올려놓았
더니 훈기도 돌고 훨씬 덜 건조한 것 같사옵니다……."

"말을 자르지 말게, 진씨."

건륭이 차가운 웃음을 지어 보이며 물었다.

"숙모님, 그래 밖에선 짐이 누굴 태자로 점지했다고들 합니까?
두려워하지 말고 말씀하세요. 짐도 들은 바가 있어 맞춰보고 싶을
뿐입니다. 오늘 이 자리에서 한 얘기는 짐이 절대로 문제삼지 않을
것이며, 추후에 무슨 일이 있더라도 두 사람을 연루시키지는 않을
것입니다."

평소에도 '숙모님'이라고 불렀지만 오늘따라 그 어조가 무겁고
엄숙하게 느껴졌다. 오아씨의 눈빛에 두려움이 역력했고 진씨도
얼굴이 하얗게 질려 있었다. 계속 앉아있자니 바늘방석이요, 일어
서자니 그것도 예의는 아니었으니 몸둘 바를 몰라했다. 이에 건륭
이 재촉하듯 말했다.

"집안식구끼리 문닫아 걸고 얘기 좀 나누자는데, 어찌 그리 전
전긍긍하시는 겁니까? 국본(國本)에 관련된 요언인지라 캐어묻
는데 그리 불안해하면 짐을 못 믿겠다는 뜻입니까?"

"무슨 그런 말씀을……. 실은 신첩이 저희 집을 드나드는 태감
들끼리 생각없이 하는 소리를 언뜻 귀동냥해 들었을 뿐이옵니
다……."

오아씨가 마침내 겁에 질린 목소리로 입을 열었다.

"뜬소문에 의하면 다섯째와 열 두 번째 마마께오선 둘 다 옥체가
불양(不恙)하시고 여덟째와 열 한 번째는 공부밖에 모르는 '수재

황자'인 데다 아직 천화(天花, 천연두)가 나오지 않은 상태여서 늘 불안하오니…… 폐하께오서는 십칠황자를 태자로 점지하시어 금책(金冊)에 이름을 올리셨다는…….."

여인이 이같이 말하며 궁전 안에 가득한 태감, 궁녀들을 힐끗 쓸어보았다. 그리고는 손수건으로 입을 막고 가볍게 기침을 했다. 주위를 물리쳐 주었으면 하는 눈치를 깨달은 건륭이 손사래를 쳐 명했다.

"다들 썩 물러가 있거라!"

태감들과 궁녀들은 마치 질풍에 허리 꺾인 잡초처럼 몸을 깊이 숙여 보이고는 발소리를 죽여 뒷걸음쳐 물러갔다. 오아씨는 곧 '기침'을 멈추었다. 조심스레 그녀는 말을 이었다.

"십오마마와 십칠마마는 둘 다 성총이 남다른 위 귀비(魏貴妃) 소생인 데다 둘 다 천연두를 앓고 난 뒤라 대겁(大劫)을 떨쳐냈으니 그런 소문이 도는가 보옵니다. 여기에 십칠마마는 십오마마에 비해 기우(氣宇)가 대량(大量)하시고 아직 연치도 어리시오니……."

오아씨가 말끝을 흐리자 건륭이 말했다.

"됐습니다. 그만하면 무슨 말인지 알겠습니다."

의외로 담담하게 받아들이는 건륭의 기색을 조심스레 살피며 오아씨가 덧붙여 아뢰었다.

"또 어떤 이는 폐하께오서 작성하신 전위조서(傳位詔書)를 직접 보았다고도 하옵니다. 마지막 한 획이 유난히 길어 '린(璘)'자가 틀림없다고들 하옵니다."

전해들었던 바를 다 쏟아낸 듯 오아씨는 홀가분한 한숨을 내쉬었다.

"아하……."

건륭이 요언이 예사롭지 않다는 듯 턱을 문지르며 일어섰다. 널뛰는 촛불을 한참 지켜보고 있던 건륭이 물었다.

"요언의 진원지를 알아 보셨겠죠?"

이에 오아씨가 잠시 고개를 내리고 생각하더니 대답했다.

"그 당시는 경황이 없어 그럴 생각조차 못했사옵니다. 나중에 심증이 가는 태감을 불러 추궁하다 못해 매타작을 했더니 저희 이십사마마께선 '이 여편네가 큰일 내려고 작정을 했어? 뭘 안다고 감히 궁중의 가무(家務)에 끼어 들어?' 하시며 신첩을 나무라셨사옵니다. 결국 요언을 퍼뜨린 자를 추궁해내긴 했사오나 그런들 무슨 소용이 있겠사옵니까?"

"누굽니까?"

건륭이 오아씨를 뚫어지게 쳐다보며 다그쳐 물었다. 진씨도 눈이 휘둥그레져 오아씨를 바라보았다.

"이…… 이름이 조학회(趙學檜)라는 태감이었사옵니다. 양심전에서 시중든다고 하옵니다……."

건륭의 미간이 무섭게 엉켜 붙었다. 양심전에서 시중드는 태감들은 백 명도 넘으니 그 이름을 일일이 기억할 수 없는 그는 마땅히 떠오르는 얼굴이 없었다. 잠시 생각에 잠겨 있던 건륭은 무슨 수가 떠오른 듯 가볍게 기침을 하여 목청을 가다듬은 다음 밖을 향해 소리쳤다.

"왕렴은 들라!"

건륭이 태감들에게 유난히 엄격하고, 그들을 벌함에 있어 인정사정이 없는 걸 익히 아는 두 여인은 자신들로 인해 이 밤에 피비린내가 진동할지도 모른다는 생각에 가슴이 두근거리다 못해 터질 것만 같았다. 더 이상 앉아 있지 못하고 둘은 그 자리에서 길게 무릎을 꿇었다.

심상찮은 분위기를 감지한 왕렴도 잔뜩 숨죽인 모습이었다. 두루마기 자락을 잡고 발소리라도 크게 낼세라 조심조심 들어와 소리 없이 무릎을 꿇었다. 그리고는 머리를 조아렸다.

"찾아 계셨사옵니까?"

그러나 건륭은 신색(身色)이 변함없어 보였다. 찻물을 마시다 입안에 남은 찻잎을 잘게 씹으며 그는 물었다.

"양심전 태감들 중에 조학회라는 자가 있는가?"

"예, 그러하옵니다. 어차방(御茶房)에서 시중들고 있사옵니다……."

"지금 여기 와 있나?"

"예, 와 있사옵니다."

"들라 하라!"

"예!"

"잠깐!"

얼굴 가득 서늘한 음소(陰笑)를 띠우며 왕렴을 불러 세운 건륭이 분부했다.

"짐을 시중드는 개돼지들을 전부 조벽(照壁)께에 몰아넣고 집합시키거라. 그리고 화명책(花名冊)을 가져오너라. 오늘 일을 누가 감히 한마디라도 발설했다간 류용에게 넘겨 칼집을 내어버릴 거야! 흥!"

높지도 않은 목소리에 갈기를 세운 모습도 아니었다. 그러나 단전(丹田)에서 끌어내는 듯한 무거운 기공 소리에 오아씨와 진씨는 온몸의 솜털이 쫙 일어서는 것 같았다. 왕렴도 다리를 후들거리며 물러갔다.

건륭이 그제야 두 여인에게 말했다.

"밖의 소란을 잠재우려면 안부터 진정시켜야 하는 법이네. 요언의 진원지가 궁중에 있으니 절대 간과할 수가 없지. 두렵겠지만 이런 일은 짐이 친히 요리해 버려야만 여러 사람이 편해질 수 있네."

파랗게 질려있는 두 여인을 향해 미소를 지어 보이며 그는 어투를 부드럽게 했다.

"아녀자들은 어쩔 수가 없구만……. 뭐가 그리 두려워 사시나무 떨 듯 하시오! 그리 무서우면 서쪽 별채로 가 있으세요."

그러자 진씨가 떨리는 목소리로 대답했다.

"망극하옵나이다. 신첩은 이대로 있다간 간담이 터져 버릴 것만 같사옵니다! 숙모님, 우리 아녀자들은 멀찌감치 물러나 있읍시다……."

건륭이 히죽 웃으며 몇 마디 위로의 말을 건네려 할 때 밖에서 발걸음소리가 들려왔다. 일순 미소가 굳어지며 건륭은 두 여인을 향해 물러가라 손사래를 쳤다. 두 여인이 도망치듯 자리를 뜨는 사이 조학회가 들어섰다. 얼굴이 석고처럼 창백한 태감은 마치 쫓기다 못해 막다른 골목에 내몰린 쥐 같았다. 다리에 힘이 빠지며 털썩 무릎이 깨질세라 꿇어앉았다. 뒤따라 온 왕렴이 건륭에게 화명책(花名冊)을 받쳐 올렸다. 그리고는 몸을 새우처럼 구부린 채 한 편으로 물러섰다.

화명책을 힐끔 들여다보고 난 건륭이 한 팔로 서안모서리를 짚고 비스듬히 앉으며 물었다.

"조학회, 네놈이 무슨 죄를 지었는지 아느냐?"

"이이이, 이놈…… 지지지, 지은 죄를 알고 있사옵나이다. 아아아…… 니, 잘…… 모르겠사옵나이다……."

"넌 알아! 이 자리에서 이실직고하면 짐이 용서해줄 것이다. 그러나, 한마디라도 거짓을 고했다간 짐은 네놈을 결코 살려두질 않을 것이다!"

"이이이, 이놈이…… 대가리가 몇 개 붙어 있어…… 가가, 감히…… 기군(欺君)을 일삼겠사옵니까……."

건륭은 잠시 동안 아무런 말이 없었다. 마치 생선으로 배를 불린 고양이가 구석에서 바들바들 떨고 있는 늙은 쥐를 놓고 가지고 놀 듯 천천히 찻잔을 집어들었다. 뚜껑으로 물위에 뜬 찻잎을 천천히 밀어내며 그는 조학회를 힐끗 쳐다보고는 목소리를 내리깔며 물었다.

"밖에서 어느 황자가 태자감에 유력하니 어쩌니 떠들고 다닌 적 없어? 있어, 없어?"

"그런 적은…… 이, 있사옵니다……. 작년 시월 무렵에 안(궁중)에서 들리는 소문을…… 밖에 나가…… 입이 간지러워…… 떠든 적이 있사옵니다……. 죽을죄를…… 지었사옵니다……."

"안에서 누구한테 들었어?"

"……."

"말하지 못해?"

건륭이 등골이 오싹한 웃음을 지으며 소리쳤다.

"네놈의 개소리 들을 시간이 없으니 어서 말해! 살고 싶으면 제대로 불어!"

조학회가 겁에 질린 눈빛으로 왕렴(王廉)을 훔쳐보자 건륭이 대뜸 일갈을 했다.

"네놈이었어?"

땅바닥을 핥을세라 허리를 낮추고 있던 왕렴이 그 소리에 화들짝 놀라며 풀썩 고꾸라지고 말았다. 마치 벼락맞은 고목이 넘어가는 듯한 소리가 들려왔다. 사지를 땅바닥에 붙인 채 그는 더듬거렸다.

"맹세코 이 놈은…… 아니옵나이다. 이 놈은 그 당시만 해도…… 난각엔 얼씬도 못할 때였사옵니다. 그런 요언을 만들어 낼 수도 없었사옵니다. 하오나, 남들이 수군대는 소리에…… 한마디 거들었던 적은…… 있사옵니다. 왕치(王恥)의 말로는…… 처음에 복의(卜義)가 떠들고 다녔다고 하옵니다……. 이놈이 조학회에게…… 말했던 건…… 사실이옵니다. 죽을죄를 지었사옵니다……."

"복의라?"

잠시 놀라워하던 건륭이 껄껄 소리내어 웃으며 말했다.

"그 놈이 난놈이구만. 들이거라!"

복의는 기다시피 구르다시피 안으로 들어왔다. 온몸을 키(곡식을 까불어 고르는 그릇) 위의 쭉정이처럼 떨며 죽은 듯 길게 엎드렸다. 그러나 막상 건륭의 벼락같은 하문이 떨어지자 오히려 어디서 그런 담력이 생겼는지 두 손으로 땅을 짚고 벌떡 고개를 쳐들며 대답했다.

"폐하, 이 놈은 곧 죽는 한이 있더라도 그런 짓을 한 적이 없사옵나이다! 왕치 그 자가 이놈을 해코지하려고 작정을 한 것이옵니다! 작년 시월부터 소문이 나돌기 시작한 건 사실이옵니다. 설령 폐하께오서 전위조서를 작성하셨을지라도 곁에서 마지막 획이 긴지 짧은지 훔쳐볼 수 있을만한 자도 왕치뿐이옵니다. 그 자가 일을 저질러놓고 폐하께오서 추궁할까봐 몇몇 무리들과 함께 이놈에게 오물통을 뒤집어 씌웠던 것이옵니다! 그 당시 이 놈은 대내(大內)와 원명원(圓明園)을 쫓아다니느라 난각에 든 적이 한 번도 없사옵니다. 내무부에 있는 출입기록을 보면 한눈에 알 수 있을 것이옵니다……. 필요하다면 이 놈은 왕치와 대질할 용의도 있사옵니다!"

닭이 모이를 쪼듯 연신 머리를 조아리며 복의는 덧붙였다.

"이 놈은 폐하의 남순 길에 수행했다가 지의(旨意)를 잘못 전달한 사죄(死罪)를 지었사오나 우악(優渥)하신 성은에 힘입어 겨우 개 목숨을 건졌사온데, 어찌 감히 그런 짓을 저지를 수가 있겠사옵니까? 통촉하여 주시옵소서!"

이쯤 되니 건륭은 오히려 망설여졌다. 왕치를 불러들인다? 그리되면 왕치 그 놈은 또 누굴 물어낼까? 이런 식으로 물고 물리다 보면 궁중 전체가 불안에 떨게 될 것임은 자명했다. 설령 요언을 퍼뜨린 자를 색출해낸다고 하더라도 과연 공공연하게 지의를 내려 벌할 수 있을까? 소동을 크게 벌여 바깥의 백성들에게까지 심심풀이 삼아 떠드는 이야깃거리가 되면 득이 될 게 없을 것 같았다…….

이 같은 생각을 하며 건륭은 오늘밤 자신이 너무 무모한 일을 벌였음을 느낄 수 있었다. 류용은 사안을 해부하는 데는 능수능란한데, 사전에 그와 미리 상의라도 했더라면 좋았을 듯 싶었다……. 아무리 생각해 보아도 이런 식으론 타당치 않을 것 같았다. 그렇다고 절대 태감 앞에서 꼬리 내리고 백기를 들 수는 없었는지라 그는 딱딱한 어투로 물었다.

"말은 그럴싸하게 잘하는데, 어찌 짐의 곁에서 시중들며 짐에게 한마디도 아뢰지 않았단 말이냐?"

"폐하……."

울분에서인지 두려움에서인지 복의는 여전히 떨고 있었다. 소리나게 머리를 조아리며 그는 대답했다.

"이 놈은 폐하께오서 왕치에게 조련을 맡기신 한낱 똥개에 불과하옵나이다……. 하온데 어찌 감히 아니 '불(不)'자를 입밖에 낼 수가 있겠사옵니까……. 자금성 안에는 수천 명의 태감들이 있사옵니다. 폐하를 기만하는 일이 어디 한두 가지이겠사옵니까! 전과가 있는 별볼일 없는 똥개가, 그것도 집에 먹여 살려야 할 노모와 식구가 있는 놈이 어찌 감히 망발을 할 수가 있었겠사옵니까……."

말끝을 흐리며 복의는 눈물까지 쏟았다.

건륭은 확실히 남순 길에서 지의를 잘못 전한 죄를 물어 복의를 주살하고자 했던 적이 있었다. 그 당시 북경으로 돌아오는 배에서 복의가 울며불며 '불쌍한 노모'를 운운하는 바람에 마음이 약해져서 그를 용서해주고 말았었다. 왕치에게 넘겨 조련을 명한 것도 사실이었다…….

어찌된 영문인지 그는 돌연 자신이 얼마 전 화탁씨에게 들려주었던 전명(前明) 때 몇몇 태감들이 명나라 무종(明武宗)을 시해하고자 밀모를 꾸몄던 고사(故事)가 떠올랐다. 황제가 궁인들에 대한 핍박이 지나쳐 살신의 화를 자초했던 대표적인 사례였다. 필부(匹夫)가 일노(一怒)하면 오보(五步)에 유혈(流血)이라는 말이 있었으니, 근거 없이 주변에 적을 많이 만들 필요는 없다는 생각이 들었다.

찬바람이 궁중의 처마 밑을 휩쓸고 지나갔다. 마당 하나를 사이에 두고 있는 함복궁에서 이름 모를 새가 푸드득대며 날아올랐다. 마치 심산유곡의 어느 동굴에서 들려오는 듯한 아찔한 울음소리에 모골이 송연해졌다. 때를 같이 하여 사방에서 쥐나 고양이 같은 작은 동물들이 찍찍대며 풀숲을 스치고 달아나는 소리가 들려왔다……

드르르 몸이 떨리며 소름이 끼쳤다. 그제야 자신의 흐트러진 모습을 깨달은 건륭은 급히 마음을 추스르며 땅에 엎드려 있는 복의를 향해 한숨을 지었다.

"똥개라도 단명할 팔자는 아닌가 보군! 짐이 효자에게 유달리 약하다는 걸 어찌 알고 이것이……. 째지게 가난한 집에 여든을 넘긴 노모가 있다고 했지? 네가 없으면 당장 내일이라도 굶어죽을 노모 말이야……. 네가 지의를 잘못 전한 전과가 있다고 하여 왕치가 네게 죄를 뒤집어씌운 모양인데, 짐은 너의 말을 믿는다……."

한결 부드러워진 건륭의 말을 들으며 복의는 어느새 눈물범벅이 되어 있었다. 터져 나오는 울음을 참느라 안간힘을 쓰니 얼굴이 빨개지고 이마며 목에 핏줄이 무섭게 불거졌다. 눈물을 흩뿌리며 태감 복의는 아뢰었다.

"이놈이 이 나이가 되도록…… 어느 누가 이렇게…… 따뜻한 말을 해준 적이 없사옵나이다. 이놈의 억울한 사연을…… 믿어주시오니…… 이놈은 이 자리에서 죽어도…… 여한이 없사옵니다. 아뢰면 사죄(死罪)를 면키 어려운 사연이 하나 있사옵니다. 이놈이 죽으면 주군에게 노모를 잘 부탁드리옵나이다……."

생각지도 못한 태감의 말에 건륭은 적이 놀라워했다. 한참 후에야 건륭은 말했다.

"어찌 벌할지는 짐이 알아서 할 일이니, 우선 아뢰기나 하거라."

"선서(仙逝)하신 황후마마께오선 참으로 현덕(賢德)하신 분이 셨사옵나이다. 그리 일찍 가실 분이 아니었사옵니다!"

머리를 조아리며 이같이 운을 뗀 복의는 어디서 어떻게 말을 풀어나가야 할지 막막해 보였다. 잠시 멈추었다가 그는 말을 이었다.

"황후마마께오선 진정 현덕하신 분이셨사옵니다."

건륭이 내처 죽은 황후만 거론하고 나오는 태감을 보며 냉소를 터트렸다.

"황후가 현덕한 건 천하가 주지하는 바인데, 네가 강조할 이유라도 있느냐, 네 이놈!"

그러나 건륭은 문득 복의의 언중유골을 깨달은 듯 하던 말을 멈추었다. 그리고는 섬뜩하리 만치 날카로운 눈빛으로 태감을 노려보았다.

"그렇다면 당금의 황후는 현덕하지 못하단 말이더냐?"

건륭의 어조가 낮고도 싸늘했다.

"……"

"과연 그런 뜻이냐?"

"……."

"쾅!"

건륭이 서안을 힘껏 내리치며 자리에서 일어났다. 호시탐탐 복의를 노려보는 눈빛에 질렸는지 촛불이 금방이라도 꺼질 듯 진저리를 쳤다. 등불 밑에서 용안을 험악하게 구기며 음침한 어투로 그는 말했다.

"네 이놈! 정녕 더 이상 살고 싶지 않은 게냐? 감히 천하의 국모를 욕보이려 하다니!"

어차피 큰 화를 입을 각오를 한 마당에 복의는 오히려 안정을 찾아가는 것 같았다. 눈물과 땀으로 범벅이 되어 번들거리는 파리한 얼굴을 들어 그는 천천히 아뢰었다.

"방금 폐하의 그 말씀은 왕치가 이 놈을 위협하며 밥먹듯 해오던 말이옵니다. 왕치는 지금 종수궁에 들어 있사옵니다. 그가 어떤 식으로 황후마마를 시중드는지 폐하께오서 직접 보시면 모든 것이 확연해질 것이옵나이다! 애초에 폐하께오선 이름자에 인(仁), 의(義), 예(禮), 지(智), 신(信), 효(孝), 제(悌), 충(忠), 염(廉), 치(恥) 등을 하나씩 달아 모두 열 세 명의 대태감(大太監)을 두셨사옵니다. 왕치는 그 중 가장 막내였사옵니다. 유난히 빼어난 데도 없는 그가 오늘날의 왕태감이 되어 있사옵니다. 궁금하지 않으시옵니까? 언젠가 폐하께오서 '인(仁)'자로 시작되는 태감들 중에 꼴찌인 왕치가 치고 올라갈 때까지 너희들은 뭘 했단 말이냐?'라고 말씀하셨던 기억이 나옵니다!"

그가 말하는 동안 건륭은 급히 기억을 더듬었다. 영악하기는 하나 그 정도쯤은 모든 태감들이 그보다 나으면 나았지 못하지 않았다. 오히려 그는 노련미가 없어 엄밀히 따지면 왕태감의 역할을 할만한 인물이 못 되었다.

분명히 나라씨가 여러 차례 베갯머리송사를 해왔던 기억이 났다. 다른 태감들은 여차여차하여 자격이 없으니 왕치가 그나마 '다홍치마'라고 나라씨는 대놓고 말했었다. 믿어지지 않으면 직접 가보라는 복의의 말을 듣고 궁중의 태감들과 궁녀들간에 서로 얽히고 설킨 '채호(菜戶)' 관계를 생각해보니 그제야 어렴풋이 답이 나왔다……

하지만, 감히 그 쪽으로 더 깊게 생각할 수는 없었다. 아니, 생각하고 싶지도 않았다. 대뜸 갈기를 세우며 노한 표정을 지어 건륭이 손가락을 비수처럼 뽑았다.

"네 이놈……."

거친 숨을 몰아쉬며 건륭은 고함을 질렀다.

"감히 황후를 모함하려 들다니! 네 정녕 구족(九族)이 멸족(滅族)을 당하고 싶은 게냐!"

"폐하, 이 일을 알고 있는 사람은 이놈뿐만이 아니옵니다. 복신, 왕례, 왕렴, 그리고 원명원 쪽에 모스크바전(殿)에서 시중드는 궁녀들이 이놈보다 더 잘 알고 있사옵니다!"

꿋꿋하게 두 팔을 땅에 짚고 엎드린 복의는 서슬이 뿜어 나오는 건륭의 눈빛을 피할 생각도 하지 않고 마주보고 있었다.

"이 놈은 이 사실을 주하기에 앞서 이미 죽을 각오를 했사옵니다. 껍질을 발라도 좋사옵고, 기름가마에 튀김을 당해도 괜찮사옵니다. 폐하께서 원하시는 대로 죽여 주시옵소서! 오전에 폐하께오서 어화원에서 본 그 늙은 미치광이는 바로 부찰황후전에서 시중들던 노인이옵니다. 단혜태자(端慧太子) 유모(乳母)의 오라버니이기도 하지요. 유난히 토실토실하고 복스러워 모두가 애지중지하던 금지옥엽의 어린 태자께서 백납의(百衲衣)를 갈아입는 순간 천연두에 감염되어 짧은 이승을 하직하고 말았사옵니다! 폐하께오서 이 일을 추궁하려고 하시자 멀쩡하던 유모가 중풍에 걸려 벙어리가 되고, 그 오라버니도 미쳐버렸사옵니다!"

태감이 돌연 땅에 납짝 엎드려 목을 놓아버렸다. 엉엉 소리내어 울며 이마가 시퍼렇게 멍들도록 조아려댔다.

"……폐하! 영명일세(英明一世)하신 폐하! '등잔 밑이 어둡다'고 하옵니다. 너무 어두워 손을 내밀어도 다섯 손가락이 보이질 않사옵니다…….”

자신이 떠올리기조차 싫었던 예측이 사실이라는 확신이 들자
건륭은 그만 의자에 털썩 주저앉고 말았다. 눈앞이 가물거리고
귀가 먹먹해졌다. 다시 일어서려고 했으나 힘이 빠져버린 두 다리
가 말을 들어주질 않았다.

팔을 내밀어 찻잔을 잡는 손가락이 심하게 떨렸다. 겨우 들어
입가로 가져가기도 전에 찻물은 옷섶이며 목에 반쯤 쏟아져 버렸
다. 식어버린 차를 꿀꺽꿀꺽 마셔 버리고 나니 끓어 넘치던 속이
어느 정도 진화가 되는 것 같았다. 세상에! 정녕 모든 것이 사실이
란 말인가!

후궁들이 그에게 낳아준 아들은 스무 명도 넘었다. 태어나자마
자 죽어간 아이들을 빼고 이름자라도 달아본 황자는 모두 열 일곱
이었다. 그 중 우여곡절 끝에 장성하여 지금까지 살아있는 황자는
단 여섯 명이 고작이었다!

하나둘씩 시름시름 죽어간 열 한 명의 황자들은 모두 ‘천연두’가
원인이었다. 물론 누군가가 마수를 뻗쳤을 가능성을 생각해보지
않은 건 아니었다. 그러나 그 상대가 나라씨였을 줄은 꿈에도 몰랐
다. 용색(容色)이 아름다워 꽃 같고 마음이 비단 같아 옥처럼 곱던
여인이 과연 그런 천추에 사무치는 범행을 저지른 장본인이란 말
인가?

워낙 질투가 많은 여인인 건 익히 알고 있었다. 아녀자들이 성총
을 다투어 서로를 적당히 질투함은 애교스럽게 봐줄 수 있었기에
참았다. 헌데 만세기업(萬世基業)을 이을 싹을 잘라버렸다는 건
인륜을 저버린 행위로서 천벌을 받아 마땅했다…….

이쯤 하여 그는 돌연 미치광이 태감이 그림이랍시고 어화원 바

닥에 어지럽게 낙서해 놓았던 그림들을 떠올렸다. 전당(殿堂)이 있었던 것 같았다. 그 외에 사람, 상자, 옷가지들……. 모든 것이 밝혀진 후에야 알고 보니 그것은 백납의였다! 분명 어린 아기의 옷이 그려져 있었다.

　머리 속에 번개가 치고 혼신의 털이 올올이 일어서는 것 같았다. 저런 불여우를 수십 년 동안 품고 살았다니! 서안(書案)의 양쪽 끝을 움켜잡은 건륭의 팔이 걷잡을 수 없이 떨렸다.

　옹정(雍正) 말년에 친형인 홍시(弘時)의 사주를 받은 무리들에 의해 폭풍우가 몰아치는 황하(黃河)의 한복판에서 하마터면 쥐도 새도 모르게 고래밥이 돼버릴 뻔했던 공포스런 기억이 빠르게 뇌리를 스쳤다……. 바로 옆에 흉악범을 끼고 살았다는 생각에 분노와 실망, 비탄을 함께 느꼈지만 이 일을 어찌 수습해야 할지 난감했다.

　초야(草野)의 소호(小戶)들에서도 집안 흉은 밖으로 내보내지 않는다고 했거늘 천가에서 다른 사람도 아니고 일국(一國)의 국모(國母)인 황후가 이 같은 악역죄(惡逆罪)를 저질렀다면 어찌 요리하는 것이 마땅할 것이며, 천하의 백성들에게 어찌 해명해야 할지 막막하기만 했다. 그러나 복의를 묻어버려 진실을 은폐시키는 건 쉬운 일일지 몰라도 이같이 음흉하고 교활한 인두겁을 쓴 불여우와 '부부'로 지낸다는 것은 더 이상 불가능했다. 당장에라도 모든 걸 까발리고 싶지만 '현장'을 덮치지 못했으니 내세울만한 확증이 없고, 태후가 나서서 간섭하고 조정의 신료들이 집단으로 탄원하고 나선다면 어찌 설득한단 말인가? 건륭은 고민에 빠졌다. 생각이 깊으니 두 눈에선 고양이의 눈빛을 닮은 새파란 빛이 새어 나왔다.

"도둑을 잡았으면 장물을 제시하고, 간통을 고소하려면 현장을 덮치라고 했거늘 네놈의 말은 믿을 수가 없다. 한낱 개돼지에 불과한 주제에 어느 면전이라고 감히 황후를 욕보이려 들어? 네놈의 죄는 목을 쳐 마땅하다."

건륭이 한바탕 '산고(酸苦)' 끝에 대책이 떠오른 듯 이같이 말했다. 자신의 감정을 애써 억누르는 듯 말하는 턱이 떨렸고 이빨 사이로 한마디, 한마디가 고통스럽게 새어나왔다.

"허나 짐은 예나 지금이나 호생지덕(好生之德)이 있으니, 네놈의 개 같은 목숨만은 잠시 살려주겠다. 내일, 너의 노모를 데리고 카얼친 좌기(左旗) 농장에 가서 일하도록 하거라. 복신, 왕례, 왕렴 그리고 모스크바궁전의 태감, 궁녀들은 따로 그 죄를 물을 것이다. 농장을 맡고 있으면서 무슨 일이 있으면 그곳에 주둔해 있는 투리천 장군에게 아뢰도록 하거라."

건륭이 낮은 목소리를 더욱 낮추었다.

"명심해, 생사존망은 네놈의 요 주둥아리에 달려있다는 걸! 명나라 주원장(朱元璋)의 장법(章法)에 따르면 구족(九族) 외에도 벗들과 지인, 일족이 더 포함되지. 짐이 주필(朱筆)을 들었다 놓는 순간 네놈과 티끌만큼의 관련이라도 있는 사람들은 전부 잿더미로 날아가 버린다는 걸 명심하거라!"

복의가 무어라 말하기도 전에 건륭은 힘껏 손사래를 치며 고함을 질렀다.

"썩 꺼져! 왕렴을 들라하라!"

복의는 마치 몽유병이 도진 듯 휘청거리며 물러갔다. 왕렴이 오리궁둥이를 들썩거리며 들어섰다. 팔과 어깨는 중풍에라도 걸린 듯 떨고 있었다.

"차 차 찾아…… 계셨사옵니까……."

"방금 복의가 한 말을 들었느냐?"

건륭이 물었다.

"못 들었사옵니다."

왕렴은 전전긍긍했다.

"이놈도 조벽(照壁) 근처에서 다른 태감들과 함께 있었사옵니다."

건륭이 유리창 너머로 바라본 정원은 완전히 어둠이 짙어있었다. 서쪽 별채의 두 칸 방에 불이 밝혀져 있을 뿐 궁전 전체가 어둠 속에 잠겨 있었다. 길게 숨을 들이마시며 건륭이 물었다.

"진씨와 이십사복진이 잠자리에 들었느냐?"

왕렴이 감히 고개도 쳐들지 못한 채 대답했다.

"아직 침수에 드시지 않은 것 같사옵니다. 지패놀이를 하고 계시는 걸 보았사옵니다."

"이 시각부터 넌 양심전의 총관태감(總管太監)이다. 고운종은 부총관태감을 맡게 될 것이니 그리 알거라. 육궁도태감(六宮都太監), 부도태감의 자리를 비워둘 테니 잘해보거라!"

왕렴이 번쩍 고개를 쳐들었다. 도무지 믿어지지 않는다는 듯 놀라움과 두려움이 교차된 표정이었다. 건륭에게 힘껏 발길질을 당하거나 불이 번쩍 나게 따귀를 얻어맞을 각오로 들어왔던 그는 느닷없는 승진소식에 잠시 얼이 나가 있었다! 육궁도태감은 얼마 전까지만 해도 삼대군주(三代君主)를 섬겨온 80세 고령의 고대용(高大庸)이었다. 부도태감은 자고로 양심전 총관태감이 겸하고 있었다. 황제를 가장 가까이에서 섬길 수 있다 하여 '천하제일태감(天下第一太監)'이라는 별칭이 따라다녔다. 그런 자리를 자신에게 비워두겠다고 건륭이 약조를 해오다니!

왕렴은 몰래 한쪽 허벅지를 힘껏 비틀어 보았다. 코가 찡그려지는 아픔이 느껴지는 걸 보니 꿈은 아니었다. 한참 넋이 나가 있던 왕렴이 사은(謝恩)을 표했다.

"폐하의 크신 은총과 믿음을 결코 저버리는 일이 이 놈의 생에는 없을 것이옵니다. 이 놈의 조상 무덤에 청기(靑氣)가 피어오르겠사옵니다……."

그제야 자신이 미처 무릎 꿇는 것도 잊은 채 꼿꼿하게 서 있었다는 걸 알고는 왕렴은 황급히 무릎을 꿇었다. 그리고는 덧붙여 아뢰었다.

"이 놈은 비록 장시(醬尸)이긴 하오나 진충보국(盡忠報國)이라는 말은 아옵니다……."

"장시라니?"

건륭이 궁금해하며 물었다.

"그게……."

왕렴이 급히 해석을 덧붙였다.

"한번은 기윤 중당께오서 태감들더러 '엄시(腌尸, 엄사(閹寺)와 발음이 같음. 절인 시체라는 뜻)'라고 했사옵니다. 고로 태감들은 소금에 절인 시체라는 뜻이 아니겠사옵니까?"

건륭은 어이가 없어 할 말을 잊고 말았다. 덕분에 허허 실소를 하고 나니 뱃속 가득 차 있던 울분이 조금은 사그라드는 것 같았다. 그는 손사래를 쳤다.

"까불지마. 내일 아침 궁문을 열 때 내무부 신형사(愼刑司)에 지의를 전하거라. 왕치는 명색이 육궁부도태감이라는 자가 종일 황당무계한 짓거리나 하고 차사에 게을리 하였으며 앞장서서 당치도 않은 요언을 믿고 살포했는 바 그 죄를 물어 봉천부(奉天府)의 고궁(故宮)으로 보내어 감금하라. 복의, 복신, 왕렴, 왕례는 카라친 좌기의 투리천 군문 밑으로 보내어 죄값을 치르게 하라. 원명원 백금한궁(白金漢宮), 터키궁(宮), 모스크바궁(宮), 포르투갈궁(宮)의 궁녀들은 전부 신자고(辛者庫)의 완의국(浣衣局)으로 내려보내거라!"

"그리 전하겠사옵니다……."

"내무부더러 지의를 받자마자 즉시 압송하라고 이르거라. 일각의 지체도 허용하지 않는다!"

"예!"

"날이 밝으면 자녕궁(慈寧宮)으로 가서 부처님께 아뢰거라. 짐은 화친왕부(和親王府)로 병문안을 갔다가 신료들을 접견한 연후에 저녁나절에 문후를 여쭈러 들것이라고. 태후부처님께 이를 아뢰고 화친왕부로 오너라."

"예!"

건륭이 힘겹게 무릎을 짚고 일어섰다. 소리 없이 한숨을 지으며 다시 분부했다.

"가서 진씨와 이십사복진이 자는지 안 자는지 보고 오너라. 자고 있지 않으면 와서 짐의 말동무를 해달라고 하거라!"

날이 추워서인지 홍주(弘畫)는 벌써 한달 째 병상에 누워만 있었다. 마름인 왕보가 귓가에 속삭이듯 말했다.

"마마, 폐하께오서 문안을 오셨사옵니다."

그러자 벽을 향해 모로 돌아누워 있던 홍주가 버럭 고함을 지르며 욕설을 퍼부었다.

"이런 잡종새끼가! 그런 식으로 날 얼려 약 먹이려고 그러지!"

그러나 성난 눈길을 돌려 뒤돌아보던 홍주가 발을 걷고 들어서는 건륭을 발견하는 순간 화들짝 놀라 자리에서 일어나려고 버둥거렸다.

"이 빌어먹을 놈아! 어서 날 일으켜주지 않고 뭘 꾸물거려. 진작 아뢸 것이지!"

주인의 성미를 잘 아는 왕보(王保)는 쏟아지는 욕설에도 전혀 개의치 않고 급히 다가가 부축하여 일으키려 했다.

"아니! 됐네, 그대로 누이게!"

건륭이 큰 걸음으로 다가갔다. 일어나 앉고자 이불 속에서 발버둥치는 홍주를 달래어 자리에 뉘였다. 왕보가 베개를 등뒤에 두툼하게 깔아 반쯤 기대게 했다. 건륭이 또 이불깃을 꽁꽁 여며주었다.

"내가 아뢰지 못하게 했네. 친형제간에 아픈 몸을 끌고 마중 나오는 그런 허례허식을 차려선 뭘 하겠는가."

이같이 말하며 홍주를 찬찬히 뜯어보는 건륭의 얼굴엔 수심이 서려 있었다.

워낙 마른 체격인 홍주는 두 달 동안 못 본 사이에 뼈만 앙상해져 있었다. 눈동자며 양 볼이 무서울 정도로 깊숙이 꺼져 있었다. 시커먼 얼굴이 누렇게 떠 있어 마치 생강 같았다. 이불 밖으로 내놓은 손등의 핏줄이 나무뿌리 같았고, 살점이 녹아버려 껍질만 남은 손은 송장을 보는 것 같아 섬뜩했다. 온몸 어디를 봐도 그나마 변함없는 건 빛나는 세모눈 뿐이었다. 우울한 눈빛으로 자신을 내려다보는 건륭을 향해 홍주가 "휴우!" 하고 길게 탄식을 토해냈다.

"폐하! 말썽도 많고 탈도 많아 폐하의 속을 어지간히도 썩혀드리던 못난 아우가 이제 다시 돌아오지 못할 원행(遠行)을 앞두고 있네요……."

연신 탄식하며 그는 말을 이었다.

"며칠 전에 기윤이 다녀갔사옵니다. 생사(生死)는 명(命)에 달려 있고, 인명(人命)은 하늘에 달려 있는 것이니, 자연의 섭리에 순응하라느니 어쩌느니 한참 고담준론(高談峻論)을 펴다가 결국엔 쫓겨나고 말았지요. 어찌나 정신이 사납던지 호랑이같이 으르렁댔더니 언제 도망갔는지 없더군요……."

아침이슬 같은 삶의 끝자락을 잡고서도 이같이 달관할 수 있다니, 건륭은 괴로우면서도 적이 위안이 되었다. 마땅히 위로의 말을 찾지 못하고 있던 건륭이 한참 후에야 입을 열었다.

"이 세상에 믿고 의지할 수 있는 사람은 우리 둘밖에 없어. 선제께서 남기신 일점혈육이 이젠 우리 둘밖에 없다고! 네가 기적처럼 자리를 차고 일어나 전처럼 이 형의 속도 썩이고 문 밖까지 쫓겨나갔으면서도 혀를 홀랑 내밀며 길길이 성난 나를 향해 광대 같은 몸짓을 해 보였으면 좋겠어……. 너마저 가고 나면 난 어디 가서 가슴속에 묻어두었던 말을 할만한 상대도 없는 거야……."

건륭이 눈가에 그렁그렁 눈물을 보이니 홍주 역시 가슴이 미어졌다.

"폐하…… 안색을 보니 어젯밤에도 날을 꼬박 새신 것 같네요. 옛말에, 숲이 크면 온갖 잡동사니들이 다 모인다고 했습니다. 세상천지에 무슨 기상천외한 일인들 없겠고, 어떤 족속들인들 없겠습니까? 〈홍루몽(紅樓夢)〉에 보면 해당화가 때가 아닌데 피어있으니, 이를 본 가모(賈母)가 '견괴불괴(見怪不怪), 기괴자패(其怪自

敗)'라는 명대사를 남겼습니다. 이상한 꼴을 그대로 내버려두면 결국엔 자멸하게 돼 있다는 뜻이죠. 폐하의 영명하심은 전무후무할 것입니다. 성조도 비할 바가 못됩니다. 대세에 영향을 미치지 않는 작은 일은 한쪽 눈을 질끈 감아버리세요……. 벌써 폐하께서도 이순(耳順)을 넘기신 나이십니다. 진승(陳勝), 오광(吳廣)의 난(亂)만 아니라면 만사에 조급해 하실 필요가 없으십니다. 화내지 마시고 대희대비(大喜大悲)를 자제하시는 것이 천하 신민(臣民)들의 복일 것이옵니다……."

건륭이 아우의 진정 어린 권유를 들으며 머리를 끄덕였다. 눈동자를 돌려보니 방안에는 불경(佛經)이니 〈고금도서집성(古今圖書集成)〉, 그리고 앉은키를 넘는 원고들이 가득 쌓여 있었다. 모두 홍주가 손수 베낀 〈금강경(金剛經)〉 부류의 불교 경전들이었다. 일어나 몇 권을 뒤적여 보던 건륭이 왕보에게 말했다.

"우리 형제간이 속내를 좀 터놓을까 하니 자네들은 멀리 물러가 있게."

왕보가 태감과 궁녀들에게 턱짓을 하여 전부 데리고 물러갔다.

"폐하!"

홍주가 눈 한번 깜빡하지 않고 건륭을 뚫어져라 바라보며 물었다.

"무슨 일이라도 생긴 겁니까?"

건륭이 무겁게 머리를 끄덕였다. 그리고 침대께에 앉아 오랜 침묵 끝에야 비로소 입을 열었다.

"작은 일이 아닐세. 아직 확증은 잡지 못했으나 확증을 잡으면 지금의 황후를 폐하는 수밖에 없네. 울화통이 치밀어 아픈 아우를 찾아 하소연할 수밖에 없는 이 마음이 무척 괴롭네……."

건륭은 땅이 꺼지는 한숨과 함께 찔끔 눈물까지 보였다. 홍주는 황후를 폐한다는 말에 깜짝 놀랐다.

"……폐하, 폐하께오선 〈이십사사(二十四史)〉를 숙지하신 분이옵니다. 결코 작은 일이 아니옵니다! 전명(前明)의 사대안(四大案) 가운데 '이궁안(移宮案)'이 있습니다. 몇백 명의 신료들이 일제히 건청궁으로 가서 황후를 폐한다는 지의를 거둬 주십사 하고 집단으로 청원을 올리기라도 하는 날엔 어찌 요리하실 셈입니까? 황후를 책봉(册封)하거나 폐출(廢黜)시키는 일은 모두 천하를 진동시키는 대사입니다. 인언가외(人言可畏)라고 했사옵니다……."

건륭이 머리를 끄덕였다. 그리고는 탄식하며 말했다.

"다 생각했던 바이네. 어젯밤에는 한숨도 못 잤네. 아우, 자네를 만나보지 않고선 마음이 산란하여 정무조차 볼 수가 없을 것 같았네. 그해……, 짐이 남순 길에 올랐던 그 해에 북경에 남아 있던 자네가 궁으로 쳐들어가 옹염 모자를 구출하지 않았나? 그 당시 짐은 자네더러 괜히 의심이 많아 사단을 일으켰노라며 크게 질책을 했었지. 자네가 아니었더라면 짐이 멀쩡한 아들 또 하나를 잃을 뻔한 줄도 모르고!"

건륭이 어젯밤에 태감에게서 들은 바를 홍주에게 낱낱이 들려주었다. 그리고는 덧붙였다.

"아무리 집안 흉은 밖에 알리는 게 아니라고는 하지만 과연 모든 것이 사실이라면 어찌 일국의 국모랍시고 곁에 둘 수 있겠나? 나…… 나도 이제 환갑을 넘긴 몸이네. 동상이몽의 여우와 죽어서 같은 능(陵)에 들어간다는 것도 끔찍하네……."

"과연 모골이 송연하네요……."

홍주가 혼잣말처럼 중얼거렸다. 한참 침묵이 흐른 뒤에야 그는
다시 입을 열었다.

"그러나 대국(大局)을 위해서는 폐하께서 진정을 취하셔야 합
니다. 절대 조급해 하시거나 화를 내시어 존체(尊體)를 다치게
해서는 아니 됩니다……."

기운 없이 한숨을 내쉬며 그는 말을 이었다.

"자금성(紫禁城)에서 일어난 일이고, 천가(天家)의 가무(家
務)이옵니다! 폐하, 참을 '인(忍)'자 셋이면 살인도 면한다 했거
늘, 세상에 참지 못할 일이 어디 있겠습니까? 도저히 감내할 수
없는 일을 감내할 수 있어야 진정한 대장부가 아니겠습니까…….
태감과 그렇고 그런 사이였다는 건 용서할 수 있어도 생떼 같은
내 조카를 해친 것이 사실이라면 저 역시 눈에 쌍심지를 켜고 달려
들어 갈가리 찢어 놓고 싶을 것입니다. 하오나 대세를 위해 참으십
시오. 폐위시키더라도 지금은 때가 아닌 것 같습니다. 죄명 또한
'예란궁중(穢亂中宮, 궁중을 어지럽히고 더럽히다)'이 아닌 다른 죄
목을 덮어씌워 폐출시키는 것이 대외적인 충격도 최소화할 수 있
을 것입니다. 조금만 더 기다리고 있다가 나라씨가 다른 잘못을
저질렀을 때…… 그때…… 들어내십시오……."

홍주의 말은 모두 건륭이 고민했던 바였다. 그가 화친왕부를
찾은 건 계책을 묻기보다 위로를 받고 싶은 쪽이었다. 분노와 실
망, 그리고 외로움이 한꺼번에 홍수처럼 몰려오니 혼자선 도저히
막아낼 자신이 없었던 것이다.

내일, 모레를 장담할 수 없을 정도로 골골대는 아우라고는 하지
만 옆에 있는 것만으로도 이럴 땐 엄청난 위로가 되었다. 상심에
젖어있던 건륭이 입을 열었다.

"아우, 자네에게 하소연하고 나니 한결 기분이 홀가분해진 것 같네. 초야의 소호(小戶)들 같았으면 때려부수고 휴서(休書)를 쓴다 어쩐다 한바탕 동네가 시끌벅적하게 난리를 벌이겠지만 나야 자네밖에 하소연할 데가 있어야지……."

한참 흥분하고 나니 다시 기운이 빠진 듯 홍주가 눈꺼풀을 무겁게 드리운 채 아뢰었다.

"넷째형은 평생 누군가로부터 괴롭힘을 당한 적도 없고, 걸어온 길이 너무 순탄해서 더욱 이런 고통을 참기 힘드실 겁니다……. 제가 자리에서 일어날 수만 있어도 폐하를 위해 다시 한번 구정물통이 되어드리겠건만……. 이번 정월대보름의 만월이나 보고 갈 수 있을는지 모르겠습니다……."

이에 건륭이 급히 위로의 말을 건넸다.

"그런 소리 말아! 나도 꽤 걱정을 했었는데, 막상 와 보니 생각했던 것보다는 상태가 괜찮은 것 같아서 다행이야. 크게 앓고 나면 장수한다고 했으니, 어떻게든 떨치고 일어나 봐. 꽃피는 춘삼월이 되어 나무가 푸른 물을 먹게 되면 너도 활기를 찾을 거야. 태의(太醫)의 말에 잘 따라야 한다. 신귀(神鬼) 따위에 기댈 때가 아니야……. 필요한 게 있으면 사람을 보내거라……."

건륭은 눈물을 머금고 일어섰다.

"상주문이 키를 넘을 것 같구나. 어서 가봐야겠다……."

"다시는 경거망동하지 않겠습니다. 넷째형의 말씀을 잘 듣겠습니다……."

홍주가 꿈을 꾸듯 이같이 말하더니 건륭이 돌아서자 갑자기 다시 큰소리로 불렀다.

"폐하!"

건륭이 돌아섰다.

"아편(鴉片)을 끊으셔야 하옵니다!"

홍주가 혼신의 힘을 모으는 듯 간절히 호소했다.

"저의 병은 아편이 발단이 된 것 같습니다. 십육숙(十六叔)과 과친왕(果親王)도 아편의 피해를 단단히 입지 않았습니까? 신의 (神醫) 엽천사(葉天士)도 아편에 오금을 못 쓰더니 결국 죽어버 렸고요……. 그 물건…… 백해무익한 것 같습니다……."

말을 끝맺지도 못하고 홍주는 깊이 잠들어버렸다.

……며칠 동안 건륭은 양심전을 떠나지 않았다. 애써 후궁전의 일을 떨쳐버리니 며칠만에 마음속에 다시 평안이 깃들기 시작했 다. 원소절의 성회(盛會)에 차질이 없도록 이시요에게 단단히 주 의를 주고 기윤, 우민중, 이시요더러 병부, 형부, 예부, 호부의 당관 들을 부르게 하여 어전회의를 소집했다. 서부의 군사상황과 내지 의 백련교들의 움직임에 대해 관련 부처로부터 직접 보고 받고 춘황(春荒)을 어찌 지혜롭게 넘길 수 있을지도 다함께 고민하여 대책을 강구했다. 끊임없이 상주문을 어람하고 주비를 달아 발송 하며 그 동안 소홀히 했던 신료들을 접견하다 보니 하루해가 짧았 다.

아무리 근정(謹政)을 해왔다고는 하지만 밤낮 따로 없이 며칠 동안 양심전에서 자리를 떠보지 않기는 이번이 처음이었다. 때문 에 두 군기대신은 물론 육부(六部)도 간만에 숨돌릴 새 없이 바쁜 나날을 보내야만 했다.

정월 14일 오후, 기다리고 기다리던 아계가 북경으로 돌아왔다. 그가 패찰을 건네어 뵙기를 청했다는 말에 건륭은 맨발로 온돌에 서 뛰어내리다시피 하며 소리쳤다.

"어서 들라하게!"

최근 며칠동안 웃는 모습을 한 번도 볼 수 없었던 건륭의 얼굴에 순식간에 광채가 돌았다. 흥분하여 맨발로 궁전 안을 왔다갔다하며 거닐던 건륭이 그제야 자신이 맨발임을 알아채고는 급히 신발을 신었다.

25. 내리막길

아계(阿桂) 역시 거의 종종걸음으로 달리다시피 하여 들어왔
다. 양심전 동난각에 이르러 길게 엎드린 채 거친 숨을 몰아쉬며
아뢰었다.

"폐하! 별래무양(別來無恙)하셨사옵니까……. 뵙고 싶었사옵
니다. 조후이와 하이란차도 매일 폐하의 옥체 강녕을 기원하고
있사옵니다……."

아계는 톡 건드리면 왈칵 눈물부터 쏟을 듯 목이 메어 있었다.

"일어나서 천천히 얘기하게. 왕렴, 아계 중당을 부축하여 자리
에 앉히거라……."

아계의 군주에 대한 깊은 애정과 연모의 감정을 느낀 건륭도
가슴 한구석이 뭉클해졌다. 그러나 내색을 하지는 않았다.

"짐이 노정(路程)을 염두에 두고 날짜를 꼽아 보니 아무리 늦어
도 어제까지는 북경에 도착할 수 있을 것 같았는데, 혹시 노면

상태가 너무 안 좋아서 늦었나?"

아래위로 아계를 훑어보니 그는 두껍고 무거워 보이는 양가죽 두루마기를 입고 허리띠의 걸개에는 기름때가 잔뜩 묻은 장갑을 걸고 있었다. 역시 양가죽인 것 같았다. 숯검정 같은 얼굴은 변방의 모래바람에 노출되어 쩍쩍 갈라져 피까지 맺혀 있었다. 손이며 얼굴, 목, 살갗 등이 보이는 곳마다 거친 정도가 수세미는 아무것도 아니었다.

건륭이 못내 안쓰러운 기색을 보이며 한숨을 지었다.

"이번에 실로 수고가 많았네! 헌데 얼굴에 바르는 기름 같은 것은 없나? 입술도 그렇고……. 방안이 따뜻하니 그 무거운 겉옷을 벗어 던지게."

조심스레 찻잔을 들어 홀짝이고 있던 아계가 웃으며 말했다.

"방도 따뜻하거니와 폐하를 뵈오니 가슴도 훈훈하여 여독이 싹 가시는 것 같사옵니다. 겉옷을 훌훌 벗어 내던지고 싶사오나 2, 3개월 동안 몸을 씻지 못하여 구린내가 진동할 것 같아 감히 벗을 수가 없사옵니다. 얼굴이나 손발 트는 데 바르는 기름은 있사오나 수만 병마를 이끄는 사람이 혼자 유두분면(油頭粉面)한 것도 꼴불견 아니겠사옵니까? 지난번에 러민이 파견해보낸 군량 호송관이 기생오라비처럼 하고 와서는 자기는 한 끼라도 채소를 못 먹으면 입안에 가시가 돋친다느니 하루라도 목욕을 못하면 간지러워 못 산다느니 유난을 떨다가 하이란차의 부하들에게 끌려가 모래밭에서 뒈지게 얻어맞은 적이 있사옵니다."

그 말을 듣고 건륭이 웃음을 터트렸다.

"잘했네! 그런 자를 혼내주는 데는 말보다 주먹이 최고지! 과연 하이란차가 키워낸 부하들답군!"

아계가 아뢰었다.

"병사들 무서운 줄 모르면 병마를 이끌 수가 없사옵니다. 세상 천지에 독불장군은 없는 것 같사옵니다. 대장이 부하들과 하나가 되어 진정 피를 나눈 형제 이상의 우애가 뒷받침 됐을 때에야 그들은 비로소 목숨을 던져 군령에 응할 수 있는 것이옵니다. 그렇지 않으면 제아무리 대단한 통수(統帥)라도 고립무원의 경지에 빠지기 십상이옵니다. 태호수사(太湖水師)에서 어떤 원성 높은 참장(參將)이 물속에 들어가 목욕을 하던 중 하마터면 몇몇 부하들에게 큰 변을 당할 뻔했다 하옵니다. 그들은 자신들의 대장을 에워싸고 '그 동안 군향은 얼마나 뜯어먹어 그리 피둥피둥하냐', '모월 모일의 전투에서 진정 공로를 세운 사람이 누군데, 너 혼자 그 공을 독식하려 드느냐' 하며 그 동안의 죄를 인정하라고 다그쳤지 뭡니까? 참장이 한사코 인정하려 들지 않자 성난 부하들이 그 참장을 물속에 집어넣고 자백을 받아낼 때까지 물을 먹여 결국엔 정신이 가물가물해진 참장이 모든 걸 자백하고 말았다 하옵니다……"

"음!"

건륭이 표정이 심각해지더니 천천히 머리를 끄덕였다.

"그 후에 그 참장이라는 자는 어찌 됐나?"

"그 당시는 하이란차가 태호수사의 제독(提督)으로 있을 때였다고 하옵니다. 손이 발이 되게 빌며 거듭날 기회를 달라고 애걸복걸하는 참장을 차마 쫓아낼 수 없어 군권을 박탈하여 창고지기로 보냈다고 하옵니다. 하이란차와 조후이는 진정 대사에 흐트러짐이 없고 군무에 유능한 인물들이옵니다."

이에 건륭이 수염을 쓸어 내리며 흡족해 했다.

"짐도 알고 있네. 조후이 같은 경우에도 같은 하늘을 이고 도저히 살 수 없을 것 같은 원수를 그 군중으로 보냈더니 의외로 따귀를 두어 번 때린 걸로 화풀이를 하고는 과거의 죄를 용서해주었다고 하더군. 그게 바로 대장군의 덕량(德量)이 아니겠는가? 원수를 대함에 있어서도 공정하게 논공행상(論功行賞)하는 장군이야말로 진정 병마를 이끌 줄 아는 장군이지!"

오랜만에 만난 군신(君臣) 두 사람은 정무는 제쳐두고 화기애애한 분위기 속에서 한가로이 담소를 즐겼다. 마치 덕담을 주고받는 일가족 같았다. 이어 건륭은 윤계선(尹繼善)과 푸헝이 차례로 고인(故人)이 되어 곁을 떠나버린 데 대해 심심한 애도와 유감을 표했고 우민중(于敏中)과 기윤(紀昀)이 뒤를 잇는다고는 하지만 정무를 총람하기엔 아직 힘이 약하다는 우려를 노골적으로 드러냈다. 문득 며칠 전에 들은 중궁전의 은밀한 거래를 떠올리며 그는 한숨을 토해냈다.

"기윤은 비록 군기처(軍機處)에 몸을 담고 있긴 하지만 줄곧 〈사고전서(四庫全書)〉에만 매달려 있었고, 우민중과 마찬가지로 전체 국면을 아우르는 데는 위신이 부족하고 역부족이라 하겠네. 류용과 화신이 힘을 실어줄 테지만 그 둘도 자네 한 사람보다는 못할 것이네! 웃기는 것은 짐이 현재 사실상 수석군기대신의 노릇을 하고 있다는 거네! 다행히 자네가 제때에 돌아와 주니 푸헝의 빈자리를 이젠 경이 메우도록 하게. 수석군기대신의 짐을 경에게 물려주고 나면 짐의 두 어깨가 한결 홀가분해질 것 같네."

"좀 있다 물러가자마자 푸헝 공의 집으로 가보겠사옵니다."

아계가 더위를 느낀 듯 겉옷의 앞섶을 들었다 놓았다 하며 말을 이었다.

"신의 소견으로 푸헝의 일생에서 가장 큰 장점은 남다른 성총을 입고 있으면서도 거기에 편승하여 세력을 과시하려 함이 없었고, 부하를 대함에 있어 항상 성의를 다했다는 것이라고 생각하옵니다. 덕량이 무한하고 지혜가 뒷받침되오니 폐하의 성총이 변함이 없으시고 부하들은 어버이 대하듯 시종여일한 충성을 보일 수가 있었던 게 아닌가 하옵니다. 신은 행오(行伍) 출신으로서 그런 푸헝에 비건할 바가 못 되옵니다. 군기처에서 다리 품 팔 수 있는 것만으로도 신은 족하다고 생각하오니 감히 '수석'의 책임은 맡을 자신이 없사옵니다. 푸헝도 수석군기대신이라는 명함은 지녀본 적이 없사옵니다. 신의 소견으로 군기처라 함은 폐하께오서 천하의 정무를 보시는 서판방(書辦房)에 불과하오니 수석을 세울 필요까지는 없을 것 같사옵니다. 천안(天顔)이 지척에 계시오니 대사(大事)는 폐하께서 성재(聖裁)하시고, 소사(小事)는 육부(六部)의 협조를 받아 처리하면 충분할 것 같사옵니다. 몸집을 더 크게 불릴 필요 없이 서너 명이 폐하의 지의에 따라 움직이며 빠르고 민첩하게 돌아가는 것이 능률도 오르고 여러모로 바람직할 것 같사옵니다. 부디 유의하시옵소서, 폐하! 군기처와 전명(前明)의 내각(內閣)은 다르옵니다."

진지하고 솔직한 간언(諫言)이었다. 부앙(俯仰, 굽어봄과 쳐다봄, 즉 군신)간에 당당하고 충직한 그 모습을 보며 건륭은 마치 또 다른 푸헝을 마주하고 있는 것 같은 착각이 들었다. 그사이 훨씬 노련하고 성부가 깊어진 것 같았다. 건륭이 미소를 지으며 머리를 끄덕였다.

"그럼 경의 뜻에 따르도록 하지! 화신과 류용이 아직 서투르고 우민중과 기윤도 독보적이진 못하니 누군가 주체가 있어야 한다는 뜻이었을 뿐이야!"

그렇게 말하면서 건륭은 덧붙였다.

"푸헝이 병상에 있을 때부터 바깥에는 갖은 소문이 나돌고 있었나 보네. 푸헝의 죽음을 계기로 군기처에 한차례 물갈이가 있을 거라는 소문을 자넨 들어본 적이 없나? 경은 이를 어찌 생각하나?"

"설핏 들은 적은 있사옵니다. 신이 푸헝의 왼팔이라는 당치도 않은 소문까지 나돌고 있었사옵니다. 그밖에 기윤과 이시요에 대해서도 수군대는 것 같았사옵니다."

아계는 자신이 생각하는 바를 솔직하게 털어놓았다.

"옛말에, 총은 밖으로 고개 내민 새를 쏜다고 했사옵니다. 푸헝이 재임기간이 길고 일인지하 만인지상의 막중한 권력을 장악하고 있었사오니 갖은 억측이 난무하는 건 어찌 보면 당연지사이옵나이다. 부찰황후마마께서 선서(仙逝)하셨을 때도 푸헝이 날갯죽지 꺾인 새 신세가 될 거라는 악담이 나돌지 않았사옵니까! 신은 막돼먹은 시정잡배들의 무료한 지껄임에 불과하다고 생각하옵니다. 푸헝은 결당(結黨)하여 사사로운 이익을 도모하는 일이 없었고, 공사(公私)가 분명하여 사적인 일로 공사를 그르친 적이 없었사옵니다."

미리 생각이라도 해두었던 듯 아계는 거침없이 자신의 소견을 털어놓았다.

"장강후랑 추전랑(長江後浪, 推前浪)이라고 했사옵니다. 20년 중기(重器)로 한 시대를 풍미하고 가신 선인(先人)의 자리에는 미치지 못하지만 노력하는 후생(後生)이 들어와 그 맥을 잇는 것은 당연지사라 사려되옵니다. 이에 대해 이러쿵저러쿵 입방아 찧는 자들이 우스울 뿐이옵니다."

열심히 듣고 난 건륭이 웃음을 지어 보였다.

"면면을 고려한 핵심이 뚜렷한 발언이로세. 책을 가까이하는
건 여전한 것 같군! 군기처에 새로운 몇 사람이 추가되니 짐은
원로들과의 사이에 불협화음이 염려되네. '장상불화(長相不和)는
국가지해(國家之害)'라고 〈장상화(長相和)〉에서 염파(廉頗)가
했던 말이지. 화신만 봐도 전에는 한낱 별볼일 없는 자네의 친병
(親兵)에 불과했는데, 지금은 군기처에서 자네랑 앉은 높이가 같
아졌으니…… 그게 좀……."

건륭은 더 이상 말을 잇기가 힘이 드는 듯 입을 다물어버리고
말았다.

아계는 그저 가만히 웃고만 있을 뿐이었다. 솔직히 화신에 대해
나쁜 감정은 없었다. 다만 전생에 혹시 태감은 아니었나 하는 의심
이 들 정도로 이 사람 저 사람 비위를 맞추는 데 능하고, 간도
쓸개도 없는 사람처럼 구는 걸 보노라면 도리질이 쳐지는 것뿐이
었다. 자신에게 임용권이 주어진다면 잘해야 공부(工部)의 사관
(司官) 정도가 고작일 인물이라고 그는 생각했다. 그러나 화신은
바로 자신의 코앞에서 반룡부봉(攀龍附鳳)하여 물에 불린 미역처
럼 날로 그 부피가 커지니 아계로선 아직 냉정하게 생각해볼 겨를
조차 없었다. 이같이 생각하며 그는 아뢰었다.

"신은 화신을 곁에 두고 지켜본 세월이 그리 길지 않사옵니다.
오늘의 그가 있기까지는 자신의 능력과 재주가 폐하의 안목에 들
었기 때문이라고 생각하옵니다. 신은 화신과의 사이에 은(恩)도
원(怨)도 없사옵니다. 동료가 되어 어깨를 나란히 하게 되었사오
니 함께 손잡고 동주공제(同舟共濟)할 일만 남았다고 생각하옵니

다. 과거의 부하라고 하여 그 위에 능가(凌駕)하고 싶은 우월감 같은 건 애당초 없사옵니다."

"역시 자네는 짐의 고굉(股肱)이 되기에 손색이 없는 사람이네. 그렇다면 짐은 안심하겠네."

건륭이 흡족한 표정이었다.

"군사(軍事)와 정무(政務)에 있어선 경이 신경을 많이 써야겠고, 재정(財政)에는 화신이, 치안(治安)과 이치(吏治)에는 류용과 우민중이 있으니 조화롭게 군기처의 기능을 최대한 발휘해 내기 바라네. 경이 귀경 길에 있는 2, 3개월 동안 중요한 조유(詔諭)는 모두 쾌마로 받아보았을 테니 조정이 돌아가는 사정은 잘 알리라 믿네. 짐은 다른 우려는 없네. 조후이는 해빙기가 도래하기 바쁘게 진군을 서둘러야 할 것이네. 복강안도 어깨가 무거울 것이네. 처음 소탕에 실패하면 두 번째가 열 배로 어렵다는 걸 잘 아니 말일세. 금천에서 우린 엄청난 교훈을 얻지 않았던가? 가만 있자, 자네 아직 식전(食前)이지? 짐이 선(膳)을 내리고 싶지만 장군 특유의 식사습관이 배어 있어 짐 앞에선 체하기 십상일테니 돌아가서 한상 껴안고 편히 먹게. 오늘은 푹 쉬고 내일 아침 일찍 패찰을 건네게. 먼저 태후부처님을 알현하고 짐과 함께 부처님을 정양문으로 배웅하세."

"예, 그리하겠사옵니다!"

아계가 숙연한 표정으로 덧붙였다.

"석가장(石家莊)에서 고비점(高碑店)에 이르는 일대에 폭설이 내려 수많은 가옥이 무너지고 엄청난 이재민들이 길바닥에 나앉게 생겼사옵니다. 신이 거기서 이틀을 지체했사온대 사정이 긴박하옵니다. 땔감과 먹거리, 피복이 한시가 급한 실정이옵나이다.

신은 이미 낙양(洛陽)에 주둔하고 있는 녹영병들에게 명하여 창고에 처박아 두었던 낡은 군복과 담요, 군용 천막을 오늘밤 안으로 보내주라고 했사옵니다. 여기에 신은 한가지 주청 올리고자 하옵니다. 원명원 공사에 쓰고 남은 벽돌조각이라든가 자투리 목재 같은 걸 호부를 통해 이재민들에게 싼값에 팔았으면 하옵니다. 폐하, 눈이 두 척(尺)이나 쌓여있사온대, 갈 곳은 없고 일가족이 다 떨어진 솜이불 하나를 덮고 폐가(弊家)에서 눈을 집어먹으며 허기를 달래고 있사옵니다. 그 참상은 인간의 한계를 넘고 있사옵니다! 그런 모습을 보고 오면서 내내 울었사옵니다······. 태후마마와 황후마마, 폐하 모두 정양문으로 등성(登城)하실 것이오니 신은 미리 이시요와 함께 성안을 한바퀴 둘러봐야겠사옵니다. 치안에 구멍 뚫린 데는 없는지 직접 확인하고 나서야 비로소 밥알이 넘어가고 두 발 편히 뻗고 잠이라도 잘 수 있을 것 같사옵니다······."

이같이 말하며 자리에서 일어난 아계는 두루뭉실한 옷차림 그대로 행례를 하고는 물러갔다.

영항(永巷)을 나와 천가(天街)에 들어서며 하늘을 쳐다보니 찌뿌드드하게 흐린 하늘엔 태양도 없고 흐릿하기만 했다. 시계를 꺼내 보니 오시(午時) 일각이었다. 융종문(隆宗門) 안에는 벌써 관원들이 가득 몰려있었다. 육부삼사(六部三司)에서 다 모인 것 같았다. 잘 아는 사람도 있었고, 한두 번 본 사람들도 있었다. 자신이 귀경했다는 소식을 듣고 맞으러 나온 사람들이라는 걸 아는 아계는 저도 몰래 걸음이 주춤해졌다. 먼발치에서 살펴보니 아는 척하며 히죽대는 무리들 가운데는 그 옛날의 '빈천지교(貧賤之

交)'들이 더러 있었다. 서부(西部) 군중(軍中)에 있을 때도 툭하면 안부를 묻네 하며 자신의 '전정'이 불투명하다느니, 부실한 아들녀석을 두어 걱정이라느니 하며 별의별 청을 다 해 왔던 무리들이었으니 아계는 오자마자 파리떼처럼 달라붙는 족속들이 반가울리가 없었다.

군기처 앞에서 그는 걸음을 멈추고 사람들을 향해 공수(拱手)를 해 보이며 말했다.

"이렇게 와주신 건 반가운데 지금 막 폐하를 알현하고 아직 물한 잔 마실 새가 없었소! 밀린 차사가 많으니 이 자리에서 여러분들과 귀경 인사 나눈 걸로 하겠소. 내가 콧대 높은 척해서가 아니라는 걸 이해해 주리라 믿소. 급한 용무가 있어 지방에서 올라온 관원들과 수해복구에 관해 긴히 상의할 일이 있는 사람들만 남고 나머지는 일단 돌아가 주었으면 하오. 발등에 떨어진 불부터 꺼놓고 그때 가서 보는 게 어떻겠소?"

사람 좋은 미소를 띄우며 소탈하게 나오니 사람들은 별다른 불만 없이 흔쾌히 흩어졌다. 그제야 군기처로 들어가니 우민중과 기윤, 이시요 등이 모두 자리해 있었다. 온돌 위에 앉아 모두 그를 바라보며 웃고 있었다. 이에 아계가 물었다.

"기 중당은 푸상 댁으로 갔다더니, 자리해 있네요? 헌데 세 사람이 보살처럼 앉아 사람을 보고 헤헤거리며 웃기는, 젠장!"

"그게 아니라 밖에서 눈이 빠지게 기다리더니 끽소리 한번 못하고 쫓겨간 무리들을 비웃고 있었소."

기윤이 여전히 웃음을 머금은 채로 덧붙였다.

"타작 덜 된 보릿단 같아서 까마귀, 부엉이, 참새, 뱁새 등 별의별 잡동사니들이 다 몰려드는 아계 중당도 웃기고."

그제야 세 사람은 내려와 저마다 예를 갖추어 인사를 했다. 우민중은 아직 아계와 그리 허물없는 사이가 못되는지라 깍듯이 허리를 숙여 인사를 올렸다.

"아계 중당이 없어 며칠 동안은 폐하께오서 친히 군무를 보셨습니다. 다들 아계 중당이 하루빨리 돌아와 주었으면 하고 손꼽아 기다리고 있었는데……, 길에서 고생 많으셨죠?"

그러자 이시요도 말했다.

"정신이 없습니다! 바빠 죽겠는데 딴짓을 하는 자들은 또 어찌 그리 많은지요! 요즘 무관들은 일을 겁내고 돈 좋아하는 꼴을 보면 문관들보다 더해요! 어젯밤에는 범시역(范時繹)이 자기 조카를 데리고 와서 저더러 우 중당을 통해 병부에 선을 달아 조카를 풍대대영(豊臺大營)에 넣어달라는 겁니다. 어떻게 돌고 돌다가 여기까지 왔는지는 모르겠습니다만 제가 칼같이 잘라버렸더니 나이가 좀 위라고 이 놈, 저 놈하며 욕설을 퍼붓는데 정신 사나워서 혼났습니다. '네놈의 심보가 그리 고약하니 슬하가 허전할 수밖에' 하며 막말까지 하게 아니겠습니까! 그래서 제가 '아들이 둘밖에 없기는 당신이나 나나 마찬가지 아니오! 당신이 손자가 많은 건 그 아들이 힘이 좋은 덕이지 당신이 껍죽댈 게 뭐 있소!'하고 쏘아붙였더니 그제야 낄낄대고 웃는 겁니다."

그 말에 아계와 기윤, 우민중은 모두 폭소를 터트렸다.

한참 웃고 난 아계가 정색하고 건륭의 부름을 받고 가서 오갔던 얘기들을 들려주었다. 그리고 덧붙였다.

"큰 일은 조후이, 하이란차와 복강안의 두 가지 군사 문제이고, 급한 일은 역시 두 가지인데, 원소절 날 경사(京師)의 치안을 확보하는 것과 직예(直隸)의 수재민들을 진휼(賑恤)하는 것이오. 내

가 이시요를 데리고 지금 성 안을 한바퀴 돌고 올 동안 두 분은
폐하의 지의대로 남방의 여러 성들에 교비(敎匪)들의 작난(作亂)
을 막고 민심을 안정시키라는 내용의 고시를 내리도록 하세요.
북방 여러 성들에 발송하는 정유(廷諭)는 내가 직접 쓸 테니까.
왜냐하면 오면서 보고 들은 견문으로 볼 때 남방과 북방의 정세가
다르고, 지방마다 사정이 천차만별이기에 똑같은 내용은 바람직
하지 않다고 생각하기 때문이오. 그게 좋겠죠?"

그러자 기윤이 말했다.

"난 급한 일이 없으니 아계 중당을 따라 한바퀴 돌고 오겠소.
푸형의 장례식을 책임 졌으니 돌아오는 길에 그쪽에도 들러봐야
하고. 마침 아계 중당도 푸부[傅府]에 들를 테니까, 같이 가는 게
좋겠소."

아계가 잠시 침묵한 끝에 고개를 끄덕였다.

"그러든가! 말을 타죠. 그게 빠르오."

그리하여 셋은 함께 서화문을 나섰다. 아계의 호종 장교들이
아직 문 밖에서 기다리고 있었다. 이에 아계가 분부했다.

"모두 역관으로 가서 대령하라. 난 지금 두 분 어른과 말을 타고
성 안 순찰을 돌고 올 테니, 해시(亥時)까지 오지 않으면 기다릴
거 없다."

"예, 알겠습니다!"

몇십 명의 장교들이 우레와 같이 외치며 대답했다. 그들은 세
사람이 말에 올라타기를 기다렸다가 저마다 말잔등으로 날아올랐
다. 말 위에서 아계를 향해 군례를 올리고 난 이들은 곧 채찍을
날려 달리기 시작했다.

"와! 말을 탄 용사들이 진짜 멋지네!"

기윤의 감탄을 뒤로 한 채 아계가 말 위에서 채찍으로 남쪽을 가리키며 말했다.

"정양문에서 등불을 본다면 외성(外城)의 안전이 무엇보다 중요하지. 우리 선무문에서 출발합시다. 자, 가봅시다!"

말잔등에 걸터앉은 두 다리를 꽉 조이며 힘을 주니 말은 자지러지는 듯한 고함을 지르며 벌써 저만치 뛰쳐나갔다. 이시요와 기윤도 급히 고삐를 힘껏 낚아챘다.

단숨에 선무문을 나섰다. 그제야 아계는 속도를 늦추기 시작했다. 여기서부터는 북경의 외성이었다. 광안문(廣安門), 선무문(宣武門), 정양문(正陽門), 숭문문(崇文門)을 따라 광거문(廣渠門)에 이르는 구간은 황톳길이었다. 곳곳에 임시로 거적을 올려 천막을 쳐놓고 있었다. 등불을 내걸 자리를 이시요가 미리 만들어 놓은 것이었다. 정양문 관제묘 앞의 널찍한 공터는 깔끔하게 정돈되어 있는 걸로 보아 각종 민속춤과 민속놀이를 선보일 장소인 것 같았다.

이시요가 옆에서 손가락으로 폭죽 터뜨리는 지정 장소며, 만에 하나 화제가 발생했을 시 순천부에서 어느 길을 통해 어떻게 들어와 구조작전을 펼 것이며, 사면팔방에서 올라온 향민들은 구문제독아문의 지휘하에 좌안문(左安門) 어디로 들어와 우안문(右安門) 어디로 나간다는 등등의 구상을 상세히 보고했다. 옆에서 듣던 기윤은 뭔가 문제점을 꼬집고 싶었으나 입을 열려고 할 때마다 이시요가 마치 그 속내를 꿰뚫어 보기라도 하듯 미리 자신의 생각이 짧았던 바를 '고백'하니 어쩔 수가 없었다.

"내가 세 가지만 말하겠소."

아계는 한마디도 끼어 들지 않고 조용히 듣고 있다가 동편문(東

便門) 입구에 다다라서야 말안장 주머니에서 말린 쇠고기를 조금 꺼내어 질겅질겅 씹으며 입을 열었다.

"여러 가지 폭죽류는 절대 외성(外城)에서 터뜨려선 아니 되겠소. 그날은 인파가 주체할 수 없을 정도로 밀려들 테니 사람이 다칠 염려가 있고, 또한 혼란을 틈타 비적들이 성루(城樓)를 향해 화전(火箭)을 발사할 수도 있으니 아예 폭죽을 터뜨리지 못하게 하는 것이 바람직할 거요. 이게 첫 번째 강조하고 싶은 거고, 둘째는, 동편문과 서편문에는 초소를 세우고 경계를 강화하되 전부 변복(變服) 차림이 아닌 군복(軍服)을 입어 기갑(旗甲)의 위풍당당한 모습을 적당히 과시해야 할 것이오. 셋째, 내가 보니 측간이 없소. 그날 적어도 수십만 명이 밀려들 텐데 측간 없이 생리현상을 어떻게 해결하란 말이오? 외성을 전부 오물 천지로 만들 생각이 아니라면 제일 먼저 측간부터 해결했어야지……."

말이 끝나기도 전에 이시요는 뒤통수를 긁적였다.

"진짜 가장 중요한 걸 깜빡 했네요! 역시 아계 중당께선 생각이 주도면밀하시고 안목이 예리하십니다!"

그러자 기윤도 웃으며 말했다.

"과연 아계 중당은 돌에서 기름을 짜내는 사람이라니까!"

그 말에 세 사람은 모두 폭소를 터트렸다.

다시 힘껏 말을 달려 동편문을 나섰다. 거기부터가 진정한 북경의 외성이었다. 청나라 때의 내성 성벽은 모두 아홉 개의 전루성문(箭樓城門)으로 구성되어 있었다. 정양문, 선무문, 숭문문 외에도 동편문에서 나와 북으로 조양문(朝陽門), 동직문(東直門), 정안문(定安門), 덕승문(德勝門), 서직문(西直門), 부성문(阜成門)의 빙 두른 여섯 개의 성문이 있었다. 내성(內城)이 황성(皇城)을 둘러싸고 있었고, 황성이 다시 자금성을 얼싸안고 있었다. 그러니 외성은 황량한 야외나 다름없었다.

　얼음이 거울처럼 반들거리는 호성하(護城河) 위에선 코를 훌쩍이며 팽이치기를 하고 밀고 당기며 썰매를 타는가 하면 연신 엉덩방아를 찧어가면서도 닭싸움을 하는 아이들도 있었다……. 입김이 마구 쏟아져 나오는 강추위에서도 아이들은 마냥 신이 나 있었다. 언덕길에는 장터로 나갔다 돌아오는 듯한 향민(鄕民)들이 간혹 삼삼오오 보였고, 오십장(五十丈) 내외의 거리마다 송백가지에 알록달록 지화(紙花)를 꽂고 각양각색의 초롱불을 내건 채방(彩坊)이 세워져 있었다.

　세 사람 모두 조복(朝服) 차림으로 말을 타고 지나가자 사람들은 호기심에 찬 눈빛으로 바라보았다. 얼음판에서 놀던 아이들이 뒤쫓아오며 소리를 질렀다.

　"얘들아! 세 미치광이들 좀 봐라……."

　아이들은 겁도 없이 고함지르며 멀리서 쫓아오다가 중도에서 되돌아갔다.

　부성문을 지나서 아계는 고삐를 당겨 말에서 내렸다. 그는 웃으며 말했다.

　"외성을 한 바퀴 도는데 꼭 한 시간 반이 걸렸네. 우리 여기 좀 앉았다 가지. 배가 고파서 못 견디겠어……. 아침 먹고 패찰을 건넬까 하다가 혹시 폐하께서 선(膳)을 상으로 내리시지는 않을까 싶어 쫄쫄 굶고 들어갔더니 날 배려하시느라 집에 가서 한상 꺼안고 먹으라고 하시는 게 아니겠소. 그리고 보니 몇 끼니를 굶었는지 모르겠소. 자자, 두 '미치광이'도 이리 와 앉으시오. 말린 쇠고기라도 같이 씹으면 더 맛있다오……."

이같이 말하며 아계는 말린 쇠고기를 뚝뚝 뜯어 소가 여물 먹듯 씹어먹기 시작했다. 기윤과 이시요가 다가와 그 옆에 앉았다. 기윤은 그걸 보며 웃음을 금치 못했다.

"세상에, 아무리 애들이라고 하지만 우리가 어찌 미치광이로 보였을까요?"

"어쩐지 정신이 온전치 않아 보였겠지!"

아계가 대수롭지 않다는 듯 말했다.

"아참, 내 정신 좀 봐! 푸헝 공의 집에 들러야 하는데, 이리로 곧추 와버렸으니 어떡하나! 내성을 다시 한바퀴 돌게 생겼군. 동편문에서 조양문으로 갔다가 왔더라면 30리 길은 덜 달릴 수 있었을 텐데. 전쟁터에서 이리 오락가락했더라면 병사들한테 잔소리깨나 들었을 테지!"

아계가 연신 혀를 끌끌 차며 말했다. 말린 쇠고기 한 봉지를 다 먹고 나서 손을 털며 거대하고 우중충한 부성문을 바라보던 그가 다시 말을 이었다.

"동편문과 서편문 밖에 천막을 길게 쳐놓고 등롱을 있는 대로 다 가져다 걸게. 성안으로 들어오는 백성들이 다 볼 수 있게."

아계가 이시요를 향해 단호하게 말했다.

"이 일은 자네 아문에서 수고 좀 해줘야겠네."

성동(城東)은 백성들이 입성할 때 필히 경유하는 곳이지만 성서(城西)는 금원(禁苑)이거늘 그 많은 등롱을 내걸어 누가 본단 말인가? 기윤과 이시요는 둘 다 아계가 쓸데없는 일을 한다고 생각했다. 그러나 예산도 얼마 들지 않는 데다 천막을 치는데도 두어 시간이면 족하니 처음부터 명을 거역하여 미운 털이 박혀버리는 것보다 죽으라면 죽는시늉이라도 하는 것이 현명하다 생각하며 둘은 웃으며 머리를 끄덕였다.

두 사람의 속내를 알지도 못한 채 아계도 웃었다. 그러나 마음은 그리 편치 못했다. 비록 머나먼 서역에 있었다지만 흠차 행원에 몸담고 있었는지라 경사에서는 매일 쾌마로 그날 그날의 중요한 일을 알려왔다. 특별히 '깊숙한' 부분은 지인들로부터 수시로 전해들었다. 높이 올라서면 멀리 보이듯이 한발 물러나 있으면 그 실체를 더 잘 파악할 수 있는 것이 거리가 주는 좋은 점이었다. 같이 있을 땐 몰랐으나 멀리 떨어져 있으니 그는 기윤과 이시요가 내리막길을 걷고 있다는 걸 감지할 수 있었다. 달리 이변이 없어도 둘이 군기처에서 쫓겨나고 중요한 보직을 떼이는 것은 이미 눈앞에 닥친 일인 것 같았다. 돌아와서 건륭에게 떠보듯 물었어도 건륭은 둘에 대해 가타부타 언급을 하지 않았고, 구체적으로 군기처의 차사를 배분하면서도 기윤을 '잊어'버린 걸 보면 자신의 추측이 사실이 돼가고 있다는 걸 입증해주는 것 같았다. 둘 다 자신과는 사이가 괜찮았으니 어찌 도와주어야 할지 마땅히 감이 오지 않았다.

아무 것도 모른 채 마냥 평온하게만 보이는 두 동료를 못내 안쓰러워하며 아계가 말했다.

"조복(朝服)은 벗어버리고 우리 온 김에 부성문으로 들어가 뭐라도 좀 먹고 가지. 좀 있다 또 몇십 리 길을 달려 푸헝 공의 집으로 다녀와야 하는데 이대로 갔다간 오다가 길에서 쓰러질까봐 겁나오!"

셋은 곧 의견의 일치를 보았다. 웃으며 조복(朝服)을 벗어 말안장에 딸린 주머니에 쑤셔 넣고는 걸어서 부성문 안으로 말을 끌고 들어갔다.

저녁때라고 하면 아직 이르고, 점심시간은 많이 지난 애매한 시간이었다. 부성문 안이라고 해봤자 가게도 별로 없이 쓸쓸할 거라는 아계의 생각과는 달리 안은 제법 시끌벅적했다. 여느 시장바닥이 다 그러하듯 길 양옆에는 골동품이며 구피(狗皮)로 만든 고약, 온갖 잡동사니들로 즐비했고, 지지고 볶고 찌고 튀긴 온갖 먹거리들이 길손들의 구미를 당기고 있었다. 사방에서 들려오는 호객소리에 귓전이 시끄러웠다. 예상과는 달리 북적거리는 모습에 아계와 기윤이 놀라워하자 이시요가 웃으며 말했다.

"모두 이번 원소절에 관등구(觀燈區)로 지정된 외성에서 장사하던 장사꾼들이 이리로 쫓겨와서 그렇습니다……."

옆에서 쥐약을 파는 노인이 입가에 허연 거품을 물고 사방에 침을 튀기며 행인들을 불러모으고 있었다.

"달고 시고 짜고 매워 조광윤(趙匡胤)이 단장단(斷腸丹)이라 이름 지은 쥐약이오!"

행인이 지나가며 물었다.

"약발은 잘 받소?"

이에 약장수가 내뱉듯 말했다.

"믿지 못할 때는 직접 먹어보는 게 최고지!"

행인이 저만치에서 "퉤!" 침 뱉고 가는 걸 보며 아계와 이시요, 기윤은 마주보며 실소를 머금고 말았다. 쥐약가게 뒤편에 허름한 밥집이 하나 있는 걸 본 이시요가 말했다.

"더 가봐야 다 그렇고 그럴 터이니 여기서 먹읍시다!"

아계가 고개를 끄덕이며 따라서 들어갔다.

으레 그렇듯 사환이 구르듯 달려나왔다. 갈 길 바쁜 세 사람은 허기를 채우는 것이 중요한지라 빨리 먹을 수 있는 만두와 칼국수를 시켰다. 후루룩후루룩 국수를 빨아들이고 있으니 저만치에 앉아있는 손님들의 말소리가 귓전에 들려왔다. 거인(擧人)들이 서로 의형제를 맺는 의식을 치르느라 술을 마시고 있는 것 같았다. 아계와 기윤은 전혀 무관심해 보였으나 이시요는 어딘가 귀에 익은 목소리가 들려오는지라 수시로 그 쪽을 바라보았다. 순간 그는 적이 놀란 표정을 지었다. 그들은 방영성(方令誠), 오성흠(吳省欽), 조석보(曹錫寶), 혜동제(惠同濟), 마상조(馬祥祖) 등 춘위(春闈)를 보러온 거인들이었던 것이다. 조용히 기윤의 옷섶을 당기며 그는 나직이 말했다.

"저 사람들이 바로 내가 전에 만났다던 수재(秀才)들이오."

기윤과 아계가 보니 그새 술잔을 들어 금란수족(金蘭手足)의 서약을 마친 듯 그들은 '명리(名利)를 멀리'하고 '결신자호(潔身自好)'할 것을 굳게 다지고 있었다. 설령 앞으로 이 중에서 청운의 꿈을 이루는 자가 있어도 '빈천지교(貧賤之交)'를 잊어서는 아니될 것이며, 갈고 닦은 학문은 오로지 백성들을 위한 '의로운 일'에 빛을 발해야 할 것이라며 높은 뜻을 펼쳤다……. 밖에선 쥐약장수의 육두 문자 섞인 구수한 손님 끌기가 한창이었고, 술이 서너 잔씩 돌아간 수재들은 우국우민(憂國憂民)의 생각에 사로잡혀 있었다.

아계 일행이 들어오기 전에 미리 얘기가 있었던 듯 이들은 하던 얘기를 계속하자며 당금의 이치(吏治)에 대해 정문일침을 놓았고, 서릿발같은 세 치 혓바닥에 오르내리고 난도질을 당하는 '탐관'들 중에는 놀랍게도 이시요의 이름도 거명되었다.

"그러니까 재학이 조금 떨어지더라도 군자를 택해야 한다 이말이오. 이시요처럼 재학 있는 소인배는 열이라도 어느 짝에 쓰겠소."

혜동제라는 수재가 술을 한 모금 마시고는 말을 이었다.

"이시요 그 자의 호(號)가 '이고도(李皐陶)'라고 했지? 과연 백성들 등쳐먹는 데는 고도의 재주가 있다고 하더군. 우리 처남이 광주(廣州)에 사는데 이번 설에 와서 하는 말이 백성들은 배를 곯아도 그 자는 한 끼에 몇 냥씩 처먹는다고 하오. 양인(洋人)들을 한 번씩 초대할 때면 몇백 냥씩은 물 쓰듯이 써버린다지 뭐요. 계집을 품는데도 선수라서 그 동네에는 반반한 계집들이 다 숨어버리고 밖에는 온통 못난이들 천지라 하니 말 다했지. 이번 원소절에 글쎄 등산등해(燈山燈海)가 얼마나 화려할지는 몰라도 헐벗고 굶주린 백성들의 까맣게 탄 속까지 비출 수 있을까?"

느닷없이 도마 위에 올라 사정없이 난도질당하고 만 이시요는 낯빛이 파랗게 질려 있었다. 아계가 개의치 말라는 듯 손을 저으며 눈치를 주었다. 기윤 역시 씁쓸한 웃음을 지으며 이시요의 귓전에 대고 말했다.

"수재들의 입이야 워낙에 수챗구멍이잖소. 세상 돌아가는 꼴을 보면 열 받을 일이 어디 한두 가지요? 그러니 아무나 잡고 저리 불평불만을 하는 거겠지."

'거물'들이 한 쪽에서 자신들의 말에 귀를 쫑긋 세우고 있는 줄도 모른 채 '미물'들은 신이 나서 떠들었다. 이번에는 오성흠이라는 수재가 목에 핏대를 세웠다.

"말이 좋아 화수은화(火樹銀花)이지 그게 다 백성들의 고혈(膏血)을 태우는 거라고! 죽음을 부르는 가렴주구가 통치자들의 하룻밤 놀이를 위해서는 괜찮다는 말이오? 류용은 청렴하고 공정하다 하여 '류청천(劉靑天)'이라는 미칭(美稱)까지 달고서 화신과 함께 산동에서 술집, 기생집, 극장 등 각종 위락시설을 짓고 있는 건 또 어쩌고? 거기에 비하면 이시요는 약과요 약과. 요즘 세상에 진짜 믿을 사람이 없어!"

그러자 마상조라는 수재가 머리를 저으며 입을 열었다.

"글쎄? 나는 류용을 호인(好人)이라고 보오. 덕주(德州)와 제남(濟南) 두 곳 다 산동에서는 최고의 명물인데, 잘 보존하고 가꾸면 항주(杭州) 못지 않을 경관을 아무렇게나 방치해 놓았으니 명색이 성부(省府)라는 게 너무 꼴불견이었소. 도처에 산재한 폐옥(廢屋)은 흉물스럽고 기생들이 아무 데서나 호객행위를 하고 있었소. 성현(聖賢:공자를 가리킴)의 고거(故居)를 지척에 두고 그게 어디 가당키나 한 일이오? 조금 무리가 따르더라도 문명의 물화(物華)를 입혀야 할 곳은 입히는 게 맞지. 북경의 원소절도 그리 나쁘게만 볼일이 아니라고 생각하오. 효(孝)를 천하를 다스리는 근본으로 삼으시는 폐하이신데 명절날 성모(聖母)를 모시고 관등(觀燈)도 못하오? 과연 우리 대청이 일년에 한 번밖에 없는 등절(燈節)조차 거국적인 행사로 승화시키지 못한다면 그게 오히려 비참한 거 아니겠소?"

마상조의 말에 조석보가 동조하고 나섰다.

"산동의 시비는 제쳐두고 북경의 원소절 준비만 봤을 때는 나도 상조와 공감이오! 맹자(孟子)는 '백성들의 위에 군림하면서 여민동락(與民同樂)을 하지 않는 것도 잘못이다', '백성들이 즐기는 걸 따라 즐거워할 줄 알고, 그들이 우려하는 바를 함께 걱정할 줄 아는 지배자가 망하는 예는 극히 드물다'라고 했소. 조정에서도 나름대로 수해복구에 힘쓰는 걸 보면 우민지우(憂民之憂)가 없다고 비난할 순 없소. 돈을 쓸 데 쓰지 않는다면 소호(小戶)들에선

'인색'하다고 하겠지만 조정으로선 '실도(失道)'가 아닐 수 없소. 남의 입장에 서 보지 않으면 그 고충을 모른다는 뜻으로 '부재기위(不在其位), 불모기정(不謀其政)'이라는 말이 있잖소. 우리가 여기서 이렇게 한담을 하고 있는 걸 개중인(個中人)들이 들으면 우릴 우물 안의 개구리라고 비웃을지도 모르오! 자자, 쓸데없이 열변 토하지 말고 술이나 마시지……."

아계와 이시요, 기윤은 날이 어둑어둑해져서야 칼국수 집을 나섰다.

건륭은 황후인 나라씨라면 쳐다보기도 싫었지만 피해갈 수도 없었다. 세 대신이 외성(外城)에서 순찰을 돌고 있을 때 자녕궁에선 진미미가 황태후의 의지(懿旨)를 전해왔다.

"내일이 정월대보름인데, 폐하께서 뭘 하고 계시는지 가보고 오너라. 왕씨더러 특별히 수라상을 봐놓으라고 했으니 긴요한 일이 없으면 이리로 와서 수라를 드시라고 하거라."

일대의 서예가인 왕희지(王羲之)의 서첩(書帖)을 놓고 연구 중이던 건륭이 모친의 부름을 받고는 급히 일어나 대답했다.

"가서 부처님께 짐이 곧 건너간다고 아뢰거라. 자녕궁에는 지금 누구누구가 들어 있느냐?"

이에 진미미가 아뢰었다.

"황후마마, 뉴구루귀비마마, 화탁귀비마마, 위가씨귀비마마, 금가씨귀비마마, 진비, 왕비…… 모두 들어 계시옵니다! 노장친왕(老莊親王)의 복진과 십패륵(十貝勒)의 부인도 들어 계시옵니다. 그밖에 옹기(顒琪), 옹선(顒璇), 옹성(顒瑆), 옹기(顒璂), 옹린(顒璘) 황자마마 다섯 분께서도 들어 계시옵니다!"

건륭이 달리 분부가 없자 태감은 곧 물러갔다. 건륭은 그제야 시무룩한 표정으로 온돌을 내려섰다. 왕렴의 시중을 받으며 용포(龍袍)를 입고 조주(朝珠)를 목에 걸었다. 창밖엔 우중충한 하늘이 어두워 가는 노을 빛에 더욱 어두워 보였다. 자녕궁에 가기에 앞서 그는 잠시 생각을 정리했다. 절대 나라씨와 그 자리에서 얼굴을 붉혀 모친을 불쾌하게 만들어선 아니 된다. 둘째, 부부간의 금슬은 이미 봉합하기 어려울 터이니 앞으로 '왕래를 자제'할 빌미를 만들어야 한다. 셋째, 누군가 왕치 등 몇몇 태감들이 쫓겨난 이유를 물어온다면 이유를 잘 둘러대어야 할 것이다. 복의가 거짓 증언을 했으리라는 것도 배제할 순 없으니 여지를 남겨두어야 한다. 천하를 굽어보니 해야 할 일이 태산같은데 이런 일로 골머리를 앓아야 하는 현실이 서글펐다. 길게 한숨을 내쉬며 건륭은 짤막하게 내뱉었다.

"가자!"

왕렴이 앞장서서 안내했다. 자녕궁에 다다라 뒤편의 낭하에 올라서니 벌써 태후 특유의 쾌활한 웃음소리가 흘러나왔다. 잠시 걸음을 멈추고 들어보니 옹성이 우스갯소리랍시고 하고 있었다.

"이번에는 실화를 말씀드릴게요. 어느 핸가 풍대대영에서 조총(鳥銃) 사격시합이 벌어졌다고 합니다. 세 조총수가 한 사람마다 세 발씩 발사하게 되었다고 합니다. 할마마마, 삐리타 아시죠? 성질 더럽기로 소문났잖아요! 과녁을 못 맞춘 자는 그 자리에서 죽음이었죠!"

건륭은 이럴 때 자신이 나타나면 좌중의 흥이 깨질 거라는 생각에 바깥에 좀더 서 있기로 했다. 태후의 말소리가 들려왔다.

"삐리타는 잘 알지! 선제께서 아끼셨던 장군이잖아. 구문제독을 지냈고. 그래, 계속해봐."

"예."

옹성이 말을 이었다.

"세 조총수를 우리가 장삼(張三), 이사(李四), 왕곰보라고 합시다. 먼저 장삼이 무사히 세 발을 발사했고, 다음에는 이사 차례가 됐어요. 한 손에 이렇게 총을 들고 한 손으로 심지에 불을 붙였는데요, 하필이면 그 심지가 유난히 짧고 굵어 이렇게 불을 붙이고 미처 조준하기도 전에 '쾅!' 하고 터져버린 거예요. 뒤로 벌렁 나자빠진 이사는 눈썹이며 수염이 다타버리고 얼굴은 숯검정이 돼 가지고 볼만했죠. 한참 넋을 잃고 자빠져 있더니 씻으러 간다며 가버렸대요. 다음엔 왕곰보 차례였어요. 그런데 그 놈의 심지가 이번엔 또 너무 가늘고 긴 데다 안으로 들어가 잘 보이지 않았다고 합니다. 불을 붙이고 나서도 아무런 반응이 없자 성급한 왕곰보가 총구를 이렇게 들여다보고 있을 때 갑자기 '펑!' 하더니 총포가 터져버린 거예요! 불쌍한 왕곰보는 끽소리 한 번 못하고 피를 뒤집어쓰고 쓰러진 채 그 자리에서 숨을 거두고 말았다고 합니다."

입안 가득 고인 침을 꿀꺽 삼키고 나서 옹성은 얘기를 이어갔다.

"한편 이사가 조총을 발사하던 중 사고가 났다고 누군가 입빠른 자가 벌써 이사 마누라한테 알렸데요. 이사 마누라가 정신없이 달려오니 남정네는 벌써 숨을 거뒀다는 겁니다. 얼굴은 온통 숯검정과 피가 범벅이 되어 형체를 알아볼 수 없으니 여인은 그만 땅바닥에 주저앉아 오열을 터뜨리고 말았죠. 이때 뒤늦게 달려온 왕곰보의 처가 다가와 하는 말이 '사람이 나고 죽는 건 하늘의 뜻이니 어쩌겠소. 아무리 상심이 큰들 죽은 사람 되살아나는 법은 없으니 산 사람은 살아야 하지 않겠소? 내가 남의 일이라고 너무 각박한 소리를 하는 게 아니라 그쪽 신랑이 살아생전에 은자만 있으면 다리 너머의 그 엉덩이가 펑퍼짐한 계집한테 다 갖다 바쳤다면서? 그래서 설날에도 부부간에 대판 싸웠다던데……' 하며 위로 반, 악담 반 섞어 말하고 있을 때 이사가 깨끗이 씻고 돌아왔어요. 자기 마누라가 다른 사내를 껴안고 오열하는 걸 보더니 대뜸 '저 여편네가 미쳤나?' 하며 다가가 마누라의 된장항아리를 툭툭 걷어 찼다고 합니다. 그제야 진실이 밝혀지니 이번에는 왕곰보의 마누라가 숨넘어갈 듯 울음을 터트리더니 그 자리에서 혼절하고 말았지요. 이에 이사의 마누라가 옆에서 위로하여 하는 말이 '사람이 죽고 사는 건 하늘의 뜻이니 어쩌겠나. 죽은 사람 되살아나는 법은 없으니 산 사람은 살아야지! 내가 남의 일이라고 너무 각박한 소리를 하는 게 아니라 자기 남편은 생전에 길 건너 푸줏간 여편네랑 죽고 못사는 사이였다며?'"

그리 우스운 얘기는 아니었으나 옹성이 과장된 말투와 몸짓을 보이는 듯 안에서는 또 한바탕 웃음소리가 터져 나왔다. 건륭이 막 들어가려고 할 때 태후가 말했다.

"죽은 사람 놓고 이러쿵저러쿵 하는 건 안 좋은 거야. 너의 아바마마가 도착하기 전에 하나만 더 해보거라."

그 소리를 들으며 늙을수록 귀여운 백발 여인의 모습을 떠올리며 건륭이 안으로 들어갔다. 그리고는 웃으며 태후를 향해 예를 갖춰 인사를 올렸다.

"소자가 오면 어머니께서 흥이 나셔야 할 텐데, 되레 흥이 깨진다고 하시니 송구스럽사옵니다. 제발 개의치 마시고 마음대로 즐기십시오."

그가 들어서자 후궁들과 황자들은 모두 그 자리에 무릎을 꿇었다. 나라씨도 온돌에 비스듬히 기대 있다가 밑으로 내려와 몸을 낮춰 예를 갖추었다. 태후가 말했다.

"이 어미가 아들을 보고 즐겁지 않을 이유가 어디 있겠습니까? 아들이라도 좀 어려워서 그러죠!"

건륭이 함박웃음을 지으며 다가갔다. 그리고는 허리춤에 달고 있던 옥패(玉佩)를 풀어 탁자 위에 내려놓으며 몇몇 황자들에게 말했다.

"할마마마께서는 우스갯소리를 들으시며 즐겁게 웃으시는 걸 제일 좋아하신단다. 너희들 중 누가 이 자리에서 할마마마를 크게 웃겨드려 아비를 대신해 효도를 할 수 있겠느냐. 부처님을 웃겨드리는 사람에겐 이걸 하사하겠다!"

"소자가 꼭 그 옥패를 갖고 싶사옵니다."

몇몇 황자들이 잠시 머뭇거리는 와중에 여덟째 옹선이 먼저 용기를 냈다.

"음…… 바보 사위가 처갓집에 갔던 이야기를 해드리겠사옵니다!"

바보사위란 말에 태후는 벌써부터 어린애처럼 들떠 있었다. 건륭이 머리를 끄덕여 보이자 옹선이 목소리를 가다듬으며 이야기를 시작했다.

"어떤 팔푼이가 있었는데요, 마침 장모님 생신을 맞아 처가로 가게 되었대요. 모자란 남정네가 처갓집 갔다가 식구들한테 손가락질이라도 당할까봐 밤잠을 설친 여인이 아침에 길을 떠나면서 천번이고 만번이고 강조했대요. 이번에는 우스운 꼴 당하고 돌아와선 안 돼요. 잘 들어요. 우리 집 대문에 달려 있는 손잡이가 고동(古銅)이에요. 들어가면서 유심히 살펴보는 척 하고 손으로 두드려보며 '오, 이제 보니 손잡이가 고동(古銅)이었네요'라고 말하는 거예요. 향로(香爐) 역시 고동이거든요. 똑같은 방법으로 '향로도 고동이고!' 이렇게 말하는 거예요. 알았죠? 그 다음 방안에 들어가면 벽에 그림 한 폭이 걸렸는데, '당나라 때의 고화(古畵)가 언제 여기 걸려 있었지?' 라고 대수롭지 않게 말하고 지나가세요……. 밥 먹을 때도 허겁지겁 먹지 말고 내가 주방에서 젓가락으로 접시를 한 번씩 두드릴 때마다 젓가락을 들어 조금씩 집어먹으세요. 그리고 손님들에게 술을 권할 때는 '주봉지기천배소(酒逢知己千盃少)'라고 해야지 절대 '화불투기반구다(話不投機半句多)'라는 말은 해서는 안 돼요……' 이에 바보신랑이 알겠노라며 힘차게 대답했대요. 그렇게 바보신랑을 단단히 가르쳐 일단 출발을 했대요. 처갓집은 그 동네에서는 실세인지라 손님이 유난히 많이 왔는데, 다들 그 노인네가 바보사위를 두고 있다는 걸 아는지라 모두 사위의 일거수일투족을 유심히 살피고 있었겠죠."

모두들 옹선이의 이야기에 점점 빨려 들어갔다.

"드디어 사위가 멋스레 팔자걸음을 하며 다가오더니 '문'을 아래위로 유심히 훑어보더니만 손가락으로 톡톡 건드리는 시늉을 하며 '음, 문고리가 이제 보니 고동(古銅)이었군!' 하며 중얼거리듯 말하는 것이었어요! 그 말에 사람들이 모두 놀랐대요. 바보가 아니잖아! 행동거지도 제법 점잖고, '말도 되고' 뭐가 바보란 말이야! 하고 말이에요. 그렇게 1차 관문을 무사히 통과하고, 이번에는 향로께로 다가갔어요. 물론 마누라는 손에 땀을 쥔 채 바들바들 떨며 바짝 붙어 따라 다녔고요. 다행히 시작은 좋았어요. 향로를 지나면서 손으로 쓱 문질러보더니 역시 마누라가 시킨 대로 '장인어른, 이제 보니 향로가 고동이네요!' 하며 각본에 없던 신기한 표정까지 지어 보였대요. 이쯤 하니 사람들은 아무도 이 사람을 바보라고 생각지 않는 거예요."

옹선이 잔뜩 기대가 되어 벌써부터 웃을 준비가 되어 있는 태후를 보며 말을 이었다.

"다음에는 마누라가 주방에서 젓가락으로 접시를 두드릴 때마다 한 입씩 먹어가며 잘 버티나 싶었는데, 일은 그때 터지고 말았지요."

옹선은 구미를 잔뜩 동하게 해놓고선 잠시 입을 다물어 버렸다.

26. 황제등극 40주년

　잔뜩 궁금증이 고조된 사람들의 시선이 옹선에게로 쏠렸다. 옹선이 이쯤 하여 차 한 모금을 마시고는 말을 이었다.

　"늘 놀림만 받아오던 바보사위가 기적같이 '유식'해진 데 대해 엉덩이를 들썩이며 좋아하던 장모가 그만 '뿌웅!' 하고 방귀를 뀌어버렸던 겁니다. 그러자 모처럼 사방에서 칭찬을 받아 정신이 황홀해 있던 바보사위가 가만히 방귀소리를 '음미'하듯 듣고 있더니 단호한 어투로 소리쳤다 합니다. '장모님의 이 방귀도 고동(古銅)입니다!'"

　말이 떨어지기 바쁘게 기다렸다는 듯이 태후가 앞뒤로 흐느적거리며 웃었다. 황후 나라씨도 웃느라 얼굴이 빨개져 있었다. 후궁들 모두 배꼽을 잡는 가운데 오직 무슨 말인지 알아듣지 못한 화탁씨만 이 사람 저 사람 바라보며 어색하게 따라 웃었다. 몇몇 황자들도 비실비실 미어 터지는 웃음을 참느라 애를 쓰고 있었다.

"손님들이 어리둥절해하며 수군거리자 화가 난 장인이 두 눈을 부라리며 주먹을 올렸다 내렸다 하는 걸 본 사위가 문득 마누라가 했던 말이 떠올라 한술 더 떠서 뭐라고 했는 줄 아세요? '장인어른, 그 주먹도 고동이네요! 그걸로 절 패 죽이려고요? 장인어른과는 할 말이 없네요. 전 장모님과는 '주봉지기천배소(酒逢知己千盃少)'이지만 장인어른과는 '화불투기반구다(話不投機半句多)'네요!"

장모와는 '지기(知己)와 나누는 술잔이니 천 잔도 적게 느껴지나' 장인과는 '말이 통하지 않으니 일언반구도 하기 싫다'는 말을 무슨 뜻인지도 모르고 해버렸을 바보사위의 팔푼이 모습을 떠올리며 사람들은 또다시 폭소를 터뜨리고 말았다. 태후가 건륭에게 말했다.

"옹선에게 상을 내리세요!"

당당하게 옥패를 받으며 사은을 표하고 난 옹선이 물었다.

"별로 재미가 없었죠? 속되기만 하고! 이야기의 대가인 풍몽룡(馮夢龍)의 〈고금소(古今笑)〉에서 인상깊게 보았던 걸 짜 맞춰서 들려드렸던 겁니다. 경부(輕浮)한 느낌이 들어도 개의치 않으시고 웃어주신 할마마마께 감사드립니다."

그가 밖에서 할 일 없이 종일 찻집이나 드나들며 호붕구우(狐朋狗友)들이나 만나고 다니며 지껄이던 소리를 옮겨온 줄 알았던 건륭은 그가 책 속에서 읽은 바를 얘기했다는 말에 적이 가슴이 뭉클해졌다. 건륭은 빙그레 웃음을 지었다.

"풍몽룡은 유삼변(柳三變)과는 다르지. 풍아무개는 회재불우(懷才不遇)한 한을 안고 은거하여 권세(勸世)의 글을 저술하지 않았더냐. 그가 쓴 〈경세통언(警世通言)〉이라는 책을 읽어봤는

데, 언사나 내용 면에서 조금 속되다 싶긴 했으나 권선징악을 숭상
하고 세인들에게 옳게 사는 도리를 가르쳐주고 있어 교육적인 가
치는 인정해 줄만 했다. 부처님께서 즐거워하시니 효도의 목적은
달성한 게 아니냐. 그러니 '경부(輕浮)' 두 글자는 거두거라."
　건륭의 말에 사람들은 모두 안도하는 눈치였다. 건륭이 아직
선을 듣기 전이라는 걸 아는 태후가 명했다.
　"왕씨는 황제를 내전(內殿)으로 모시고 가 수라를 시중 들게.
우린 재미있는 얘기나 하며 기다리고 있을 테니, 폐하께선 들어가
수라상을 받으세요."
　"예."
　건륭이 자리에서 일어섰다. 그리고는 왕씨를 따라 동쪽 낭하를
통해 내편전(內偏殿)으로 들어가니 벌써 수라상이 차려져 있었
다. 사방에 촛불이 대낮 같은 가운데 빨간 담요가 깔려 있는 바닥
에 자그마한 둥근 탁자가 놓여 있었다. 알맞게 절여진 오이지무침
과 붉은 고추 달걀볶음, 표고버섯 된장찌개, 녹두무침 네 가지 요
리 사이에 입에 홍당무를 물린 꿩찜이 갖은 장식을 하여 화려한
모습으로 들어앉아 있었다.
　며칠 동안 수라간의 문화선(文火膳, 약한 불에 만든 요리)만 먹어
속이 느글느글하던 건륭은 아삭아삭한 오이지무침을 보는 순간
입안에 신(辛) 기운이 돌며 식욕이 당겼다. 반색하여 의자를 당겨
앉으며 그는 엄지를 내둘렀다.
　"역시 음식솜씨는 자네를 따를 사람이 없네! 빨강, 노랑, 파랑
색깔의 조화도 근사하고!"
　그사이 뚝배기에서 보글보글 끓어 넘치는 어두탕(魚頭湯)을 받
쳐 올리며 왕씨는 연이은 칭찬에 부끄러워 얼굴을 붉혔다. 그리고

는 두 손을 모으고 다소곳이 고개를 떨구며 아뢰었다.

"과찬이시옵나이다. 폐하의 구미에 잘 맞으셨으면 좋겠사옵니다. 이십사복진께서 〈석두기(石頭記)〉에 나오는 요리법이 배워볼 만하다고 하시기에 몇 가지 따라해 보았사옵니다. 졸작이옵나이다."

건륭이 표고버섯을 하나 입안에 넣고 가만히 맛을 음미하며 연신 머리를 끄덕였다.

"원래부터 음식솜씨가 뛰어난데 이번에는 〈홍루몽〉 안에 소개된 요리까지 따라해 봤다 이거지? 역시 손끝이 야무지고 눈썰미가 뛰어나군."

그러자 왕씨가 말했다.

"〈홍루몽〉은 읽을만한 책이 못된다고 들었사옵니다. 신첩이 이십사복진에게 들은 건 〈홍루몽〉이 아닌 〈석두기〉이옵나이다."

"〈석두기〉가 바로 〈홍루몽〉의 전 80회를 이르는 말이네."

건륭이 웃으며 덧붙였다.

"〈정승록(情僧錄)〉, 〈풍월보감(風月寶鑑)〉이라고도 하지. 마치 자네 왕씨를 순비(淳妃)라 부르는 사람도 있고, 왕비(汪妃)라 부르는 사람도 있듯이 말일세."

그제야 뭔가 큰 깨우침이라도 받은 듯 진지한 표정을 짓고 있는 왕씨를 보며 건륭이 빙그레 웃었다. 시원하고 담백한 어두탕을 숟가락으로 떠먹으며 그는 물었다.

"요즘 안에서는 무슨 얘기가 화제가 되고 있나? 왕치 등을 축출시킨 데 대해 자네는 어찌 생각하나?"

왕씨가 고개를 갸웃거리며 잠시동안 생각하더니 대답했다.

"특별히 화제라고 할만한 건 없는 것 같사옵나이다. 태후부처님과 황후마마로부터 폐하께오서 대단히 다망하시다고 들었사옵니다. 왕치 그 빌어먹을 놈은 골백번이고 잘 쫓겨났다고 생각하옵니다. 평소에 호가호위하면서 부처님과 황후마마 외엔 개 눈깔에 뵈는 게 있었는 줄 아시옵니까? 신첩이 심부름을 시켜도 얼마나 눈치를 주는지 모르옵니다. 뭐라도 찔러주지 않으면 애당초 부려먹을 생각일랑 말아야 했으니까요!"

건륭이 속내를 감추며 물었다.

"자네들의 녹패(綠牌)를 뽑아주지 않는다 하여 원망하거나 그런 건 없겠지?"

이에 왕씨가 얼굴을 붉히며 기어 들어가는 목소리로 대답했다.

"주름살이 쪼글쪼글한 나이에 무슨……. 새로 입궐한 화탁귀비를 빼면 전부 4, 50대인 걸요. 젊었을 때는 자식 욕심들이 있어 서로 질투까지 해가면서 폐하께서 자주 찾아주시길 바랐사오나 지금은 다 늙어 가지고 그런 생각들도 없는 것 같사옵니다."

"그래, 다 늙었지."

건륭이 혼자말로 되뇌며 침묵에 잠겼다. 복의가 털어놓은 나라씨의 추행(醜行)을 '다 늙은' 여인의 마지막 발악이라고, 그렇게 간단하게 규정 지어보면 어떨까? 그러면 좀 용서가 되지 않을까? 추궁을 하자니 더 큰 파장이 두렵고, 없던 일로 하자니 그럴 순 없고…….

자신의 말을 듣고 표정이 심각해진 건륭을 보며 내심 무슨 말이 잘못되었는지 생각하던 왕씨가 아뢰었다.

"다들 늙었다고 했사온데 신첩들만 그렇고 폐하께오선 아직 전혀 늙지 않으셨사옵니다. 한창 때인 걸요! 아녀자들은 원래 남정네들보다 빨리 늙지 않사옵니까!"

"그게 그렇게 되나?"

건륭이 당치도 않다는 듯 너털웃음을 터트렸다. 그리고는 왕씨를 힐끗 바라보며 덧붙였다.

"짐보다 열 여섯 살 아래인 자네는 늙고 짐이 안 늙었다니 말이 나 되나? 늙은 걸 늙었다고 하는데 뭐가 문제될 게 있어서 그러나? 백발(白髮)의 천자(天子)가 백발의 후궁들과 함께 웃고 떠드는 것도 천고의 쾌사(快事)가 아니겠나!"

워낙 소식(小食)을 하는 건륭인지라 벌써 배가 부른 듯 수저를 내려놓았다. 그리고는 일어나며 말했다.

"앞에선 뭘 하면서 놀고 있나 구경이나 가세."

왕씨가 대답하고는 하녀들을 시켜 수라상을 치우라고 명했다.

"옥쟁반들은 특히 조심스레 다뤄야 한다. 모두 등록이 되어 있으니 다른 데서 가져왔으면 도로 그 자리로 가져다 놓도록 하거라……."

건륭을 따라 앞 편전으로 나오니 안에서는 화탁씨의 말소리가 도란도란 들려왔다. 잠시 들어보니 태후에게 재미있는 이야기를 들려주고 있는 것 같았다.

"……그때 마침 아반테가 그 곳을 지나게 되었어요. 거지와 파이 영감이 한바탕 입씨름을 벌이고 있었고, 구경꾼들이 엄청나게 몰려들고 있었어요. 다짜고짜 인파를 헤집고 들어간 아반테가 파이에게 물었어요. '파이 어른, 거지가 이 곳을 지나면서 어르신께서 굽고 계시는 양고기의 냄새를 맡았기 때문에 거지는 어르신께 돈을 주어야 한다, 뭐 이런 뜻입니까?' 이에 파이가 '바로 그거요! 말귀를 알아듣는 사람도 없지 않군. 그래도 억지를 쓸 거야?', '내가 대신 돈을 갚아주겠습니다.' 아반테가 거지를 추궁하는 파이에게 말했어요. '그러든가! 은자에 누구 이름이 박혀 있는 것도 아닌데!' 파이가 말했어요. 아반테가 주머니에서 은자 몇 냥을 꺼내어 손바닥에 넣고 두 손을 모아 흔들어 보였어요. 그러자 짤랑짤랑 은자 소리가 들려왔어요. 눈이 뒤집혀지는 파이를 보며 아반테가 물었어요. '이게 뭔 줄 압니까?', '은자지, 은자! 그걸 말이라고 묻나!' 파이가 탐욕에 불타는 눈빛으로 아반테를 노려보며 말했지요. '그래, 맞소! 방금 들은 건 은자 소리가 분명하오.' 아반테가 말했어요. '양고기 냄새를 맡은 것이 양고기를 먹은 것과 다름이 없다면 그쪽이 은자 소리를 들은 것만으로도 우린 돈을 지불했다고 할 수 있겠네요!'"

잠시 그 말뜻을 음미하던 사람들이 그제야 무슨 뜻인지 알았다는 듯 한바탕 웃음이 터져 나왔다. 파이의 탐욕을 비웃고 아반테의 기지를 칭찬하며 태후가 덧붙였다.

"정말 감명 깊고 재미있는 이야기였네! 채하(彩霞)야, 폐하께서 이 어미에게 효도하신 그 옥등잔을 화탁씨에게 상으로 주거라!"

그사이 건륭이 들어섰다. 그러자 태후가 온돌에서 내려서며 말했다.

"낭하에 등미(燈謎, 정월대보름 밤에 초롱에 쓴 수수께끼를 푸는 놀이)놀이를 할 등롱을 내걸었습니다. 폐하께서 먼저 맞춰보세요. 맞추시면 상을 내리고, 그렇지 못하면 세법(世法)은 평등한 것이니 폐하라도 이 어미가 벌을 내리겠습니다!"

자신이 자리해 있으면 모두 불편해한다는 걸 아는지라 건륭이 흔쾌히 대답했다.

"그러죠 뭐. 어마마마로부터 상도 받고 싶고 벌도 받아보고 싶네요. 아무튼 어마마마께서 즐거워하시면 소자는 그것으로 만족입니다!"

이같이 말하며 건륭은 태후를 부축하여 궁전을 나섰다. 천정(天井) 중앙에는 이룡희주(二龍戱珠)라 하여 두 마리의 커다란 용이 커다란 구슬을 함께 물고 노는 모습이 그려진 등롱이 눈길을 끌었다. 그 거대한 등불 빛에 희미해진 낭하의 여기저기에 나름대로 잔뜩 멋을 낸 작은 등롱들은 사람들의 시선을 당겨보고자 안간힘을 쓰고 있는 것 같았다. 가까이 가보니 거기엔 저마다 수수께끼가 적혀 있었다. 건륭이 한 쪽에 서있는 나라씨를 힐끗 쓸어보고는 말했다.

"황후는 수수께끼를 맞추느라 할 거 없이 태후부처님 시중이나 잘 드세요. 자, 그럼 소자가 먼저 풀어보겠습니다."

왕치 등이 까닭 없이 축출 당했는데도 중궁전에서는 그 죄명도 모르고, 건륭은 연 며칠 동안 내궁으로 걸음조차 하지 않자 은근히 전전긍긍하고 있던 황후였다. 겉으론 전과 다를 바가 없었으나 어쩐지 서먹한 기분이 드는 건륭을 보며 내심 걱정했던 황후는 태후를 시중들고 있으라는 건륭의 말을 듣고는 홀연 마음이 홀가분해지는 걸 느꼈다. 방금 전까지 얼굴이 사뭇 긴장해 있던 그녀가 방긋 웃으며 말했다.

"몇몇 황자들이 지어낸 수수께끼이옵니다. 누가 지었는지 이름도 적혀 있사오나 어떤 것은 태후부처님께서조차도 그 뜻을 잘 모르시고 계시옵니다. 신첩은 아예 엄두를 못 내겠고요. 무슨 뜻인지 수수께끼를 푸시고 가르침을 주셨으면 하옵니다."

이에 건륭이 머리를 끄덕였다.

"그야 물론이지."

이같이 말하며 눈앞에 보이는 등롱 가까이 다가간 건륭이 보니 거기엔 이렇게 적혀 있었다.

그려보면 둥글고, 써보면 모나고, 추울 땐 짧고, 더울 땐 길다.
—한 글자로 맞춰보세요.

그 밑에는 옹기의 이름이 적혀 있었다. 건륭이 생각할 필요도 없다는 듯이 대뜸 답을 말했다.
"이건 '일(日)'자네 뭘!"
그러면서 고개를 돌려 넌지시 옹기를 바라보니 옹기가 빙그레 웃음을 지어 보였다.
"'일(日)'자가 맞사옵니다, 아바마마."
건륭이 뭐가 이리 간단하냐는 식으로 웃어 보이며 두 번째 등롱으로 다가섰다.

사용하면 걸을 수 있고, 버리면 몇 발자국도 걷기 힘든 너와 나는 하나.
위험해도 부축하지 않고, 흔들려도 기댈 수 없다면 어느 짝에 쓰랴.

건륭이 말했다.
"옹선이가 낸 문제로군. 이건 지팡이네. 회재불우(懷才不遇)의 느낌이 들어서 그렇지, 괜찮네."
"그건 내가 쓰라고 해서 쓴 겁니다."
태후가 급히 나서서 손자를 변호했다. 건륭이 웃으며 머리를 끄덕여 알겠노라고 답하고는 또 다른 등롱을 들여다보았다. 옹기의 필체였다.

멀리 날아올라 전망이 좋은가 싶더니
어느새 뒤로 미끄러지네.

건륭이 고개를 돌려 피골이 상접한 옹기를 바라보았다. 말은
마음의 소리라더니, 과연 맞는 말이라 생각하니 저도 모르게 한숨
이 나왔다. 미풍만 불어도 흔들흔들 위태롭게 그네 타는 저 아이를
어찌한다……. 내심 한숨을 지으며 그는 물었다.

"그네. 맞지?"

옹기가 기운 없이 미약한 소리로 그렇다고 대답했다. 홀연 마음
이 무거워진 건륭이 걸음을 조금 옆으로 옮겨보니 옹성은 '장명등
(長明燈)' 세 글자 아래에 '사서(四書)에서 나오는 네 글자로 맞춰
보세요'라고 적어 놓았다.

건륭은 잠시 생각하더니 대답했다.

"이 답은 혹시 불식즉구(不息則久) 아니냐?"

옹성이 그걸 어찌 맞췄냐는 듯 두 눈이 휘둥그레진 채 고개를
끄덕였다. 그 옆 등롱에도 옹성이 낸 수수께끼가 적혀 있었다.

구름은 누굴 그리워하나? 서방(西方)의 미인이런가.
─이 구절이 들어있는 글의 제목을 말씀해 보세요.

광주(廣州)의 양인(洋人)들 때문에 서양의 '서'자만 들어도 민
감한 건륭의 기휘를 범하는 게 아닌가 써놓고 내심 걱정됐던 옹성
이 슬그머니 태후의 등뒤에 숨어버렸다. 그러나 건륭은 얼굴 가득

희색을 띄우며 흡족한 표정을 지었다.

"음, 좋았어. 이건 보나마나 옹선이가 훈수를 해준 게로군. 〈억진아(憶秦娥)〉지?"

옹성이 더욱 놀란 표정으로 물었다.

"아바마마께서 그걸 어찌 아셨사옵니까?"

건륭은 빙그레 웃기만 할 뿐 말이 없었다. 다시 옆으로 조금 움직여 보니 옹린의 글씨가 한눈에 보였다. 그는 이렇게 적고 있었다.

　　無邊落木蕭蕭下
　　─한 글자로 맞추세요.

이는 건륭이 전에 기윤에게서 들은 바가 있어 답이 역시 '일(日)'자임을 알 수 있었다.

흔히 남송(南宋)이라 일컫는 송(宋), 제(齊), 양(梁), 진(陳) 네 개 조대(朝代)를 보면 제나라와 양나라의 황제는 둘 다 성이 소씨(蕭氏)였다. 그런 뜻에서 '소소하(蕭蕭下)'라고 하는 것은 '진(陳)'을 뜻한다고 볼 수 있었다. 여기에 '무변낙목(無邊落木)'이라고 했으니, '진(陳)'자의 구조상 부수와 '동(東)'의 목(木)을 빼면 바로 '일(日)'이라는 것이었다. 유명한 당시(唐詩) 중의 한 구절이었다.

아무 것도 없는 황량함이 느껴지고 뭔가 대세가 기울어지는 것 같은 쓸쓸함이 밀려왔다. 건륭이 얼굴에 웃음기를 거두며 말했다.

"너무 치밀해서 웬만한 경우엔 알아 맞출 엄두를 못 내겠구나. 넌 아직 젊고 생기 발랄하여 늘 분발하고 노력하는 긍정적인 생각

만을 해도 부족할 텐데, 강하일하(江河日下)의 퇴락한 시사(詩
詞)나 완미(玩味)하고 살아서야 되겠느냐? 이런 시사는 너의 학
업과 전정(前程)에 도움이 될 게 없느니라, 무슨 말인지 알겠느
냐?"

　이같이 말하며 건륭은 여러 황자들을 쓸어보았다. 황자들은 요
즘 들어 부쩍 해가 지는 서녘하늘조차 바라보는 걸 꺼릴 정도로
'낙하(落下)' 두 글자에 민감한 건륭이고 보면 충분히 심기가 불쾌
했으리라 뒤늦게 생각하고는 아찔함을 느꼈다. 그제야 자신의 실
수를 깨닫고 옹린이 막 죄를 청하려 할 때 옆에 있던 옹선이 조심
스럽게 입을 열었다.

　"소자가 대신 써준 것이옵니다. 하오나 맹세코 다른 뜻은 전혀
없었사옵니다. 폐하께오서 이치쇄신에 닻을 올리시고 대(對)탐관
오리와의 전쟁을 선언하셨사오니 추풍에 낙엽 쓸리듯 악의 무리
들이 사라져 주었으면 하는 염원을 담았고요, '부진장강곤곤래(不
盡長江滾滾來)'라는 아래구절을 떠올리게 함으로써 파죽지세로
몰려오는 파도처럼 더럽고 추한 모든 걸 삼켜 태평성세의 진일보
를 소망하는 뜻을 담아 보았사옵니다. 이는 막대한 길상(吉祥)이
라고 생각하옵나이다!"

　굳어져가던 분위기가 옹선의 말에 훨씬 부드러워졌다. 견강부
회(牽強附會)의 느낌이 없진 않았으나 일리가 있다고 생각한 건
륭이 빙그레 웃어 보였다.

　"짐의 생각이 좀 짧았던 것 같다. '낙목소소하(落木蕭蕭下)'라
면 죽은 가지의 고엽(枯葉)을 뜻하는 게 아니겠느냐? 우리 대청
(大淸)의 기수(氣數)와는 전혀 해당사항이 없거늘 짐이 지나치게
민감했나 보구나."

시사(詩詞)의 심오한 뜻 따위에는 관심 없는 태후는 즐거운 원소절을 망치는 게 아니냐는 생각에 내심 걱정했던지라 건륭이 웃는 모습을 보고서야 비로소 마음이 놓였다. 이러다가 손자들 중 누군가가 '긁어 부스럼'을 만들거나 건륭이 '달걀에서 뼈를 고르고' 나설까봐 태후는 걱정이 되었다.

"이 늙은이가 뭘 모르긴 합니다만 보아하니 폐하께서 옹선의 말에 공감하신 것 같습니다. 옹선아! 뭘 하느냐, 어서 술 한 잔 따르거라. 할미가 너의 아바마마께 벌주를 한잔 내려야겠다!"

건륭은 태후가 솜으로 입을 틀어막듯 내미는 술잔을 받고는 언제나 그랬듯이 기분 좋게 웃어 보였다. 그리고는 단숨에 잔을 비웠다. 태후가 아이처럼 손바닥에 잔뜩 힘을 줘 손뼉을 치는 시늉을 하는 모습을 보며 건륭은 방금 전의 불쾌함을 전부 날려버렸다. 그는 태감 왕렴에게 명했다.

"사람을 양심전으로 보내어 화신이 보내온 상자를 들고 오너라. 그 안의 물건을 적당히 나눠 모두에게 상을 내릴 것이다!"

분부를 마친 건륭은 돌아서서 태후를 향해 말했다.

"며칠동안 경황이 없어 본의 아니게 어마마마께 소홀했사옵니다. 너그럽게 양지해주시고 오늘 하루는 속죄하는 기분으로 어마마마 곁에서 즐겁게 해드리겠사옵니다. 등미놀이가 어마마마에겐 너무 따분할 것 같사오니 그만하고 다른 놀이를 생각해 보십시오. 소자는 어마마마께서 원하시는 놀이에 적극 동참하여 오늘 하루는 맘껏 흐트러질 각오가 되어 있사옵니다."

"그렇게만 해 주신다면야 이 어미는 더할 나위 없이 좋죠."

태후가 흐뭇해하며 후궁들을 데리고 궁전 안으로 들어갔다. 천정(天井)에는 고개 숙이고 두 손을 앞에 모은 황자들만 남았다.

건륭이 그대로 들여보내긴 뭔가 석연치 않은 듯 한참동안 하나씩 쓸어보더니 입을 열었다.

"부귀를 안고 태어나 속발고독(束髮苦讀)이 무언지 모르고 십년한창(十年寒窓)의 괴로움을 모르는 게 너희들의 타고난 팔자이자 단점이니라. 짐은 황실자손들이 사치와 방탕에 젖어 타락의 길을 걷는 데는 벼랑 끝에 손톱 걸고 아등바등 처절한 생존싸움을 겪어보지 못했기 때문이라고 생각한다!"

숨죽인 황자들의 고개는 더욱 밑으로 떨어졌다. 건륭의 훈계가 이어졌다.

"궁위종실(宮闈宗室)에 바람이 불면 바깥에는 비가 내리고, 천가(天家)가 기침을 하면 세상은 독감에 걸리게 돼 있어. 요즘 연극바람이 조정이나 초야나 무분별하게 불어닥치는 것도 모두 황실의 책임이야. 친왕들이 앞다투어 극단을 집으로 들이니 애들 보는 데선 숭늉 먹기도 힘들다고, 기인(旗人)들이 너도나도 따라하면서 이 지경이 된 게 아니냐! 류용과 화신이 산동으로 내려가 보니 그 와중에도 국태는 얼굴을 귀신처럼 해 가지고 무대 위에서 광대짓을 하고 있었다고 하네!"

건륭은 동쪽 어딘가를 가리키며 말을 이었다.

"저 쪽에 있는 왕부(王府)들에선 집집마다 수천 마리에 달하는 새나 닭, 독수리 등 노리개를 키우고 있다고 들었다. 매사에 솔선수범해야 할 왕공들이 앞장서서 독수리나 조련하러 나서고, 투계놀이를 부채질하니 맡은 일이 없고 몰락한 기인의 자제들이 뭘 보고 배우겠느냐? 독수리 한 마리에 수천 냥을 호가하고, 싸움 잘하는 메추리 새끼가 자그마치 8백 냥에 거래된다고 들었다. 이게 어디 말이 될 법한 소리냐! 불씨는 광풍을 만나면 미친 듯이 타오르는 수밖에 없는 거야."

건륭의 따끔한 훈계가 이어지는 사이 그래도 등롱이 휘황찬란한 밤이 시원하고 좋다며 태후가 다시 후궁들을 데리고 우르르 몰려 나왔다. 건륭이 태후를 향해 공손히 예를 갖춰 올리고는 말을 이었다.

"다행히 너희들은 글공부에는 그나마 열중하는 것 같아 마음이 놓인다. 물론 열심히 차사를 익히고 글공부를 하고 나서 여가를 활용해 적당히 금기서화(琴棋書畵)를 통해 함양을 키우는 건 제 창할 바이나 너희들이 올려보낸 창과(窓課, 일종의 숙제) 공책을 뒤적여보니 '명월(明月)에 상사(相思)를 얹어보낸다'는 등 '단장(斷腸)의 아픔'이 어쩌고저쩌고 하는 걸 보니 별로 볼 게 없더구나……. 글은 곧 그 사람의 마음이라고 했거늘 너희들의 속이 그만큼 비어 있고 여물지 못했다는 명증(明證)이 아니겠느냐. 진정 공맹지도(孔孟之道)에 정진하고 심신을 수련하기 위해 힘을 썼다면 어미, 아비가 죽지 않은 이상 '창자가 끊어지는 아픔'이 웬 말이겠느냐."

따끔한 정문일침치고는 목소리도 어투도 그리 무겁진 않았다. 솔직히 그는 속으론 웃고 있었다. 사춘기에 즈음하여 이성에 호기심을 품고 막연한 그리움을 표현하는 내용이 담긴 공책을 열심히 들여다보고 외우기까지 했던 건륭이었다. 어느새 가까이 다가온 태후가 웃으며 말했다.

"내 손자들이라서가 아니라 이 아이들은 품행이나 학식 여러 면에서 괜찮은 편입니다! 안에서는 효도하고, 밖에 나가선 차사에 힘쓰고 아직까지는 아무도 수군거리는 소릴 못 들었습니다. 물론 선제의 혹독한 훈회를 받으며 자란 황제와는 견줄 바가 못 되죠.

선제께선 털끝만큼이라도 눈에 거슬리는 걸 그냥 보고 넘기질 못했으니까요!"

그러자 건륭이 맞장구를 쳤다.

"지당하신 말씀이옵니다! 소자도 이 아이들의 장점을 인정하지 않는 건 아니옵니다. 모처럼 다 모인 걸 보니 노파심에서 잔소리를 하고 있을 뿐이옵니다! 부귀를 타고난 데다 세속이 워낙 어지러우니 풍우(風雨)의 시련을 견뎌내지 못할까봐 그렇사옵니다. 치자(稚子)들이 과정지훈(過庭之訓)을 귀에 못이 박이도록 듣지 않고 어찌 기물(器物)이 되겠사옵니까?"

건륭이 덧붙였다.

"소자는 주변에 신하들이 구름 같아도 진정으로 능력있는 일손은 부족하옵니다! 어마마마 덕분에 등회(燈會)를 즐기는 자리에서 적당히 낙중불망우(樂中不忘憂)의 울림을 주어 이 아이들로하여금 성세(盛世)의 현왕(賢王)으로 거듭나게 해주기 위한 뜻에서 가르침을 주다보니 어마마마의 흥을 깨뜨리고 말았사옵니다."

"흥을 깨뜨리다니요? 그런 거 없습니다!"

태후가 말을 이었다.

"호랑이를 잡아도 친형제이고, 전쟁터에서도 부자병(父子兵)이라는 말이 있지 않습니까! 든든한 황자들이 있는 것도 종묘사직의 복이죠. 폐하로선 푸헝과 윤계선(尹繼善) 두 고굉(股肱)이 죽고, 홍주(弘晝)까지 저리 골골대고 있으니 상실감이 크실 수밖에요. 기윤(紀昀)의 재학(才學)이 뛰어나고, 우민중(于敏中)의 덕량(德量)이 손꼽힌다고 하지만 이 늙은이가 보기엔 아직 정무를 총람할만한 거목은 못 되는 것 같습니다. 건륭 초에 비해 갈수록 세상은 번잡해지고 황제께서 홀로 쓸쓸한 그림자 끌고 다니시는 걸 보면 이 늙은이도 마음이 아프고 인재가 빨리 우후죽순처럼 생겨나야 한다는 생각에 초조하기만 합니다. 산동에 난이 일어나서 십오황자가 그리로 내려갔다고 하는데, 그곳 사정은 어떠한지 모르겠습니다."

이같이 말하며 태후는 연신 한숨을 내쉬었다.

세상사엔 무관심한 듯 오로지 우스갯소리나 좋아하고 아이 같은 치기를 보여 마냥 천진난만해 보이던 태후가 화려한 등롱이 물결치는 정원에서 자신과 똑같은 고민을 하고 있었다는 것에 건륭은 내심 놀랐다. 그와 동시에 핏줄의 일체감이 가져다주는 위로를 느꼈다.

미소를 지으며 머리를 끄덕이고 난 건륭이 부드러운 말투로 태후를 위로했다.

"염려하지 마세요, 어마마마. 소자를 보필해줄 인재들은 부단히 육성하고 발굴하고 있는 중이옵니다. 옹염(顒琰)은 현재 국태(國泰)의 사건에 전념하고 있사옵니다. 각 성(省)의 정세를 볼 때 대체로 무사한 편이옵니다. 물가도 안정되어 강남(江南)에서 제전(制錢) 하나에 만두 세 개는 살 수 있다고 하옵니다. 자연히 가난한 사람들의 원성이 전보다는 누그러들고 있사옵니다. 골목에 몰려 최후의 발악을 하는 비적들은 류용 등에게 맡기고 수해복구에도 최선을 다할 것이옵니다. 충분한 전량(錢糧)을 확보해놓고 있사오니 염려 놓으십시오, 어마마마! 옹염의 신변 같은 건 더더욱 염려하실 바가 없사옵니다."

건륭이 자신에게서 눈길을 뗄 줄 모르는 위가씨를 힐끗 바라보았다. 그리고는 덧붙였다.

"류용과 황천패 등이 잘 보호해줄 겁니다. 어제도 역관(驛館)을 통해 보내온 밀주문을 받았사옵니다. 옹염이 관부(官府)와 연락을 취하지 않고 따로 떨어져 다닌다면 어찌 밀주문이 역관을 통해 들어올 수가 있었겠습니까? 황자들이 그 동안 쌓은 학문을 검증받고 활용하는 계기라 생각하시고 염려 놓으세요. 온실의 화초처럼 자랐으니 삭풍(朔風)이 휘몰아치고 때로는 혹서(酷暑)가 정수리를 녹이는 시련을 적당히 겪어보는 것도 나쁠 건 없습니다. 전황자 시절에 강남으로 내려갔다가 하마터면 객사할 뻔했던 적도 있지 않습니까. 금가씨(金佳氏)는 알 겁니다. 선제께서도 용잠(龍潛)하던 시절에 홍수에 갇혀 생사를 경험하신 적도 있다고 하셨사옵니다……."

수긍이 가는 듯 연신 머리를 끄덕이는 태후를 보며 건륭이 말을 이었다.

"아무리 유모에, 태감에, 사부에 둘러싸여 보호받는 황자라고는 하지만 살다 보면 삼재팔난(三災八難)을 면키 어려울 것이오니 고생도 해봐야 합니다. 십삼숙(윤상)께선 생전에 얼마나 많은 지옥을 경험했습니까? 몇 번이고 시해하려는 무리들로부터 독살의 위기를 넘겨야 했고 채찍에 살점이 떨어지는 고통을 감내하며 10년 동안 지옥 같은 감금생활을 견뎌내야 했습니다. 그렇게 악착같이 버텨낸 결과 천고(千古)에 이름을 남기는 현왕(賢王)으로 거듭나지 않았습니까?"

태후를 향하고 있던 건륭이 황자들을 향해 돌아서며 물었다.

"이의가 있느냐?"

"없사옵니다!"

황자들이 일제히 허리를 낮추며 대답했다.

자신의 훈계가 이어지면서 점점 식어가는 분위기를 느낀 건륭이 모친을 향해 사죄하듯 웃으며 말했다.

"소자가 자리를 떠야겠사옵니다. 분위기를 띄우기는커녕 자꾸 무겁게만 만드니 말입니다. 나머지 시간은 손자들과 더불어 융융(融融)한 천륜의 한때를 보내시기 바랍니다. 그럼, 소자는 이만 가보겠습니다. 급히 주비를 달아보내야 할 밀주문이 있어 양심전으로 돌아가겠습니다!"

"그러시든가요."

태후가 황자들의 얼굴에 빠르게 스쳐가는 안도의 미소를 감지하고는 웃으며 말했다.

"아무래도 폐하의 면전에서는 우리도 활개치며 멋대로 놀기엔 무리인 것 같습니다. 정무가 중요하지만 건강도 챙겨가면서 하세요. 내일 오후엔 함께 정양문에 오릅시다!"

이튿날 오후 신시(申時)는 흠천감(欽天監)에서 대가(大駕)가 출성(出城)하기에 좋은 길시(吉時)라고 하여 정해준 시간이었다. 오시(午時) 정각부터 수년간 봉금(封禁)해 놓았던 천안문(天安門), 지안문(地安門), 오문(午門), 정문(正門)이 석파대경(石破天驚)의 대포소리와 함께 일제히 빗장이 열리며 활짝 가슴을 열어젖혔다.

선박영(善撲營)과 서산예건영(西山銳健營)의 수천 명에 달하는 어림군(御林軍)이 벌써 오봉루(五鳳樓) 앞에 집결해 있었다. 세 발의 예포소리에 맞춰 오문 앞에서 이시요가 영기(令旗)를 흔들었다. 그에 따라 각 병영의 장군들이 군기를 앞세우고 성큼성큼 걸어나와 자기네들의 부하를 풀어 관방(關防)을 배치했다. 자금성(紫禁城)을 중심으로 황도(皇道)와 내성(內城)을 나누었다.

만여 명에 달하는 경사(京師)의 백성들은 일생에 한번 올까말까 하는 성모(聖母)를 직접 경앙(敬仰)할 수 있는 기회를 놓칠세라 사방에서 구름같이 몰려들었다. 어도(御道)의 양측에서 더 이상 전진할 수 없게 된 이들이 그야말로 인산인해를 이루었고 천안문에서 정양문에 이르는 구간에는 넘실대는 인파로 발 디딜 틈이 없었다. 황가(皇家)의 삼엄한 위의(威儀)가 난생 처음인 사람들의 경탄과 수군거림, 뒤에서 사정없이 밀치는 통에 사람 죽는다며 고함지르는 아우성이 한데 어우러져 장내는 아수라장이 따로 없었다.

순천부(順天府)의 부윤(府尹)인 곽지강(郭志强)이 질서를 유지하느라 땀투성이가 된 채 이리로 저리로 뛰어다녔다. 손으로 나팔을 만들어 아역들과 호응하는 그의 목에 힘줄이 나무 뿌리처럼 돋았다. 겨우 동편문, 서편문 밖에 등화(燈火)와 채등(彩燈)을 내걸고 천안문 앞으로 돌아오니 마침 이시요가 나오고 있었다.

곽지강이 미처 꾸벅거리며 인사를 마치기도 전에 역시 땀범벅이 되어 있는 이시요가 천안문 동남쪽 어딘가를 가리켰다.

"저게 뭐요? 자네 아역들이 채찍으로 사람을 치고 있지 않은가!"

곽지강이 고개를 돌리고 보더니 대수롭지 않다는 듯 대답했다.

"인간들이 말을 들어줘야 말이죠. 저렇게 해서라도 막지 않으면 황도(皇道)로 쳐들어올 겁니다. 염려하지 마십시오. 아무렇게나 채찍을 날리는 것 같아도 조상 대대로 전수 받은 기술이라 다치지는 않게 할겁니다. 촛불을 쳐도 불이 안 꺼지는 채찍의 고수들인 걸요. 동편문을 거쳐오는데 하마터면 수레가 납작하게 깔려 빈대가 되는 줄 알았지 뭡니까! 저쪽에도 통로를 만들어야 할 텐데……."

이시요가 땀을 훔치며 덧붙였다.

"안돼, 그래도 채찍은 안돼. 먹물이나 연탄재를 뿌려보게! 만민이 함께 즐거워하는 거국적인 축제에 참여하고자 왔는데, 채찍에 맞으면 누군들 기분이 좋겠나! 노인들을 놀라게 하고 애들을 울리면 태후마마께서 심기가 불편해지실 거야. 어서 아역들에게 명하지 않고 뭘 하나!"

곽지강이 그제야 부하들에게 명했다.

"어서 이 대인의 지령에 따르거라!"

왕렴이 앞장선 가운데 말을 탄 64명의 태감들이 지안문에서 서서히 모습을 드러내는 걸 보며 이시요가 급히 소리쳤다.

"난 말을 타고 들어가 아계 중당을 만나고 올 테니, 자네도 말을 타고 정양문으로 가게. 백관들더러 품급별로 열을 지어 있으라고 하게. 대가(大駕)는 이미 출발하신 것 같네!"

곽지강이 두 손을 이마에 얹고 멀리 바라보니 과연 깃발이 하늘을 덮고 온통 노란색으로 단장한 의장대가 대가를 수행하여 천천히 움직이고 있었다. 고악소리도 은은하게 울려 퍼졌다. 그는 서둘러 말잔등으로 날아올라 채찍을 날렸다.

수십만 명을 헤아리는 구경꾼들은 어가가 출발했다는 소식에 한껏 들떠 고개를 빼들고 발끝을 쳐들어 감격의 순간을 기대하고 있었다. 환호소리가 하늘땅을 뒤흔들었고, 만민의 열광에 정월의 추위는 전혀 느낄 수가 없었다. 그러나 장내는 이내 조용해졌다. 천안문 동서 양측의 측문에서 코끼리가 한 마리씩 모습을 드러냈던 것이다.

한 쌍, 두 쌍, 세 쌍…… 모두 아홉 쌍의 코끼리였다. 코가 달팽이

같이 말려들었고, 귀가 거적 같은 건장한 코끼리들은 육중하고 기둥 같은 다리통이 둘씩 박자를 잘도 맞춰가며 걸어나왔다. 등엔 금사(金絲)를 두른 안장을 하고 있었고, 온몸에는 노란 천을 재단하여 만든 옷이 입혀져 있었다. 노랑과 빨강 두 가지 색상이 섞인 조끼를 입고 까만 모자를 눌러쓴 어린이들이 그 위에 타고 휘파람으로 구령을 하여 지휘하고 있었다. 옹정 말년부터 금천(金川)의 전사(戰事)가 일어나고, 이어 미얀마가 내란을 겪으면서 코끼리 공납이 십 수년동안 주춤하면서 대내(大內)에는 코끼리가 세 마리밖에 없었었다. 가끔 내궁에서 눈요기할 정도는 됐어도 의장행렬에 끼우기에는 숫자가 너무 적었었다. 그런 코끼리가 한꺼번에 열 여덟 마리나 몰려나오니 코끼리를 처음 보는 사람들은 그저 신기할 뿐이었다.

태감들을 데리고 천안문을 나선 왕렴은 태감들은 도로 정양문으로 보내고 자신은 금수하(金水河) 정중앙의 옥대교(玉帶橋) 앞에 멈춰 섰다. 동서 양측으로 코끼리들이 열을 지어 서기를 기다려 그는 오리 목소리를 길게 끌어올리며 외쳤다.

"하궤(下跪, 무릎을 꿇다)!"

코끼리 위에 타고 있는 열 여덟 명의 어린아이들이 일제히 손으로 코끼리의 뒷덜미를 눌렀다. 오늘 이 순간을 위해 나름대로 피나는 조련을 당해왔을 코끼리들은 용케도 일제히 앞다리를 꺾으며 얌전히 그 자리에 엎드리는 것이었다.

사방에서 놀라고 경탄에 찬 소리가 들려왔다. 코끼리가 하는 짓이 하도 기특하여 구경꾼들은 들고 있던 사탕수수며 여러 가지 먹거리를 던져주었다. 그러자 코끼리는 낯을 가리지도 않고 날름날름 사탕수수를 받아 콧등에 감아 올리더니 입안으로 집어넣고

냠냠 맛있게 씹어먹기 시작했다. 그 모습이 귀여워 사람들은 한바탕 박수갈채를 보냈다.

사람들이 코끼리의 재롱에 술렁거리고 있을 때 어느새 단계(丹陛)의 고악소리는 바로 코앞에서 들려왔다. 하늘이 떠나갈 것 같았고, 귓전이 먹먹해졌다. 대역사(大力士)라 불리는 힘센 장사들이 64개의 용기(龍旗)를 하나씩 받쳐들고 지나갔다. 이어 개산(蓋傘)이라 불리는 파랑, 자주, 노랑 등 여러 가지 색깔이 화려한 54개의 가리개 행렬이 사람들의 이목을 사로잡았다. 미처 눈길을 붙들어 맬 새도 없이 '교효표절(敎孝表節)', '명형필교(明刑弼敎)', '행경시혜(行慶施惠)', '포공회원(褒功懷遠)'이라는 글씨가 선명한 칠 척 높이의 큰 부채를 사면에서 받쳐든 대오가 뒤를 이었다.

그밖에도 저마다 다른 도안과 색채를 자랑하는 여덟 개의 팔기(八旗) 깃발과 우림군 깃발이 표표히 나부끼며 하늘을 덮었고, 깃발마다 의봉(儀鳳), 선학(仙鶴), 공작(孔雀), 황곡(黃鵠), 백치(白雉), 적조(赤鳥), 화충(華蟲), 진로(振鷺), 명연(鳴鳶) 등 상금(翔禽)과 사자(獅子)와 백택(白澤), 각서(角端), 적웅(赤熊), 황웅(黃熊), 벽사(辟邪), 서우(犀牛), 천마(天馬), 천록(天鹿) 등 수많은 영수(靈獸)들을 새긴 깃발의 행렬이 호호탕탕하게 끝없이 이어졌다.

앞머리는 이미 정양문에 도착해 있었으나 끝은 알 수가 없었다. 금회은갑(金盔銀甲)을 한 64명의 건청문 시위들이 말 위에 타고 말발굽소리를 터덕터덕 울리며 위풍당당하게 모습을 드러내서야 수많은 태감들에게 둘러싸인 황로(黃輅)의 승여(乘輿)가 마침내 사람들의 시야에 잡히기 시작했다.

말로만 듣던 천자(天子)의 대가(大駕)를 맞는 순간 인파는 걸

잡을 수 없이 술렁거렸다. 생애 최고로 영광스런 자리를 맞아 저마다 흥분에 들떠 있었다. 육 척 높이의 용연(龍輦)에 구룡(九龍)의 화개(華蓋)가 덮여 있었고, 중앙의 옥좌엔 백발이 성성한 '성모' 황태후가 만면에 희색을 띠우고 있었다. 그 옆에 진주(眞珠)가 휘황찬란한 용관(龍冠)을 쓰고 안에 여우털을 댄 노란색 용포(龍袍)를 입고 목에 진주목걸이를 드리운 채 똑같이 만면에 미소를 짓고 있는 60대의 멋진 노인이 시립해 있었으니 그가 바로 등극 40년을 맞아 여전히 일신우일신(日新又日新)을 갈구하며 동분서주하고 있는 당금의 천자 건륭황제(乾隆皇帝)였다.

황태후와 황제를 알아본 인파 속에서 산이 포효하고 바다가 울부짖는 듯한 환호가 터져 나왔다.

"건륭황제 만세, 만세, 만만세!"

"황태후부처님 천세, 천세, 천천세!"

……지금까지 자금성 정문으로 나와 관례(觀禮)한 적은 없는 듯 태후는 동서를 두리번거리며 살펴보았다. 끝이 보이지 않는 장안가(長安街)는 말 그대로 인산인해였고, 만세소리와 함께 일제히 무릎을 꿇으니 마치 일망무제(一望無際)한 밀밭이 그대로 비스듬히 기울어지는 것 같았다.

태후는 수만 명의 중생들을 발 밑에 두고 서 있는 아들이 이처럼 대견스러워 보인 적이 없었다. 하얀 머리카락을 바람에 날리며 노인은 어린애처럼 좋아했다. 두 눈 가득 희열을 뿜으며 난간을 짚고선 태후는 감탄을 연발했다.

"내성(內城)에 한번 가보시라며 태감들이 종용하더니, 과연 내성이 이 정도로 크고 굉장할 줄은 몰랐습니다! 이 늙은이는 이대로 죽어도 여한이 없을 것 같습니다!"

환호성이 워낙 커 건륭은 가까이에서도 태후의 말을 알아듣지 못했다. 무릎을 낮춰 키높이를 같이 하며 모친의 입에 귀를 갖다대니 그제야 흥분에 젖은 태후의 말소리가 들려왔다.

"······황제, 어미는 이 순간을 잊을 수 없을 겁니다! 성조 때의 태비마마, 선제 때의 여러 자매들보다도 이 어미는 더 행복한 것 같습니다. 강희 60년에 선제를 따라 오봉루에 한번 올라가 본 적은 있으나 여기엔 비할 바가 아니죠······. 황제, 어미 생전에 이런 굉장한 자리를 만들어 주시니 얼마나 감사한지 모르겠습니다!"

"어마마마께서 즐거우시다니 소자는 더 이상 바랄 게 없습니다!"

건륭이 활짝 웃으며 덧붙였다.

"모두 어마마마께서 덕행이 깊으시고 홍복이 하늘과 같으신 덕분이옵나이다······."

말을 마친 건륭은 다시 무릎을 쭉 펴고 서서 열광하는 인파들을 향해 손을 흔들어 보였다.

태후가 미소를 머금고 사방을 멀리 내다보며 또 무어라 말했다. 건륭이 다시 몸을 낮춰 귀를 가까이 하니 태후가 말했다.

"이 많은 사람들이 군주(君主)를 충애(忠愛)하고, 군은(君恩)에 겨워 한껏 들떠 있는데 뭐라도 상을 내려야 하지 않겠습니까. 사람이 너무 많은 게 좀 그렇긴 하지만······."

"염려하지 마십시오. 소자가 아계에게 명하여 상을 내리도록 하겠습니다."

건륭이 이같이 말하며 손짓을 보내자 승여 뒤에서 말을 타고 따르던 아계가 몇 걸음 앞으로 다가왔다. 건륭이 말했다.

"오늘 이 자리에 모인 백성들에게 상을 내리라는 태후마마의 의지(懿旨)가 계셨으니 경이 알아서 하게. 새로 나온 건륭제전(乾隆制錢)을 준비해둔 게 있나?"

"폐하와 태후부처님의 명을 받들어 모시겠사옵니다!"

아계가 웃으며 말 위에서 읍을 했다.

"정양문 등회 때 상으로 내리고자 가져온 제전이 10만 줄(한 줄은 100문) 있사옵니다. 먼저 이네들에게 상을 내리고, 등회 때는 예부더러 더 가져오라고 하는 게 어떻겠사옵니까?"

이에 건륭이 웃으며 말했다.

"경이 알아서 하게. 인명사고가 나지 않게 이 분위기 그대로 끌고 갈 수 있었으면 좋겠네."

아계가 이시요와 곽지강을 불러 태후의 의지를 전달했다.

사람 위에 사람이요, 엎친 데 덮칠 판인데 무슨 수로 제전을 상으로 내리며, 인명사고가 나선 아니 된다니 이를 어찌한단 말인가? 둘은 잠시 멍한 표정을 지은 채 서 있었다. 잠시 생각 끝에 이시요가 서둘러 동의를 구했다.

"아계 중당, 대가(大駕)더러 천천히 움직이라고 해주세요. 곽 부윤(府尹)이 순천부의 아역들을 데리고 질서를 유지시키는 동안 제가 이쪽에서 태후마마의 의지를 전하고 제전을 상으로 내리겠습니다. 질서를 제대로 잡지 못하면 인명사고를 면치 못할 것입니다!"

그러자 아계가 웃으며 말했다.

"그렇게 하게. 여기서 밤중까지 돈을 나눠주고 있으면 외성에는 인파가 그만큼 적어질 테니 경비도 좀 홀가분해질 게 아니오……."

이같이 말하며 말고삐를 당겨 두어 걸음에 왕렴에게로 다가간 아계가 행렬의 맨 앞에서 왕렴을 찾아 대가의 속도를 늦춰야 하는 이유를 설명했다. 그러자 왕렴이 백 팔 명의 수행태감들에게 명령을 내렸다.

"보폭을 줄이라!"

행렬의 움직임은 삽시간에 늦춰지기 시작했다. 곽지강이 아역들을 데리고 사방에서 질서를 바로 잡고 있는 모습을 보며 이시요는 말을 달려 어가 앞으로 다가왔다. 모든 이목이 집중된 가운데 그는 먼저 용연(龍輦)을 향해 삼궤구고(三跪九叩)의 대례(大禮)를 올리고는 천천히 남쪽 방향을 향해 돌아섰다. 죽 끓는 듯하던 인파는 삽시간에 조용해졌다.

이어 이시요가 큰소리로 외쳤다.

"지금부터 폐하의 성유(聖諭)와 태후부처님의 의지(懿旨)를 전하겠다. 오늘 이 자리에 모인 남녀노소는 모두 우리 대청의 충량자민(忠良子民)들이다. 추운 날씨에도 불구하고 오로지 폐하의 용안(龍顔)과 성모(聖母)의 자용(姿容)을 경앙하기 위해 여기 모인 모든 자민들에게 상을 내릴 것이다. 순천부에서 제전을 상으로 내릴 것이니 질서를 유지하기 바란다. 이상!"

조용하던 장내에는 또다시 환호와 박수갈채가 진동했다. 산을 가르고 바다를 잠재우는 "만세! 만만세!" 소리에 하늘도, 땅도, 황제도, 태후도 모두가 취하고 감격했다.

이어 건륭은 혼자 올라갈 수 있다며 한사코 거절하는 태후를 부축하여 성곽에 올랐다. 등불을 구경하기에 가장 적합한 장소에 추위를 가릴 수 있게 천막이 둘러쳐져 있었다. 성루(城樓) 아래에서는 문무백관들이 조촐하게 '사연(賜宴)'을 받고 있었다. 보천동경(普天同慶)의 희희낙락한 장면을 굽어보며 태후는 가슴 벅찬

감개에 할말을 잃었다.

내성과 외성이 하나가 되어 등불과 폭죽이 온누리에 퍼질 때 어둠의 장막이 소리 없이 드리워졌다. 어느새 거대한 흥분의 도가니 위에 눈발이 하나둘씩 흩날리기 시작했다. 병풍으로 칸을 막은 한 쪽에는 태후와 황제, 황후가 앉아 있었다. 그 옆에는 귀비와 여러 후궁들의 자리가 마련돼 있었다. 찻잔이며 과일, 다과 심지어 응급약까지 없는 게 없이 구비되어 있었다. 태감과 태의들도 대령해 있었다.

아계는 기윤, 우민중과 또 다른 천막을 치고 자리해 있었다. 이동 군기처인 셈이었다. 아계가 내려가 한바퀴 돌고 온 사이 기윤과 우민중은 서로 등을 돌린 채 찻잔을 들고 있었다. 그 모습에 아계가 히죽 웃었다.

"싸웠소? 어찌 그리 등을 돌리고 앉아 있소?"

그제야 기윤이 제자리로 돌아앉으며 대답했다.

"우 중당이 나 같은 사람과는 격이 달라 얼굴을 마주할 수가 없다는군요."

이에 우민중이 반박을 했다.

"자네가 먼저 얼굴을 돌려놓고 왜 그러나? 생사람을 잡는군! 밖에 눈이 많이 내리오?"

"많이 내리는 건 아닌데, 눈발은 제법 굵소이다."

아계가 웃으며 차주전자에 손을 댔다 떼었다 했다. 그리고는 말했다.

"저 밑에는 벌써 불바다가 따로 없소. 밑에서 보면 성루가 되레 어두워 보인다오. 똑같이 눈이 내려도 느끼는 바는 엄청나게 다르지! 황제가 '대설이 가루처럼 흩날리며 땅으로 떨어진다'고 한마디 하면 신하는 '이는 황가(皇家)의 상서(祥瑞)가 아닐 수 없사옵니다'라고 하겠지. 가진 자들은 따끈한 황주(黃酒)를 데워 놓고 화롯불 앞에 둘러앉아 '3년을 내린들 나랑 무슨 상관이야!' 하겠지만 거지들은 그 소리를 들으면 '저 화냥년의 새끼들 같으니라고!' 하지 않겠소?"

그 말을 해놓고 아계는 기윤과 함께 껄껄대며 웃었다. 이를 못마땅하게 여기던 우민중이 왕렴이 다가오는 것을 보고는 말했다.

"폐하께오서 부르시는가 보오. 어서 들어갑시다!"

세 사람은 함께 엉덩이를 털며 일어났다.

27. 성세(盛世)의 등불놀이

세 사람이 줄줄이 들어섰을 때 건륭과 황태후는 전루(箭樓)의 천막 안에서 담소를 나누고 있었다. 태후가 말했다.

"장소가 장소이니 만큼 예는 면하고 이리로 와 앉게. 화롯불이 있어서 따뜻하네."

그러자 아계가 대답했다.

"신은 서부에서 돌아와 아직 부처님께 문후도 제대로 여쭙지 못했사옵니다!"

이같이 말하며 털썩 엎드려 인사를 올리자 우민중과 기윤도 따라서 무릎을 꿇었다. 태후가 허허 웃으며 일으켜 자리를 내주길 기다려 건륭이 물었다.

"밖에 눈이 많이 내리나? 사람들은 대충 얼마나 모인 것 같던가?"

"눈발은 버들개지처럼 흩날리고 있는 정도이옵나이다."

아계가 앉은 채로 상체를 숙여 아뢰었다.

"사람들은 외성(外城)에 10만, 내성(內城)에 7, 8만 명 정도 될 것 같사옵니다. 아직 부처님께오서 내리신 상을 받느라 경황들이 없사옵니다. 상천(上天)께서도 거국적인 행사에 동참하시느라 서설을 내리시나 보옵니다. 눈을 맞으며 등롱을 감상하는 느낌이 색다를 뿐더러 화재 걱정도 덜 수가 있어서 모두가 한껏 들떠 있는 것 같사옵니다. '서설조풍년(瑞雪兆豊年)'이라고 천지(天地)가 더불어 즐기니 기분이 더욱 새롭사옵니다!"

이에 태후가 얼굴 가득 흐드러진 국화꽃 같은 웃음을 지어 보이며 말했다.

"맞는 말이네. 사람은 원래 기분을 먹고사는 게 아니겠나! 많은 돈도 아닌데, 저네들이 저리 열광할 때야 애들이 세뱃돈 받는 것 같은 설렘이 아닐까 싶네. 방금 전에도 이 늙은이가 주책없이 아계에게 생고생을 시키는 게 아니냐, 저러다 괜히 인명사고라도 나는 날엔 어떡하지 하며 걱정하던 중이었네."

이에 아계가 급히 고개를 숙였다.

"당치도 않사옵니다. 부처님의 자비로우심에 천지가 더불어 환호작약하고 있사온데, 신들이 어찌 감히 이 보람된 차사를 고생이라고 생각하겠사옵니까? 다만 외성에서는 돈을 나눠주는 대신 등회가 끝날 무렵 순천부에서 나와 탕원(湯圓, 원소절에 먹는 동그랗게 빚은 동전 크기의 떡)을 나눠주는 게 어떨까 싶사옵니다. 집집마다 제각각 만들긴 했을 테지만 폐하와 부처님께오서 상으로 내리신 탕원을 삶아먹으며 가족끼리 둘러앉아 일년지대계(一年之大計)를 논하는 것이 얼마나 뜻깊겠사옵니까? 꿀보다 달콤한 황은(皇恩)의 우로(雨露)를 찍어먹는 느낌일 테죠."

이에 태후가 쾌히 찬성을 했다.

"그래, 그것 참 좋은 생각일세. 이 늙은이도 그리 생각했었네. 멀리 시골에서 밤길을 달려왔다가 돌아가는 것도 쉽지 않을 텐데, 돌아가서 따끈한 탕원이라도 먹으며 언 몸을 녹이는 것도 좋을 테지……"

태후가 세 신하와 담소를 즐기는 사이 건륭은 자리에서 일어나 전루(箭樓) 입구로 걸어왔다. 아계의 마술에 의해 완전히 변신을 한 정양문 성루는 온통 샛노란 갓을 씌운 수천 개의 등롱으로 금빛이 휘황찬란하여 금산(金山)을 보는 것만 같았다. 등광(燈光)이 화려하여 대낮 같은데 거위털처럼 탐스런 눈꽃이 송이송이 나비같이 사뿐사뿐 열광의 도가니로 내려앉았다. 어린애처럼 순진무구한 미소가 절로 터져나왔다. 한참 손을 내밀고 있으니 손바닥에 눈꽃이 내려앉았다가 금방 녹아버렸다. 손바닥을 비비며 돌아선 건륭은 환하게 웃었다.

"눈이 때맞춰 잘도 내리네! 내일 아침은 누가 당직인가? 황하이북 몇 개 성의 청우표(晴雨表)를 들여보내게!"

우민중이 급히 일어서며 대답했다.

태후가 말했다.

"민간 속담에 '밀이 눈이불 세 채를 덮으면 그 해엔 쥐도 머리에 떡을 베고 잔다'고 했네. 난 눈이 너무 좋아. 이는 우리 대청(大淸)의 상서(祥瑞)를 뜻하는 서설(瑞雪)이야. 헌데 자네 셋은 어째서 웃는가?"

이에 조금 전에 아계가 했던 말을 떠올리고 있던 기윤이 급히 대답했다.

"부처님께오서 즐거워하시는 걸 보니 신들도 기분이 날아갈 것 같사옵니다."

황제와 태후를 모시고 세 신하가 담소를 즐기고 있을 때 자금성 쪽에서 경양종(景陽鐘) 소리가 밤의 장막을 타고 은은히 들려왔다. 아계가 시계를 꺼내보더니 일어섰다.

"폐하, 술시(戌時)가 다 됐사옵니다. 신들이 먼저 나가 백관들을 성루에 오르도록 지휘하겠사옵니다. 문관(文官)은 기윤이 인솔하여 동쪽으로, 무관(武官)은 우민중이 안내하여 서쪽으로 오르게 하여 자리한 연후에 태후부처님과 폐하의 대가(大駕)를 모시도록 하겠사옵니다."

그러자 건륭이 말했다.

"그렇게 하세! 그 동안 태후부처님과 황후는 옷을 갈아입을 것이네. 짐이 부처님을 모시고 나가면 신하들은 멀리서 무릎꿇어 인사를 올리면 되겠네. 가보게."

밖으로 나온 세 신하는 각자 책임 맡은 바대로 움직였다. 아계는 동서 성벽 위에 용처럼 길게 드리운 오색찬란한 용등(龍燈)의 불을 일제히 밝히라고 신호를 보냈다. 그와 동시에 세 발의 예포가 밤하늘을 가르며 울려 퍼졌다. 정양문 동쪽에서 서쪽으로 길게 드리워져 있던 만 발짜리 폭죽 열 여덟 줄이 일제히 심지에 불을 달고 타타탁 타오르며 터지기 시작했다. 연이어 콩볶듯 터지는 소리에 사람들은 귀를 막으면서도 즐거움에 겨운 표정들이었고, 매캐한 연기가 꿈틀대는 천파만파를 운무처럼 감쌌다. 정양문 전체는 마치 전화자광(電火紫光), 연화운무(煙火雲霧)의 힘을 받아 공중으로 떠오른 황금누각 같았다. 귀청을 때리는 폭죽소리에 가려 창음각(暢音閣)의 고악소리는 간간이 멀어져 가는 달구지소리처럼 들려올 뿐이었다.

인파의 환호성이 최고조에 달해 분위기가 한껏 달아오른 순간에 건륭은 태후를 부축하여 전루의 정문을 나섰다. 황후는 여러 후궁들을 인솔하여 그 뒤를 따랐다. 벌써 자리한 문무관원들의 배례(拜禮)를 받으며 임시로 만들어놓은 난간을 짚고 아래를 조감하니 동편문에서 숭문문, 선무문, 서편문에 이르는 넓이가 수백 장(丈)은 족히 될 장장 수십 리(里)의 공간은 등해(燈海)와 인해(人海)로 꿈틀거렸다. 그야말로 화수은화 불야천(火樹銀花, 不夜天)의 경지였다! 마치 거대한 황룡(黃龍)이 산하를 들이 삼킬 기세로 용틀임을 하고 있는 것 같이 장관이었다. 세상의 모든 미사여구를 다 동원해도 이 순간의 장엄함과 호쾌함, 감격과 흥분은 마땅히 형언할 길이 없었다.

천리안(千里眼, 망원경)을 통해 보니 '황룡' 사이에 가게들이 즐비하게 불을 밝히고 중간 중간에 여덟 개의 큰 연극무대가 있어 무대 위에선 연극이, 무대 아래에선 생가(笙歌)와 고악소리가 열광의 분위기를 더욱 고조시켰다. 공기 중에는 여러 가지 꽃향기와 이름 모를 향기가 만연해 코를 벌름거리게 했다. 성곽 위의 건륭과 태후를 알아본 인파들이 두 사람의 손짓에 환호로 화답하면서 경사(京師)는 용광로가 되어버리고 말았다.

기윤과 우민중이 건륭과 태후를 시중들어 나간 자리에 천막에 남아 성 아래의 움직임을 면밀히 주시하는 아계는 한순간도 마음의 긴장을 늦출 수가 없었다. 열광하는 환호소리도 들리지 않고 황하의 모래 같은 수많은 인파도 보이지 않았다. 오로지 어딘가에서 혹시나 날아들지도 모르는 눈 먼 총알과 화살을 살피느라 정신이 없었다. 황제와 태후가 등불을 구경하는 움직임에 대한 왕렴과 복인 등 태감들의 보고를 들으랴, 이시요로부터 성 아래의 동태를 전해들으랴 바쁜 두 귀는 그 외엔 달리 들리는 게 없었다.

해시(亥時)가 가까워지자 내성(內城)에서 제전(制錢)을 상으로 받고 난 인파가 외성으로 몰려들면서 장내는 더욱 혼잡스러워지기 시작했다. 여러 가지 민속놀이도 막무가내로 밀어닥치는 인파에 의해 더 이상은 진행이 불가능했다.

하늘은 무시로 날아오르는 연화(煙火)의 화려함으로 끊임없는 만자천홍(萬紫千紅)을 연출하고 있었다. 끊임없이 기염을 토하며 날아다니는 폭죽이 아계로 하여금 "제발 그만!"을 연발케 했다. 어딘가에 불꽃이 떨어져 화재라도 날까봐 두려웠던 것이다. 이번 행사를 무사히 치르고 나면 그는 아마 십년은 더 젊어질 것 같은 느낌이 들었다.

막 이시요를 불러 "50장(丈) 이내에선 폭죽을 금지시켜라!"는 명령을 내리려 할 때였다. 갑자기 목이 따끔했다. 손으로 만져 뭔가 박혀 있는 걸 빼보니 그것은 놀랍게도 민간에서 야생토끼나 꿩을 잡을 때 사용하는 조총 탄약으로 쓰는 철탄(鐵彈)이었다!

순간 아계는 목의 통증도 잊은 채 두 눈을 부릅뜨고 성벽에 덮치듯 엎드려 밑을 내려다보았다. 머리가 윙! 하고 가슴이 철렁하여 귀까지 먹먹해졌다.

그러나 폭죽을 터트려 흘러나온 매연이 자욱하고 사자패의 춤사위에 인파가 출렁이고 보니 총알을 발사한 누군가를 찾아낸다는 것은 애당초 불가능했다. 태후에게 망원경이 있긴 하지만 설령 망원경을 가지고 있다고 해도 달라질 건 없었다. 예전의 경험에 비춰 상황을 판단하고 대처하는 수밖에 없었다.

아계는 급히 사람을 시켜 이시요를 불러오게 했다. 그리고는 빠르게 머리를 굴렸다. 한참 후에야 비로소 나름대로 대안이 선 그는 곧추 건륭이 있는 곳으로 향했다.

건륭은 전루(箭樓) 정중앙에 마련된 높다란 자리에 앉아 있었다. 등뒤에는 얇은 발을 사이에 두고 여러 후궁들이 태후의 시중을 들고 있었다.

막 운귀총독(雲貴總督)과 낙양대영(洛陽大營)의 제독(提督)을 접견하고 난 건륭이 다가오는 아계를 향해 말했다.

"자네 쪽은 앞에 가리개가 없어 엄청 추웠지? 그나저나 자네 마음이 지금 오죽하겠나? 이 망원경은 자네가 가지고 있게. 사면팔방 잘 살펴야 할 것이네."

건륭의 말이 떨어지자 왕렴이 아계에게 망원경을 건넸다.

"눈발이 점점 굵어지고 있는 것 같사옵니다."

아계가 망원경을 받아들고는 덧붙였다.

"신은 화롯불이 있어 그나마 견딜만하옵니다. 폐하께서 계신 이곳이 더 추운 것 같사옵니다! 초저녁 같지가 않고 점점 추위가 더해가오니 태후부처님께오서 견디시기 힘들 것 같사옵니다. 감히 간청하옵건대 부처님을 모시고 성루(城樓) 안으로 돌아가 계시는 것이 좋을 것 같사옵니다. 자시(子時)에 궁으로 돌아가기로 되어 있사오니 그 시간에 맞춰 다시 나오시어 마무리를 하시면 될 것 같사옵니다!"

그러자 건륭이 말했다.

"짐은 별로 추운 줄을 모르겠네. 워낙 열기가 뜨거우니 말일세. 태후부처님도 방금 여쭤보니 견딜만하다고 하셨네."

아계가 거듭 아뢰었다.

"그래도 아직 자시가 되려면 멀었는데, 잠깐 들어가셔서 화롯불이라도 쬐고 나오시는 게 좋을 것 같사옵니다. 아니 그렇사옵니까,

성세(盛世)의 등불놀이　203

폐하?"

건륭은 아계의 고집을 익히 아는지라 자리에서 일어섰다. 그리고는 한마디했다.

"자네 말을 듣지! 그것도 나쁘진 않겠네!"

이에 기윤과 우민중도 건륭을 시중들어 성루 안으로 들어갔다. 건륭이 안으로 무사히 들어가는 순간 아계의 얼굴에서는 미소가 사라졌다. 어느새 도착하여 천막 입구에 서 있는 이시요를 향해 그는 따지듯 물었다.

"어찌하여 이리 늦었소?"

그러자 이시요가 변명을 했다.

"숭문문 쪽에 몸싸움이 벌어져서 잠깐 중재하러 다녀오느라 늦었습니다. 방금 내무부에서 화친왕(홍주)마마와 이십사친왕(윤비)께서 돌아가셨다는 비보를 전해왔습니다. 지금 폐하께 아뢰어야 할지 어찌하는 것이 바람직할는지 몰라 소식을 전하러온 사람이 아직 아래에서 기다리고 있습니다!"

이같이 말하며 아계의 안색을 살피던 그가 물었다.

"무슨 일이라도 생긴 겁니까?"

"아래에서 성루를 향해 불을 뿜은 자가 있소!"

아계가 목소리를 낮춰 말했다. 이시요는 대경실색하여 그 자리에 굳어지고 말았다. 그런 그를 한 쪽으로 잡아끌며 아계가 말했다.

"정신을 차리시오. 이럴 때일수록 침착해야 하오. 아직 폐하께 오선 이를 모르고 계시오. 내가 보기엔 맞은편 천막 쪽에서 날아왔을 가능성은 희박하오. 저 멀리서 조총을 쏘았는데 성루까지 닿을 리가 없거든. 성루 바로 밑에선 폭죽 터뜨리는 걸 금지시켰으니 누가 감히 총 쏠 엄두를 못 낼 테고. 아무리 봐도 요 아래에서 사자놀이를 하는 패거리들 중에 범인이 있는 것 같소!"

크게 놀랐던 이시요가 그제야 정신을 추스르며 점점 동으로 멀어져 가는 사자패를 무섭게 노려보았다. 그리고는 이를 악물었다.

"예리한 판단이십니다! 저자들은 총을 사자의 뱃속에 숨기고 있다가 그 속에 숨어들어 총을 쏘았을 테죠. 그럴 가능성이 충분합니다. 하지만 염려하지 마십시오. 제가 당장 가서 잡아들이겠습니다!"

아계는 사자패가 물러가는 방향을 무섭게 노려보았다. 명멸하는 오색의 폭죽불빛에 비친 얼굴이 싸늘하여 소름이 끼쳤다. 한참 후에야 그는 이빨 사이로 씹어뱉듯 말했다.

"그건 안 되오! 여기서 붙잡았다간 더 큰 사단이 일어날 것이오. 사람을 파견하여 바짝 따라붙다가 동편문 밖으로 나가 손을 쓰도록 하오!"

이에 이시요가 대답했다.

"예, 그리하겠습니다! 이럴 땐 청방(靑幫)이 필요합니다. 청방더러 쫓아가 시비를 걸어 패싸움이 붙게 한 연후에 순천부더러 한꺼번에 잡아들이게끔 하는 수가 있습니다! 아이고, 이런 개자식들! 기름가마에 튀겨내야 돼!"

이시요가 이를 악물고 독기를 뿜자 아계가 허허 짧은 미소를 머금었다. 그리고는 말했다.

"자네가 나보다 생각이 더 주도면밀한 것 같소! 어서 가보오!"

이시요가 다시 성루 아래를 휙 쓸어보고는 서둘러 아래로 내려갔다. 아계는 난간 옆에서 밑의 동정을 면밀히 주시하면서 이시요가 소식을 전해오길 기다렸다. 아무 것도 모르는 건륭이 밖으로 나올까봐 전전긍긍했고, 또다시 눈 먼 총알이 날아들세라 매번 폭죽과 불화살이 무더기로 날아오를 때마다 아계는 혼신의 모세 혈관이 팽창하는 긴장을 느꼈다. 다행히 더 이상의 충격은 없었다.

한편 건륭은 전루(箭樓) 안에서 수시로 지방관원들을 접견했고, 성루에서는 수백 명의 문무관원들이 여기저기서 쌩쌩 날아올라 밤하늘을 환상적으로 도배하고 있는 연화(煙花)와 사방에 화려한 등롱(燈籠)들을 구경하느라 손가락으로 가리켜 가며 때론 붉게 때론 노랗게 물든 얼굴들이 환락에 넘쳐 있었다. 성루 아래에서는 열광하는 인파들이 여전히 들끓는 기름가마 같았다.

십 수만 명의 구경꾼들 중에서 전체를 아울러 유독 불안하고 초조하여 이 자리가 빨리 끝나길 바라는 사람은 아계뿐이었다. 그럼에도 내색하지를 못하는 마음은 화재가 나 까맣게 타들어 가는 것 같았다.

자시가 가까워지니 드디어 뭔가 심상찮은 움직임이 벌어졌다. 숭문문 동쪽에서 등롱을 내걸었던 몇 개의 천막에서 돌연 동시에 불이 붙었다. 폭죽을 저장해 두었던 천막에도 불이 붙은 것 같았다.

불꽃이 무섭게 하늘로 치솟고, 놀란 사람들의 그림자가 언뜻언뜻 불빛에 스쳤다. 아계가 망원경을 들어보니 아비규환의 현장이 따로 없는 가운데 불을 끄는 이들도 있고, 패싸움을 하는 무리들도 있었다. 망원경의 각도를 조절해가며 유심히 살피고 있을 때 태감 하나가 쇳소리를 질러댔다.

"불이야, 불! 불!"

그 소리에 홱 돌아선 아계가 두 눈을 치켜 뜨고 무섭게 노려보며 위협적으로 을러댔다.

"주둥이 닥치지 못해? 천리안으로도 아직 잘 안 보이는데, 네놈의 눈은 올빼미 눈깔이냐? 대가(大駕)를 경동(驚動)시켰다간 곤장에 맞아 뒈질 줄 알아!"

아계의 서슬에 혼비백산한 태감은 연신 자신의 따귀를 때리며 용서를 구했다.

"이놈의 죄를 용서해주십시오, 중당 어른. 이놈이 뭘 몰라서 그만……."

"꺼져!"

아계가 벼락처럼 고함을 질렀다. 태감을 쫓아내면서 보니 벌써 무슨 영문인지 몰라 어리둥절한 관원들이 더러 나와 있었다. 아계는 무섭게 일그러진 얼굴로 관원들을 쓸어보았다. 아계는 비록 나이는 그리 많지 않지만 수년간 출장입상(出將入相)하면서 군정과 민정을 두루 살펴온 공신인지라 그 신망이 푸헝에 버금가는 인물이었다. 그의 서슬 같은 눈빛에 관원들은 마치 큰 잘못이라도 저지른 아이처럼 어색하고 난감하고 아부 어린 웃음을 지으며 비실비실 물러갔다.

다시 망원경을 들고 보니 불길은 거의 잡혀가고 있었다. 정양문쪽의 십 수만의 인파들은 멀리 숭문문에서 일어난 화재를 전혀 감지하지 못하고 있었으니 그나마 다행이었다. 망원경을 얼마나 들고 있었는지 아픈 팔을 툭 떨구며 아계는 길게 안도의 한숨을 토해냈다.

아무리 기다려도 이시요가 나타나지 않자 그는 사람을 파견하여 알아보게 하고는 성 아래로 순찰을 돌기 위해 건륭에게 허락을 받고자 전루 안으로 들어가려 했다. 이때 마침 건륭이 밖으로 걸어나오며 물었다.

"어디서 화재가 났었다며?"

"예."

아계가 공손히 대답했다. 기윤과 우민중, 그리고 태감과 시위들이 건륭을 에워싸고 있었다. 그는 조심스레 웃음을 지어 보이며 아뢰었다.

"동편문 서남쪽으로 어느 폭죽가게에 불이 났었나 보옵니다. 다행히 이시요와 곽지강이 제때에 진회작업을 한 덕에 큰 혼란은 없었사옵니다. 보십시오, 바로 저쪽이옵니다. 워낙 저긴 사람이 많지 않아 잠깐 혼잡을 빚었을 뿐이오니 염려하지 않으셔도 되겠사옵니다."

이같이 말하며 아계는 망원경을 받쳐 올렸다. 그러자 건륭이 웃으며 말했다.

"자네 보고를 들었으면 됐네. 참으로 다행이네. 사고가 나려고 했더라면 대형참사가 빚어졌을 텐데. 천막들이 다닥다닥 붙어있는데 제때에 불길을 잡았으니 망정이지 아니면 등해(燈海)가 화해(火海)로 변하는 건 순식간이지."

기윤이 나섰다.

"방금 전에도 몇몇 천막에서 불꽃이 보였사오나 곧 진화가 되었사옵니다. 신이 부처님께 아뢰긴 했사오나 이런 일은 해마다 등절이면 흔히 있는 일이옵니다."

그러나 우민중의 말은 퉁명스러웠다.

"해마다는 순천부에서 나왔으니 그랬다 치고 올해는 조정에서 직접 진두지휘를 했는데도 이 모양이니 원! 모두가 다 준비가 철저하지 못한 탓이지."

그 말에 아계는 히죽 웃기만 할뿐 참견하지는 않았다. 기윤이 몇 번이고 서찰에서 우민중의 '지나친 엄숙(嚴肅)과 과도한 명찰(明察)'을 꼬집었었다. 그 말뜻은 요약하면 곧 '가혹박정(苛酷薄情)' 네 글자였다. 이제 귀경한 지 며칠밖에 안 됐으나 아계는 벌써 앞으로 함께 얼굴 맞대고 있을 날들이 걱정스러웠다. 이시요는 밑에서 치안을 유지하느라 나름대로 사력을 다하고 있을 텐데, 그는 말로라도 힘을 주진 못할망정 강 건너 불 보듯 하는 우민중을 보며 기분이 썩 좋진 않았다. 그렇다고 옳네 그르네 하며 입씨름을 벌일 때도 아니었으니 참는 수밖에 없었다.

이때 다시 경양종 소리가 울렸다. 아계가 잠시 굳어졌던 얼굴에 웃음을 띠우며 아뢰었다.

"태후부처님과 황후마마 그리고 여러 귀비마마들을 밖으로 모셔야겠사옵니다. 또 한바탕 장관이 펼쳐질 모양이옵니다!"

그 말이 떨어지기 바쁘게 위가씨와 금가씨가 태후를 부축하여 조심스레 밖으로 나오고 있었다. 뒤에는 황후 나라씨의 모습도 보였다. 성루에서는 대기하고 있던 창음각 공봉(供奉)들이 경쾌한 곡을 연주했다. 힘차고 호쾌한 〈경승평(慶昇平)〉 가락이 울려 퍼지자 성 아래에선 사면팔방으로 콩 볶는 듯한 폭죽소리가 울려 퍼지며 하늘은 또다시 본색을 잃고 불꽃들의 각축장이 되고 말았다. 폭죽공장을 그대로 들어다 폭파시키는 것 같은 느낌이었다. 처음에 잠깐 들리던 고악 소리는 이내 묻히고 말았다.

동편문, 서편문, 광안문, 광거문, 좌안문, 우안문, 영정문 모두 일제히 신호를 받았는지라 경사(京師)의 곳곳은 그야말로 들끓는 인해(人海)와 화려한 등해(燈海) 그리고 화해(花海)의 천지였다. 만자천홍(萬紫千紅)이 꽃핀 밤하늘에는 국화, 매화, 모란, 해바라기…… 등등 수많은 꽃 모양의 불꽃이 겹치고 퍼지고 사라지고 다시 피어오르며 모처럼 빈부귀천(貧富貴賤)이 따로 없고, 사농공상(士農工商) 구별이 없는 만민의 평등을 장식했다.

……드디어 자시를 알리는 경양종도 울렸고, 등불놀이도 화려한 대미를 장식하고 있었다. 우민중은 당직이라며 군기처로 돌아가고, 아계와 기윤은 대가(大駕)를 천안문으로 배웅한 뒤에야 비로소 크게 안도의 한숨을 내쉬었다. 이마의 흥건한 땀을 훔치며 그는 기윤에게 말했다.

"드디어 대사가 무사히 끝나가는구만. 기윤 공도 그만 돌아가서 쉬시오. 이시요와 곽지강이 차사를 마치고 돌아온 것 같던데, 자초지종을 들어봐야겠소."

그러자 기윤이 말했다.

"그럼 수고하시오. 나도 편지 몇 통 보낼 데가 있소. 급한 건 아니지만 오늘 지의를 받았으니 오늘 써두는 게 좋겠지."

말을 마친 기윤은 곧 자리를 떴다. 아계는 내일 어떻게 건륭에게 이를 아뢸 것인지 잠시 생각에 잠겼다. 회오리바람이 불어와 눈꽃이 목덜미로 날아들었다. 그제야 밖을 내다보니 눈발은 점점 굵어지고 있었고 자신을 수행해 온 수십 명의 막료와 친병들이 눈을 하얗게 뒤집어 쓴 채 밖에 서 있는 게 보였다.

인파가 썰물처럼 빠져나가는 정양문을 굽어보고 있노라니 멀리서 몇 개의 등롱이 가까이 다가오고 있었다. 순천부의 아역들과 이시요, 곽지강이었다. 저마다 기진맥진한 몸을 무겁게 끌고 터벅터벅 걸어오고 있었다.

아계는 그 자리에서 움직이지 않았다. 그들이 가까이 오길 기다렸다가 그가 물었다.

"어찌됐나?"

"무리들은 모두 열 한 명이었습니다."

이시요가 손을 비비며 말을 이었다.

"그 중 일곱 놈을 붙잡았습니다. 나머지 넷은 몇몇 청방이 아역들을 데리고 추격하고 있습니다. 압수한 조총 세 자루에는 탄알이 빼곡이 장전되어 있었습니다."

"자백은 받아냈고?"

"아직 뻗대고 있습니다."

곽지강이 덧붙였다.

"고시문에는 총을 소지하고 입성(入城)해서는 아니 된다는 조항이 없었지 않았느냐, 조총을 공중에 발사하여 분위기를 고조시킬 생각에 반입했으나 실수로 총알이 그리로 날아갔다 뭐 이런 식으로 발뺌을 하고 있습니다. 하지만 과히 염려하지는 마십시오. 이런 경우엔 심문하여 자백을 받아내기가 그리 어렵진 않습니다. 나머지 넷도 몽땅 잡아들일 수 있고요. 저것들도 오래 버티진 못할 겁니다! 등뼈 부러지도록 곤장을 먹이면 술술 불어버릴 작자들인 걸요!"

꼭 다문 입에 힘을 주어 듣고 난 아계가 머리를 끄덕였다.

"그럼 이 일은 자네 순천부에 맡겨보겠소. 밤새도록 심문을 다그쳐 반드시 주동자를 추궁해내야 하오."

아계가 덧붙여 물었다.

"우리는 사상자가 없었나? 불길이 제법 거센 것 같던데?"

이에 이시요가 대답했다.

"다행히 두어 명이 몸싸움 도중 약간의 타박상을 입은 것 외에 큰 사고는 없었습니다."

"아무튼 중형(重刑)을 가해서라도 반드시 자백을 받아내야 하오."

아계는 단호하게 분부했다.

"이번 사건을 주동한 원흉이 누군지 밝혀내야겠고, 교비(敎匪)들의 장난인지 아니면 배후에 다른 세력이 있었는지, 경사(京師) 한 곳에서만 시도한 건지 아니면 전국에서 동시다발적으로 거사했는지 여부를 자백 받아야 하오. 특히 이 자들이 군부대와 경사의 여러 아문들과 흑막이 있었는지 여부를 밝혀내는 데 역점을 두어야겠소. 난 순천부로 가지 않고 형부에서 기다리고 있을 테니, 취조가 이뤄지는 동안 시시각각 진척상황을 보고 올리도록 하세요."

두 사람을 힐끗 바라보며 그는 덧붙였다.

"수고 많이 해줘야겠소. 이런 일은 절대 시간을 끌거나 방심해선 아니 되오. 난 이 자들이 북경(北京) 한 곳에서만 거사를 시도한 게 아닌 것 같아 걱정스럽소. 남경(南京)에서도 비적들의 수상한 움직임이 있다는 보고가 올라왔고, 산동(山東)에서도 지금 시끌시끌한 것이 모두 따로따로 떼어놓고 볼 수 없는 사안이라는 얘기요."

그러자 이시요가 말했다.

"방금 말씀하신 부분은 중당께서 내일 폐하께 소상히 아뢰시는 게 바람직할 것 같습니다."

아계가 가타부타 말이 없자 이시요는 덧붙였다.

"그 자들이 성루를 향해 총질을 할 때 성루엔 수백 명의 문무관원들이 있었습니다. 이 사실을 중당 혼자만 알고 있는 게 아니라는 얘깁니다……. 군기처도 하나로 뭉치던 예전과는 달라 따로 노는 경향이 있습니다. 중당께서 먼저 아뢰시는 것이 폐하께서 판단에 혼선을 빚지 않으실 수가 있다고 생각합니다."

잠자코 이시요의 말을 듣고 있던 아계의 머리에 '우민중'이라는 이름 석자가 빠르게 스쳤다. 사건이 어느 정도 진척이 되길 기다려 보고 올리려고 생각했던 아계는 순간 자신의 생각을 뒤집어엎었다.

"훈수를 해줘서 고맙소. 안 그래도 내일 아뢰려던 참이었소. 군기처에 대해선 자네가 좀 잘못 알고 있는 것 같소. 장정옥, 나친에서 푸헝까지 군기처는 처음부터 여러 군기대신들마다 자신만의 색깔이 뚜렷한 곳이었소. 근래에 와서 변한 건 아니라는 얘기지. 내일 아침 진시(辰時)에 난 패찰을 건네고 뵙기를 청할 거요. 서화문 입구에서 그대들의 답을 기다리겠소."

방금 전에는 '형부'에서 기다릴 거라고 하더니 다시 '서화문'이라고 하니 곽지강은 종잡을 수가 없어 멍한 표정을 지었다. 이시요가 옆에서 몰래 그의 옷자락을 잡아당겼다.

건륭과 황태후, 위가씨는 모두 옹염(顒琰)을 걱정하고 있었다. 그러나 옹염은 그 누구도 생각할 여유가 없었다. 왕이열(王爾烈), 원숭이, 그리고 칼국수집 노씨(魯氏)의 딸인 혜아(慧兒)와 함께 연주부(兗州府)에 흠차행영(欽差行營)을 만들어 놓고는 즉각 미행(微行)하여 평읍현(平邑縣)으로 실사를 떠났다. 연주부에서 평읍현까지는 육로로 2백 40리 길이었다. 그들은 노새를 타고 가기로 했다.

옹염과 왕이열은 조장(棗莊, 지명)으로 석탄을 사러 가는 행상으로 위장했다. 처음에는 그런 대로 무난했으나 사하(泗河)를 지나 평읍현 경내에 들어서자 분위기는 벌써 크게 달라져 있었다. 관도(官道)에는 혼자서 길을 가는 행인은 찾아볼 수가 없었고,

가끔씩 적게는 열댓 명, 많게는 백여 명씩 무리를 지어 다니는 사람들만 볼 수 있었다.

가정(家丁)과 종복(從僕)들은 모두 바지 아랫단을 질끈 동이고 칼이나 몽둥이, 조총 따위를 소지한 채 마차를 호위해가고 있었다. 저마다 눈썹을 치켜올리고 황소 같은 눈을 부릅뜬 인상들이 험악해 보였다. 가끔씩 길을 물어도 마치 범접하는 비적들을 대하듯 흰자위를 무섭게 번득거리며 경계를 하는가 하면 흉기를 빼어들고 거들먹거리며 과잉반응을 보이곤 했다.

산골짜기와 강가에 드문드문 보이는 촌락은 사람이 모두 죽어나간 듯 황량하고 쓸쓸했다. 마을 골목에도 나와서 뛰어 노는 아이들을 찾아볼 수가 없었고, 집집마다 대문을 꼭꼭 무겁게 닫아 걸어놓고 있었다. 가끔씩 들려오는 개 짖는 소리도 몇 번 컹컹대다 마는 것이 대단히 짓눌려 있는 것 같았다.

마을 우물가에서 만난 몇몇 노인들에게 물으니 그들도 우물쭈물 대답을 회피하기가 일쑤였다. 고작 현아문이 '아수라장'이 되어버렸고 "현령이 대들보에 목을 매 죽었고, 그 가솔들도 전부 죽었다"는 흉흉한 소식뿐이었다. 어떤 노인은 "귀몽정(龜蒙頂)의 공채주(龔寨主, 공씨 성을 가진 산채 주인)가 이미 현성(縣城)을 점령했다"고도 했고 "조정에서 이미 복강안(福康安)이라는 대장군을 파견했으니 평읍현은 조만간 사람 그림자 하나 볼 수 없고 개와 돼지들도 전부 죽어나가는 사태가 발생할 것"이라는 어처구니없는 소리도 들렸다……. 한마디로 평읍현은 큰 변을 당할 것이라는 요언이 난무했다.

사실 여부를 떠나 평읍현의 현실에 대해 왕이열은 물론 원숭이와 혜아도 흉흉하기 이를 데 없을 거라는 생각이 들었다. 길흉을 점칠 수 없는 앞날에 대한 두려움이 왕이열로 하여금 평읍현 성이 가까워질수록 마음이 천근 만근 무겁고 불안에 떨게 했다. 노새도 지쳤는지 터벅터벅 무거운 발걸음을 떼어놓았다.

이윽고 눈앞에 자그마한 마을이 나타났다. 원숭이가 해를 보아 시간을 짐작해보니 오후 두 시쯤 된 것 같았다. 그는 노새의 고삐를 잡아당겼다.

"십오마마! 왕 사부님! 더 이상 앞으로 나갈 수는 없을 것 같습니다."

세 사람도 동시에 고삐를 잡아당겼다. 사실 한 시간 동안 이들은 아무런 말도 하지 않은 채 묵묵히 길만 재촉해왔던 것이다. 원숭이의 말에 모두들 놀란 기색이 역력했다.

옹염은 볼의 근육을 움찔거렸다. 여전히 아무런 말도 없이 그는 원숭이를 뚫어지게 바라보았다. 안색이 조금 창백해 보이는 원숭이가 동쪽을 가리켰다.

"저기 보이는 동네는 일명 악호촌(惡虎村)이라는 곳입니다."

이름 석자에 모골이 송연하여 셋은 모두 등골이 오싹해졌다. 그의 손길을 따라가 보니 과연 깎아지른 듯한 두 개의 산이 대치하고 있는 그곳은 마치 석문(石門)이 하늘로 통해 있는 것처럼 천애절벽(天涯絶壁)이었다. 양의 창자처럼 좁고 아찔한 길옆에는 시커멓고 우중충한 고목(古木)이 마을 하나를 옆구리에 달고 있었다.

마을 입구에 호랑이 무늬를 방불케 하는 얼룩덜룩한 바위가 있었고, 주먹만한 글씨가 뚜렷하여 한눈에 안겨왔다.

惡虎石

오싹 소름이 끼치는 데다가 글씨도 굶주린 호랑이의 쩍 벌어진 뻘건 입을 보는 것 같아 징그러웠다. 먼발치이긴 했지만 누가 썼는지 낙관은 보이지 않았다. 아무래도 악호촌이라는 이름은 이 돌에서 유래된 것 같았다.

"산세가 얼마나 가파른가 한번 보십시오."

원숭이가 옹염의 곁에 바싹 붙으며 두려움 섞인 어조로 말을 이었다.

"여기서 동쪽으로 40리만 더 가면 평읍입니다. 남으로 가면 성수욕(聖水峪)이라는 곳이고, 동남쪽에는 포독고(抱犢高)가 있습니다. 동북방향으로 60리는 바로 귀몽정(龜蒙頂)이고요. 어느 방향을 택해도 갈수록 길은 좁고 천험(天險)을 방불케 하는 산세가 가로막고 있을 것입니다. 어떤 곳은 전부 단애절벽(斷崖絶壁)이라서 평소에도 혈혈단신으론 감히 이 길을 택하는 사람이 없습니다. 이 지역의 촌락엔 반 이상이 비적들이고, 산채의 두목들과 내통하고 있어서 집집마다 엽총과 조총을 소지하고 있다고 합니다. 외부로부터 자기네들을 보호하기 위한 수단이기도 하지만 저들이 상대를 공격하기도 한답니다. 오죽하면 이런 말까지 있겠습니까? '악호촌을 지날 때는 절대 혼자서 가지 마라. 낮엔 야수가 길 복판에 누워있고, 밤엔 비적들이 출몰한다!' 전 분골쇄신이 되어도 먼지처럼 훌훌 날려버리면 그만이지만 황자마마와 사부님은 얼마나 존귀하신 분들인데, 제가 어찌 감히 두 분으로 하여금 이런 위험을 감내하게 하겠습니까?"

험악한 산세를 올려다 보던 옹염의 눈썹이 빠르게 엉켰다 풀어졌다. 오던 길을 돌아보니 평탄한 관도엔 인적 하나 없었다. 한참 침묵하고 있던 옹염이 단호하게 내뱉었다.

"무슨 일이 있어도 난 반드시 평읍으로 갈 거요! 여러분들은 무서우면 혜아를 데리고 다시 연주부로 돌아가세요. 난 오늘밤 이곳 읍내의 역관에서 자고 내일 아침 일찍 일어나 걸음을 재촉하면 낮에 평읍에 도착할 수 있을 거요."

그러자 혜아가 말했다.

"전 십오마마를 따라 갈래요! 오면서 피난길에 오른 부자들을 여럿 만났지만 누구에게서도 강도들을 만났었다는 얘기는 못 들었잖아요. 우린 겉보기에 뒤집어도 먼지밖에 없을 것 같은데, 누가 환한 대낮에 우릴 건드리겠어요."

그러자 원숭이가 혜아를 흘겨보았다.

"나도 십오마마를 따라가지 않겠다는 얘기는 안 했잖아. 내 말은 이런 위험한 곳에서는 조심을 하는 게 좋다 이거지! 말 그대로 여긴 '악호촌'이야, 악호촌! 우리 사부님은 왕년에 바로 이곳에서 비적들과 한판 목숨 건 사투를 벌였었어. 나도 공로를 세워 시위(侍衛)의 요패(腰牌)를 차보고 싶어, 이거 왜 이래!"

두 사람의 토닥거리는 소리에 심각한 표정으로 험한 산세에 둘러싸인 읍내를 둘러보던 왕이열이 무거운 입을 열었다.

"정신 사나워 죽겠네! 싸우지마, 내가 점괘를 본 다음에 결정하지."

그러자 혜아가 말했다.

"사부님께서는 점괘를 보실 줄도 아세요? 그런데, 무엇으로 점을 보세요?"

왕이열이 한가닥 미소를 머금었다.

"공문(孔門)에서 널리 사용되던 방법인데, 시초(蓍草)라는 게 있어."

왕이열이 품속에서 자그마한 유포(油布) 꾸러미를 꺼냈다. 안에는 가지런하게 잘라 끈으로 묶어놓은 시초가 들어있었다. 모두 64개였다.

땅바닥에 유포를 펴놓고 잠시 생각하던 끝에 그는 시초를 전부 손바닥 위에 올려놓았다. 그리고는 위로 훌쩍 던졌다. 사방으로 흩어진 시초의 모양을 한참 들여다보던 옹염은 전에 기윤에게서 잠깐 배웠던 것이 떠올라 괘를 가리키며 말했다.

"이거 혹시 '무망괘(无妄卦)' 아니에요?"

"맞습니다, 십오마마! 정확하게는 〈무망(无妄)·수(隨)〉 괘입니다."

왕이열이 숨을 길게 들이마시며 덧붙였다.

"앞으로 가도 신변엔 큰 위험이 없을 것 같습니다. 유경무험(有驚無險)한 괘상(卦相)입니다. 조심하고 근신하면 무난할 테지만 망동하면 재앙이 따를 거라는 식으로도 풀이할 수 있습니다."

〈역경(易經)〉에 따른 해석이라면 민간의 갖가지 귀신놀음과 작법이 다르다고 생각한 옹염은 믿지 않을 수가 없었다. 그는 자신의 결단을 기다리는 왕이열과 원숭이를 향해 말했다.

"난 어떤 경우라도 대의명분이 있는 한 내가 '망동(妄動)'한다고는 생각하지 않는 사람입니다. 모든 책임은 내게 있으니 일단 평읍으로 출발합시다!"

사실 옹염이 이같이 자신만만한 데는 평읍성 밖에 주둔하고 있는 2천 군사를 염두에 두었던 것이다. 설령 비적들을 소탕하는 데는 역부족이라 할지라도 적어도 피해는 입지 않을 거라는 확신이 들었던 것이다. 평읍을 소탕하는 데는 복강안이 선두에 나설 것이었으므로 자신은 옆에서 적당히 '거들어' 주기만 해도 공로의 절반은 챙길 수 있다는 계산이 앞섰던 것이다. 복강안이 올리는 첩보에 이름만 걸어놓으면 '십오황자'는 삽시간에 여러 황자들 중에서 군계일학(群鷄一鶴)의 현혁(顯赫)함을 자랑할 수 있을 것이니, 그 어떤 위험을 감수하고라도 어떻게든 평읍으로 가는 것이 옳았다! 애초에 '연주부'를 고집한 것도 '평읍'을 염두에 둔 것이었다. 그러므로 여기까지 와서 평읍행을 포기할 수가 없었던 것이다. 이런 속내를 그 누구에게도 비출 수 없었던 그는 스스로 공명정대하다고 생각되는 부분만 골라 말했다.

"평읍에서 그 난리를 겪는데, 내가 지척의 연주부에 있으면서 코빼기도 내밀지 않으면 폐하께서 날 가만히 놔두시겠습니까? 그때 가선 훈책을 당해도 대답할 건더기조차 없겠죠. 2천 명의 대폭동이 아니라 어느 현에 자그마한 소동이 일어났다고 해도 밤잠을 설치시는 폐하이십니다. 지금 이 순간에도 얼마나 노심초사하고 계실지 모릅니다. 반드시 폐하의 성려(聖慮)를 덜어드려야 합니다!"

얼핏 듣기엔 정정당당하고 대의를 위한 커다란 명분이 뒷받침되어 있는 것 같았다. 그러나 왕이열은 벌써 그 이면을 어렴풋이 들여다보고 있었다. 그러나 그는 내색하지는 않았다.

"뜻이 가상하시고 폐하와 종묘사직을 위한 충정이 돋보이옵니다, 십오마마! 그리 결심을 굳히셨다면 마마의 뜻대로 오늘밤은 이곳 악호촌에 머물렀다가 내일 평읍으로 출발하도록 합시다!"

그러자 혜아가 말했다.

"내일 평읍에 들어갈 땐 흠차의 깃발을 꺼내들고 친병들의 호위를 받으며 안전하게 목적지에 도착하는 게 낫지 않을까요?"

이에 옹염이 빙그레 웃으며 말했다.

"난 이참에 원숭이에게 공을 세울 기회를 마련해 줄까 하네. 이번에 공로를 세우면 기적(旗籍)에 들여 시위 자리라도 하나 만들어줘야 할 텐데……."

그 말에 정신이 번쩍 든 원숭이가 두 눈을 반짝이며 힘차게 말했다.

"지켜봐 주십시오. 제가 필히 마마의 기대에 부응하여 공을 세우도록 노력할 것입니다!"

"뜻이 이뤄지길 바라겠네."

옹염이 웃으며 노새에 올라 채찍을 날렸다. 서둘러 뒤따라가며 왕이열이 말했다.

"평읍이 난리의 소용돌이에 빠지면 조정도 어수선해 질뿐 아니라 비적들 내부에서도 혼란을 겪게 될 것입니다. 지금까지 그 자들은 재물을 약탈하면 했지 사람을 납치하는 일은 없었을 것입니다. 하오니 원숭이는 부득이한 경우가 아니고선 절대 살인을 해서는 아니 되겠습니다. 비적들을 만나면 원하는 대로 다 줘버리고 불필요한 마찰을 피해 가는 것이 현명할 것 같습니다……."

옹염이 흔쾌히 동의를 했다.

"지당하신 말씀입니다. 물건이 목숨보다 더 중요하진 않을 테니, 원하는 건 두말없이 내주는 게 신상에 이로울 테죠."

말은 그렇게 하면서도 길흉을 점칠 수 없는 앞길이 무거워 그는 한숨을 내쉬었다. 왕이열이 혜아에게 말했다.

"좀더 가선 십오마마의 흠차관방(欽差關防)을 너의 신발 안쪽에 기워 넣거라. 인장(印章)은 네가 갖고 있고, 나머지 노란색 물건들은 전부 소각하도록 하거라. 명심해, 네 한 목숨을 던지는 한이 있더라도 십오마마의 신변을 보호해드려야 하니 인장(印章)은 반드시 사수해야 한다."

그러자 혜아가 대답했다.

"저도 얼굴에 숯검정을 칠할까요? 아니면 남장을 할까요? 그렇
게 말씀하시니 괜히 무서워지네요!"

왕이열은 아무런 대꾸도 하지 않았다. 일행은 말없이 길을 재촉
해 순식간에 악호촌으로 들어섰다.

마을에 들어서기 전에는 생사의 갈림길에 내몰린 것처럼 두렵
고 공포에 질려 있었으나 막상 마을에 들어오고 보니 마음은 한결
가벼워졌다. 겉보기엔 악호석(惡虎石)이 마을 어귀에 떡하니 버
티고 있어서 흉흉해 보였어도 마을 한가운데로 들어서니 물이 맑
고 아늑한 곳이었다. 외지 사람들은 이곳을 읍내라고 불렀으나
실은 2백호도 되나마나한 마을이었다.

배산임수의 마을은 고즈넉했다. 오는 길에 보았던 다른 마을과
다른 점은 말 몇 마디 붙이기 무섭게 낯빛이 변하고 전염병 환자를
피하듯 도망가던 사람들이 이곳에선 그런 모습이 아니었다. 마을
길을 따라 들어가다 보니 양옆에 자기(瓷器)며 비단, 객잔(客棧)
이며 음식점들이 한창 영업 중이었다. 길에는 행인들이 많진 않았
으나 비단을 두른 팔자걸음 신사에서부터 석탄을 나르는 인부들,
수레에 코흘리개들을 싣고 가는 노인네, 연초며 엿, 사탕 등 여러
가지 먹거리를 파는 아낙에 이르기까지 여러 모습의 사람들을 볼
수 있었다.

멀리 북쪽 비탈에서는 방목을 하는 목동의 한가로운 피리소리
가 들려왔고, 냇가의 빨래터엔 삼삼오오 모여 앉은 아낙네들의
흐드러진 웃음소리가 간간이 들려왔다. 어딜 보나 '난리'가 난 현
성과 40리밖에 떨어져 있지 않은 동네라고는 보기 힘들었다. 네

사람은 적이 놀라며 어디 하룻밤 쉬어 갈만한 곳이 없을까 두리번거리며 살폈다.

서쪽에서 동쪽으로 마을을 한바퀴 돌았으나 묻는 객잔마다 빈방이 없다고들 했다. 이러다 밖에서 노숙하는 건 아닌가 낙심해 있던 일행은 겨우 마을 끝자락에서 가게 하나를 찾았다. 마당에 석탄수레가 어지럽게 세워져 있는 걸 보니 오가는 인부들이 머물러 가는 곳인 것 같았다.

방은 컸으나 모두 통해 있었다. 가운데 갈대로 엮은 거적에 흙을 발라 '벽'이라고 세운 것이 위태로워 보였다. 보통의 객잔 구조와는 달리 앞마당에는 식당도 없었다. 대충 허기를 달래려면 객잔에서 먹는 대로 얻어먹을 수 있다고는 하나 고기 한점이라도 먹으려면 거리로 나가야 할 것 같았다.

사환이 일행 넷을 북쪽 큰방으로 안내해 주었다. 연기에 그을려 시커먼 벽이며 너덜너덜 떨어져 볼썽사나운 창호지, 대들보며 벽 모퉁이 사방에 너덜너덜한 거미줄, 침대랍시고 대충 주워다 놓은 목판…… 옹염의 미간이 절로 찌푸려졌다. 내치지 않아 하는 옹염을 보며 사환이 비시시 웃으며 말했다.

"이런 방도 없어서 야단들입니다. 여기도 성동(城東) 잡화점의 도(塗) 어른께서 미리 예약해 두었다가 못 오는 바람에 남은 겁니다. 며칠 묵어 가실 거면 방은 내일 저희들이 손 좀 봐드리겠습니다. 마음만 먹으면 신방(新房) 만드는 것은 일도 아니죠! 음식은 주문만 하시면 저희들이 단골집으로 가서 맛있게 해 올릴 수 있고요……."

"우린 하룻밤만 묵어갈 거요."

원숭이가 방 구석구석을 두리번거리며 유사시 뛰쳐나갈 수 있는 출로를 유심히 살폈다. 그리고는 사환에게 말했다.

"먼저 얼굴이나 씻게 더운물이나 가져오고, 밤에는 추울 테니까 화롯불도 들여보내 주게. 빗자루를 주면 방바닥은 우리끼리 쓸 거요. 기분 내키면 내일 나갈 때 방값을 배로 지불하는 수가 있으니 알아서 하게!"

이때 옆방에서 술에 취한 사내들이 차마 입에 담지 못할 말로 '어젯밤 그년'을 운운하는 소리에 원숭이가 물었다.

"옆방에 든 이들은 뭘 하는 사람들이오?"

이에 사환이 목소리를 한껏 낮춰 대답했다.

"현성(縣城)에서 내려온 군인들입니다. 모르고 계셨나 보죠? 외지에서 굴러온 왕염(王炎)이라는 자가 현아문을 들이부수고 귀몽정의 공 채주(龔寨主)와 한통속이 되어 평읍현을 아수라장으로 만들어 버렸다는 거 아닙니까! 조정에서 관군을 풀었어도 역부족인가 봐요. 비적들이 다른 곳으로 잠입하는 걸 방지하기 위해 관군은 성(省)에 인력지원을 요청했고, 각 길목에 초소를 세우고 병사들을 풀었다고 합니다. 우리 마을에도 이십여 명이 파견되어 왔는데, 지금 저희 객잔에 머물러 있어요. 좋은 방은 현성의 재주(財主)들이 차지했다고 군인들이 잔뜩 부어 있으니 가능한 한 저들의 심기를 건드리지 않는 게 좋을 거예요!"

사환이 물러갔다. 옆방에서는 과부를 범하고 비구니를 데리고 잔 과거의 '무용담'이 한창이었다. 한참 들으니 구역질이 나서 더는 참을 수가 없었다. 옹염과 왕이열은 물론 혜아도 얼굴이 빨개지고 말았다. 사환의 말만 아니었어도 적당히 제지하려 들었겠지만 옹염은 '긁어 부스럼' 만드는 것이 두려운지라 두 손으로 귀를 틀어막는 수밖에 없었다. 왕이열이 한탄을 했다.

"저런 무식하고 상스러운 자들에게 해마다 수백만 냥의 군비(軍費)가 소모되다니."

그러자 원숭이가 어쩔 수 없다는 듯 말을 받았다.

"참는 수밖에요. 이런 곳에서 만나는 군인들이 점잖고 유식하길 바라겠습니까?"

그사이 사환이 낑낑대며 화롯불을 들여왔다. 옆구리에는 빗자루가 끼워져 있었다. 사환을 기들어주며 원숭이가 물었다.

"오면서 본 다른 마을들보다 조용하다 싶었는데, 주둔군들이 있어서 그런가 보지?"

"저것들요?"

사환이 옆방을 쏠어보며 목소리를 낮췄다.

"비적들이 쳐들어오면 제일 먼저 도망갈 자들이에요! 우리 마을이 30년 동안 비적들로부터 무사했던 건 좋은 이름 덕분이지요!"

……네 사람은 생각 같아선 일찌감치 자리를 펴고 눕고 싶었다. 하지만 옆방에서 너무 시끄럽게 소란을 피우는 바람에 피해서 밖으로 나오는 수밖에 없었다. 마을 골목골목을 누비며 경치를 구경하기도 하고, 사람이 없는 곳에선 복강안이 어디쯤 왔을까 하고 의논을 하기도 했다. 촌부들을 만나면 몇 마디 주고받아 가며 날이 완전히 어두워질 때까지 넷은 방황 아닌 방황을 해야만 했다. 돌아와 보니 다행히 옆방은 코고는 소리가 요란할 뿐 더 이상의 음담패설은 들리지 않았다.

곤히 잠에 곯아 떨어졌던 네 사람은 그러나 한밤중의 소란에 놀라 깨고 말았다. 밖에선 말다툼과 욕설, 그리고 여인네의 울음소리가 섞여 대단히 소란스러웠다. 깊은 잠을 떨치지 못해 일어나

앉아서도 흔들흔들 그네 타듯 머리를 흔들고 있던 넷은 그러나 찰싹! 따귀 때리는 소리와 함께 뭔가 쿵 넘어가는 소리에 화들짝 놀라 침대에서 퉁기듯 일어나고 말았다. 원숭이는 벌써 침대 밑으로 들어가 바깥 동정을 엿들었다. 소란의 진원지는 역시 옆방인 것 같았다.

여인들의 울음소리가 멎고 잠시 침묵이 흘렀다. 이어 거친 목소리가 벼락같이 터져 나왔다.

"내가 무슨 이유로 사람을 붙잡아 가느냐고? 너희들은 집단 도박을 했고, 기생을 끌어들여 음탕한 짓거리를 했어!"

"이보세요, 군인 어른……."

잠시 후 남자의 떨리는 목소리가 들려왔다.

"그 아이들은 기생이 아니라 우리 일가입니다. 밤은 길고 심심하니까 식구들끼리 잠깐 작패놀이를 했을 뿐입니다. 그…… 그게 무슨…… 죄가 된다고 그러십니까? 여긴…… 내 마누라고, 얘는 여동생이고…… 소성(小星)이…… 매향(梅香)이…… 둘 다 하녀고요…… 외부인은 없습니다……."

남자의 설명이 이어지고 있을 때 다시 그 벼락같은 소리가 들려왔다.

"아하! 거지같은 놈이 계집 복은 예사롭지 않구만! 늙은 년이나 새파란 년이나 꽤 먹음직해 보이는데?"

그 말을 자르며 다른 누군가가 으름장을 놓았다.

"일가라고 했는데, 증인이 있어?"

"어르신, 저희들은 현에서 피난을 온 사람들입니다. 어디 가서 증인을 찾겠습니까……."

"대장, 이 자식의 말은 들을 필요가 없습니다! 한집식구라면 우리가 들어갔을 때 왜 침대 밑으로 숨어?"

"그건…… 그건…… 비적들이 쳐들어온 줄 알고…… 무서워서
그랬을 뿐입니다……."

그러자 사내가 으르렁대며 협박을 했다.

"네놈이랑 입씨름할 시간 없어! 계집들은 남겨 놓고 은자 스무
냥만 갖고 와! 그럼 네놈은 풀어줄 테니!"

28. 청평세계(淸平世界)

"어, 어, 어르신!"

'도박'을 하다 덜미를 잡힌 사내가 더듬거리며 애걸했다.

"그 정도 은자는 있습니다. 강도들에게 빼앗길까봐 전장(錢莊)에 맡겨두었습니다……. 내일 아침 날이 밝자마자 가서 가져오도록 하겠습니다……."

그러자 군인이 낄낄대며 말했다.

"안 될 거 없지! 돈은 내일 가져와도 되고 모레 가져와도 되지만 계집들은 남겨놓고 가라 이거지, 헤헤헤……. 먼저 돈부터 가지고 와서 찾아가!"

군인의 말에 무리들이 호응하며 외쳤다.

"역시 곽 대장이십니다! 계집들만 남겨둔다면 모레가 아니라 글피, 그글피라도 아쉬울 게 없지 않습니까, 하하하……."

옹염은 그제야 군인들이 죄없는 사람들에게 '도박'이라는 죄명을 덮어씌워 재물을 약탈하고 부녀자를 겁탈하려고 한다는 검은 속셈을 알아차리고는 비적들보다 열배는 더 나쁘다며 속으로 이를 갈았다. 산동 녹영병들의 군기가 이 정도로 썩어 있다는 것에 옹염은 충격을 금할 수 없었다. 옆방에서 부녀자들을 희롱하는 음담패설에 화가 치민 나머지 옹염은 손끝이 얼음장처럼 차가워졌다.

이찌할 도리가 없어 잠시 망설이고 있을 때 상인의 부인인 듯한 여인이 울음을 터뜨렸다. 세 여인도 따라서 훌쩍거렸다. 목놓아 울던 부인은 남정네를 원망했다.

"아이고, 빌어먹을 영감탱이가 마누라 말 안 듣더니 꼴 좋수! 그러게 내가 뭐라고 했어요. 현성(縣城) 언니네 집이 가난하니 은자 몇 냥 주고 거기 있으면 서로가 도움이 되고 좋지 않느냐고 했잖아요! 왕염에게 잡혀간들 이보다 더 비참할까? 비적들도…… 이 정도로 막무가내는 아니라고요. 마누라 말은 개 방귀 취급만 하더니 꼴좋네요……."

옹염 일행이 귀를 기울이고 들으니 사내가 입을 열었다. 더 이상은 애걸복걸하는 말투가 아니었다.

"어르신! 이렇게 만난 것도 인연이거늘 어찌 죄 없는 우릴 괴롭히는 겁니까? 나 교가서(喬家瑞)가 평읍에서는 별볼일 없는 사람이 아닙니다. 얼마 전에 죽은 현령 진영(陳英)은 우리 사촌형이고, 연주부(兗州府)의 류희요(劉希堯) 부대(府臺)는 나랑 의형제를 맺은 사이입니다. 관리인 친척이 아니었다면 우리 일가는 평읍을 뜨지 않았을 겁니다! 내가 말하는 둘 중 하나를 택하든가, 아니면 오늘밤 우리 일가족 다섯을 모두 죽여버리든가 둘 중 하나를 택하세요. 단, 죽일 거면 몽땅 죽여주세요, 후환을 남기지 말고!"

애걸복걸 손이 발이 되게 빌던 때와는 달리 죽음을 각오한 사내는 대단히 당당해 보였다. 그 변신에 놀란 듯 병사들이 잠시 조용했다.

편각의 침묵 끝에 곽아무개가 히죽 웃으며 입을 열었다.

"얼씨구, 제법인데? 지금 우릴 위협하는 건가? 죽은 사람 소원도 들어준다는데, 그래 둘 중 하나라니, 그게 뭔데? 말해봐!"

그러자 교가서가 말했다.

"하나는 내가 50냥짜리 차용증을 써줄 테니 우리를 풀어주시오. 그게 아니면 내가 인질로 남아 있을 테니 나머지 식솔들을 보내 내일 아침까지 은자를 가져오게 하는 거요. 역시 50냥이오. 두 가지 모두 여의치 않다면 방금 말했던 대로 당신들 마음대로 하시오!"

병사들끼리 의견을 주고받는 듯 잠시 수군거리는 소리가 들려왔다. 이어 곽아무개가 나섰다.

"그럼 백 냥 차용증 쓰고 가. 가서 정 억울하면 우릴 물어 버려. 분명히 말해두는데 그랬다간 너희 일가는 뼈도 못 추릴 줄 알아! 우린 이곳 치안을 유지하면서 위로금 한 푼 못 받았어. 그러니 네놈들에게 손을 대지 않으면 계집 생각날 때 벽에 대가리 박고, 술 생각날 때면 양잿물이나 퍼마시란 얘기야?"

그 소리도 아주 일리가 없진 않았다. 방 안에 있던 네 사람은 숨죽여 계속 듣고 있었다. 옆방에서 구겨진 종잇장 펴는 소리와 먹을 가는 소리가 잠시 들려왔다. 이어 교가서가 차용증을 쓰고 지장을 찍는 것 같았다. 그리고는 가솔들을 데리고 문을 박차고 나가 버렸다.

여인네들의 울음소리가 멀어져가자 그제야 넷은 안도하며 다시 자리에 누웠다. 이때 옆방에서 곽아무개의 말소리가 어렴풋이 들려왔다.

"다 거뒀어? 이제 얼마나 돼? 오씨, 계산해봤어?"

"거의 거뒀습니다. 교가서의 돈까지 합쳐서 4백 냥이 넘습니다."

오아무개란 자가 기분 좋은 목소리로 대답했다.

"하룻밤씩 묵어가는 자들, 이것들 같은 경우엔……"

오아무개가 아무래도 턱짓으로 옹염 일행이 머문 옆방을 가리키는 것 같았다.

"……받기가 좀 그렇잖아요. 대장께서 말씀하셨듯이 안 좋은 소문이 새어나가면 그것도 골치 아플 거 아니에요."

그 말이 끝나기도 전에 곽아무개가 씨부렁거렸다.

"됐어! 착한 일을 하려면 절에나 가서 처박혀! 내가 방금 알아봤는데 이 자들은 신분증도 없어. 은자 백 냥을 맡겨 놓았다는데 정확한 신분을 알기 전에 섣불리 손을 쓸 수는 없어!"

순간 네 사람은 거의 동시에 벌떡 일어나 앉고 말았다. 그럼 다음 목표는 우리란 말인가! 가슴이 졸아붙는 긴장을 느끼며 어둠 속에서 서로를 번갈아 보는 눈빛에 공포가 서려 있었다. 왕이열이 말했다.

"원숭이, 불 좀 켜봐!"

그러자 옆방에서 기다렸다는 듯이 곽아무개가 기괴한 웃음소리를 내며 비아냥거렸다.

"허! 나랑 한판 대결을 벌여보시겠다? 불을 켜면 누가 무서워할 줄 알고? 쳐들어 가!"

잠시 몽둥이와 칼을 집어드는 쇳소리가 들리는가 싶더니 어느새 옹염 일행이 머물고 있는 방의 문이 벌컥 열렸다. 네 사람이 침대에서 내려서기 바쁘게 군복을 입은 대여섯 명의 사내가 쳐들어왔다. 차가운 바깥바람에 기름등잔이 꺼져버리는가 싶더니 겨우 되살아났다.

옹염이 보니 앞장선 사내만 땅딸막할 뿐 나머지는 모두 황소 같았다. 저마다 푸줏간에서 쓰는 날이 넓은 칼에 손을 얹고 얼굴 가득 험상궂은 표정을 지은 채 옹염을 노려보고 있었다. 당황스러워진 옹염은 침대 모서리를 꼭 잡고 애써 마음을 다잡았다. 당장이라도 덮칠 듯이 위협하는 무리들을 보며 왕이열이 한 발 앞으로 나와 옹염을 막고 나섰다. 그리고는 따져 물었다.

"남이 자는 방에 쳐들어와서 뭘 어쩌겠다는 거요?"

"거동이 하도 수상해서 말이야!"

곽아무개가 표독스럽게 생긴 세모 눈을 굴리며 물었다.

"형씨들은 어디서 왔소?"

"북경!"

왕이열이 요녕(遼寧) 사투리가 섞인 어투로 단호하게 말했다.

"무슨 일로 어딜 가는 길이지?"

"석탄을 사오라는 내무부의 부탁을 받고 조장(棗莊)으로 가는 길이오."

"내무부? 북경에 그런데도 있단 말인가? 순천부는 들어봤어도 그런 아문은 처음이오!"

"내무부는 순천부보다는 크고 총독아문보다는 조금 작지. 폐하를 위한 차사(差事)만 전담하는 아문이거늘 아직 내무부가 있는지도 모르는 걸 보면 형씨도 별볼일 없는 사람이라고 치부해 버리지 않을 수가 없구만!"

곽아무개가 왕이열의 말에 잠시 말문이 막히는 가 싶더니 곧 히죽 웃으며 말했다.

"요즘은 서로 잘났노라고 턱을 치켜들고 다니니 말이야! 며칠 전에 만난 거지새끼는 겁 없이 복강안(福康安)의 종복이라고 하질 않나, 방금 그 자식은 연주부 류 부대(府臺)와 의형제를 맺었다고 하지를 않나! 좀 있으면 자기가 바로 건륭(乾隆)이라고 하는 자도 나올걸? 똥 같은 놈들이 눈깔만 높아 가지고!"

거친 욕설과 야유 어린 말투에 병사들이 낄낄대며 웃었다. 곽아무개가 얼굴을 무섭게 일그러뜨리며 다시 물었다.

"조장으로 간다면서 어째서 미산호(微山湖)로 가지 않고 이리로 온 거야? 지금 평읍이 난리북새통이란 걸 몰랐단 말이야?"

"몰랐소. 우리의 당관(堂官)이 평읍에 계셔서 미산호가 아닌 이 길을 택했을 뿐이오."

곽아무개가 입을 비죽 내밀어 옹염 등을 가리키며 물었다.

"저들은 뭐 하는 사람들인가?"

"이 분은 우리 도련님이신 석오(石伍) 어른이시고, 저 둘은 가인(家人), 난 마름이오."

왕이열이 덧붙였다.

"우리가 구입한 물건이 평읍에서 문제가 좀 생긴 모양이오. 빨리 와보라고 위에서 재촉이 성화같으니 내일 중으론 평읍에 도착해야 하는 입장이오!"

곽아무개가 코가 떨어져 나갈듯이 코웃음을 쳤다. 그리고는 장화를 신은 발을 의자에 턱 올려놓고 크게 놀라 자지러진 혜아와 옹염을 막고 나선 원숭이를 노려보더니 껄껄 소름끼치는 웃음을 터트렸다. 그리고는 말했다.

"이것들이 제법 놀게 생겼는데? 신분증 어디 있어? 까봐! 아무리 내무부 심부름을 나왔다고 해도 신분을 증명할 수 있는 인신(印信) 같은 건 있겠지?"

"신분증은 노자와 함께 사환에게 맡겼소. 갖고 있으면 강도들에게 약탈당할까봐."

왕이열이 눈썹을 치켜세웠다.

"안 그래도 난 신분증을 제시하려고 했소. 그러나 사환이 하룻밤 자고 갈 텐데 숙박계 같은 건 적을 필요가 없다고 했소. 못 믿겠으면 불러서 물어보면 되지 않소."

"내가 그리 한가한 줄 알아?"

곽아무개가 징글맞은 웃음을 거둬들였다. 그리고는 다짜고짜 혜아를 가리켰다.

"청평세계(淸平世界)의 낭랑건곤(朗朗乾坤)에서 어찌 남장(男裝)을 하고 다니는 거야? 얘들아, 이 자들이 아무래도 수상쩍지 않냐?"

"수상쩍고 말고요!"

병사들이 여전히 낄낄대며 큰소리로 외쳐댔다. 그러자 곽아무개가 손사래를 쳤다.

"우리 방으로 끌고 가! 행적이 수상쩍어 수사를 해봐야지 안 되겠어!"

병정들이 거칠게 옹염 일행의 등을 떠밀었다.

"잠깐!"

그 순간, 옹염이 거칠게 병정들의 손을 밀쳐내며 버럭 고함을 질렀다.

"그러는 당신네들은 뭐 하는 사람들이오? 나도 형씨들의 신분증을 확인해봐야겠소. 전량(錢糧)을 징수하는 건 지방관의 차사이거늘 녹영병들이 어찌 월권하여 경거망동할 수가 있단 말이오? 비적들보다도 못한 것들 같으니라고!"

곽아무개가 마치 난생 처음 보는 괴물을 구경하듯 옹염을 빙 둘러싸고 천천히 돌며 말했다.

"비적들보다 못하다? 그래 우린 비적들보다 더 치사하고 더러워! 이렇게라도 안 하면 누가 우릴 신경이나 써주는 줄 알아? 이 세상물정이란 ×도 모르는 새끼야."

곽아무개가 갈고리 같은 손을 쑥 내밀어 옹염의 멱살을 잡으려 했다. 원숭이는 더 이상 참을 수가 없었다. 그렇다고 가능한 한 살인을 하지 말라던 옹염의 명을 무시하고 죽여버릴 수는 없었으므로 왼손으로 곽아무개의 턱을 잡아 홱 비틀어 저만치 밀쳐내 버렸다.

"아이쿠!"

비명을 지르며 곽아무개는 미처 손 한 번 써보지도 못한 채 휘청거리며 먼발치에 나가떨어지고 말았다. 칸막이용으로 쳐놓은 거적에 넘어지니 거적이 떨어져 내리며 곽아무개는 자욱한 흙먼지 속에 갇혀버리고 말았다.

그 바람에 옆방에서도 한바탕 난리가 나고 말았다.

"도둑이야!"

"강도 잡아라!"

옆방에서 군인들이 문을 박차고 밖으로 뛰쳐나가며 고래고래 고함을 질러댔다. 그사이 다리를 절룩대며 겨우 거적 사이에서 빠져 나온 곽아무개는 흙먼지를 뒤집어써서 형체를 알아볼 수 없었다. 옹염 일행을 가리키며 그는 밖으로 뛰쳐나간 자들과 호응하여 악에 받쳐 고함을 질렀다.

"이것들이 비적이야! 얘들아 덮쳐, 이 자들을 생포하는 자에게는 후한 상을 내릴 것이다!"

순식간에 객잔 밖에서는 귀청을 찔 듯이 징소리가 울렸다.

"악호촌 사람들, 우리 동네에 비적이 출몰했소! 어서 나와 비적을 붙잡아 마을의 신(神)에게 제를 지냅시다."

삽시간에 거리에는 집집마다 낫이며 도끼, 곡괭이 등을 들고 뛰쳐나온 장정들이 저마다 "마을을 보호한다"는 명목 하에 무기를 휘둘러댔다. 그 바람에 분위기는 순식간에 살벌해졌다.

위기일발의 순간이었다. 원숭이는 온몸에 식은땀을 철철 흘리며 방책을 강구하느라 안절부절 못 하고 있었다. 그러나 옹염은 애써 진정하며 외쳤다.

"좋아, 올 테면 다 오라고 해! 우린 죄진 게 전혀 없으니 당당하기만 하다!"

혜아는 혼비백산하여 구석에 웅크리고 있었다. 밖에서는 이미 곽아무개의 무리들이 객잔을 빈틈없이 포위했고, 길에는 온통 동네 장정들이니 더 이상 포위망을 뚫을 가망이 없다는 걸 알고 있는 원숭이가 침대로 뛰어올라 배낭 속에서 건륭이 옹염에게 하사한 단총(短銃)과 탄환(彈丸)을 꺼냈다. 그리고는 옹염에게 건네주며 다급히 아뢰었다.

"여긴 황화진(黃花鎭)이 아닙니다. 36계 줄행랑이 제일입니다! 저희들이 앞뒤에서 호위할 테니 치고 나가십시오. 덤벼드는 자들이 있으면 무조건 총을 쏘십시오! 지금 자비(慈悲)를 운운할 때가 아닙니다!"

방안으로 쳐들어오던 곽아무개가 원숭이의 말을 듣고는 밖을 향해 있는 힘껏 고함을 질렀다.

"대문 닫아걸어! 이 자들이 도망을 칠 거야!"

"탕!"

그와 동시에 한 발의 총성이 울렸다. 안팎의 소란이 순식간에 가라앉았다. 옹염이 곽아무개를 향해 방아쇠를 당겼던 것이다. 총성이 울리는 순간 옹염은 그 자신도 깜짝 놀라고 말았다. 일곱 살 이후로 형, 아우와 과녁 맞추기 경합을 벌여왔고, 가을 추렵(秋獵) 때는 건륭을 따라 맹수들의 각축장에 가서 백발백중의 사격실력을 자랑해왔던 옹염이었다. 그러나 총으로 사람을 명중해 보기는 처음이었다. 당황한 김에 명중 따윈 생각지도 못하였으니, 탄환은 곽아무개의 발 밑에 풀썩 먼지를 피워 올리며 박히는 듯 싶더니 다시 튀어 올라 곽아무개의 손에 박혔다.

손에서 피가 흐르는 것도 잊은 채 곽아무개는 멍하니 그 자리에 서 있었다. 무슨 총이 이래? 탄환이 땅에 박혔는데도 다시 퉁겨 올라와 사람을 다치게 하다니? 신기한 것은 심지에 불도 붙이지 않았는데 총알이 발사됐다는 것이었다! 난생 처음 보는 총이었다.

그 찰나에 원숭이가 한걸음에 달려가 한쪽 팔로 곽아무개의 목을 껴안았다. 팔을 힘껏 조이며 비수를 꺼내 명치끝에 대고 짐짝처럼 밖으로 끌고 나갔다. 마당에는 벌써 수십 개의 횃불이 타오르고 있었고 40여 명의 병사들이 방 안의 동정을 살피며 어리둥절한 표정을 짓고 있었다.

힘껏 목을 조이니 피가 몰려 얼굴이 시뻘개진 곽아무개는 캑캑 대며 숨이 가빠 발버둥을 쳤다. 얼굴 가득 살기를 번뜩이며 원숭이 가 문 앞에서 버럭 고함을 질렀다.

"뒈지고 싶지 않으면 썩 비켜! 어떤 놈이든 감히 겁대가리 없이 나왔다간 오늘이 이놈 제삿날이 될 줄 알아!"

그러자 겁에 질려 덜덜 떨며 키다리 병사 하나가 더듬거리며 물었다.

"어…… 어느 산에서 내려오셨는지요? 그만…… 고정하시죠! 저, 저…… 저희들은…… 물러갈 테니 사람은…… 놓아주세요……."

"주둥이 닥쳐! 썩 비키라고 했어!"

원숭이가 악에 받쳐 소리를 쳤다.

"네놈들이 따라붙지 않으면 마을 어귀에 풀어주고 갈 거고, 아니면…… 알았지?"

사병들은 얼빠진 듯 머리를 끄덕이며 곽아무개가 뭐라고 말하기만을 기다렸다. 그러나 숨이 가빠 발버둥을 치며 곽아무개는 숨이 넘어갈 듯이 두 눈을 희번덕거릴 뿐 아무 말도 하지 못했다. 자신들의 대장이 변이라도 당할세라 겁먹은 사병들이 하나둘씩 비켜섰다.

원숭이는 왕이열과 혜아, 옹염을 앞세우고 자신은 뒤에서 반죽음이 돼 캑캑거리는 곽아무개를 끌고 따라갔다. 사병들은 화총(火銃)도 있고 칼과 창도 있었으나 투서기기(投鼠忌器, 병 속에 든 쥐를 잡자고 병을 깨뜨릴 수가 없다는 뜻)의 두려움에 감히 손 쓸 엄두를 못 내고 먼발치에서 뒤를 따랐다.

그렇게 악호촌을 나와 2리쯤 걸어가니 사수하(泗水河)가 나타났다. 다리[橋]도 없이 관도(官道)는 얕은 물 속에 잠겨 있었다. 옆에는 한 발 간격으로 강을 건널 수 있게끔 바위가 놓여 있었다. 얼음과 잔설(殘雪)이 섞인 차가운 물이 잔잔히 흐르고 있었다. 그들이 강을 건너고자 바위 위에 올라서자 뒤따라오던 사병들이 소리쳐 불렀다.

"이봐요! 이젠 우리 대장을 풀어줄 때가 되지 않았소?"

원숭이는 곽아무개를 풀어주는 즉시 사병들이 벌떼처럼 덮쳐들 것이라는 걸 잘 알고 있었는지라 옹염에게 말했다.

"먼저 가십시오! 전 조금 더 버텨보겠습니다. 산으로 들어가 버리세요. 산으로 들어가면 이놈들이 감히 쫓아올 엄두를 내지 못할 것입니다!"

이에 옹염이 걱정 어린 눈매로 원숭이를 바라보며 물었다.

"그럼…… 자넨 위험하지 않겠나?"

"어르신, 지금 절 염려하실 땝니까? 염려하지 마시고 어서 들어 가십시오!"

원숭이가 발을 동동 구르며 덧붙였다.

"저의 걱정은 마시고 어서 가십시오. 전 반시간 후에 어떻게든 찾아갈 테니까요!"

옹염이 여전히 원숭이만 남겨놓고 떠나가는 것을 망설이자 왕 이열이 옆에서 옷자락을 잡아당겼다. 그리고는 나직이 말했다.

"십오마마, 이는 어디까지나 원숭이의 임무입니다. 아니면 제가 남을까요?"

옹염이 그제야 어쩔 수 없이 혜아의 손을 잡고 무거운 걸음을 떼었다. 잠시 후 그들은 어둠 속으로 사라졌다.

이는 몽산(蒙山) 남쪽자락의 백 리에 달하는 협곡(峽谷)이었 다. 북쪽은 꼬불꼬불 귀몽정(龜蒙頂)으로 이어졌고, 남쪽은 성수 욕(聖水峪)과 닿아 있었다. 천구만학(天溝萬壑)이 종횡하고 있는 그 아래는 사수하(泗水河)가 굽이쳐 흐르고 있었다.

세 사람은 강을 건너 5리쯤 더 가서 관도(官道)로 내려갔다.

급하기가 마치 그물에서 빠져나온 고기 같았고, 낭패가 상갓집의 개 같았으니 길만 보이면 달려가고 산만 보이면 숨어들었다. 그렇게 두어 시간을 더 가서야 옹염은 비로소 잠시나마 이마의 식은땀을 닦을 여유를 가질 수 있었다.

"이젠 위험한 고비를 넘긴 것 같네. 혜아가 발을 삐끗한 것 같으니 여기서 잠깐 쉬어가지."

세 사람은 길섶에 털썩 주저앉았다.

땀이 식으니 오는 길 내내 느끼지 못했던 추위가 엄습해왔다. 두 팔을 껴안고 부지런히 비비며 혜아는 딱딱 이빨 부딪치는 소리가 들릴 정도로 오슬오슬 떨고 있었다. 추위에 얼굴이 파랗게 질린 옹염은 그러나 바위 위에 그린 듯 앉아 있었다. 왕이열이 방도를 강구하며 혜아에게 물었다.

"우리의 관방(關防) 문서를 잃어버리지는 않았겠지?"

"예."

혜아가 대답했다.

"신발 속에 넣고 바느질할 새가 없어 옷섶에 넣었습니다……."

"인신(印信)은?"

"아휴, 추워! 속옷주머니에 들어 있어요……."

"돈 가진 거 있나?"

한참 후에야 혜아가 대답했다.

"조금 있어요……. 십오마마께오서 황화진에서 상으로 내리신 비녀를 팔면……."

생각에 잠겨 있던 옹염이 혜아의 말을 듣고는 한숨을 내쉬었다. 무언가 할말이 있는 듯 했으나 입술만 실룩거릴 뿐 말이 없었다. 왕이열이 말했다.

"적은 돈은 아닐 텐데, 이 깊고 깊은 산속에 어디 전당포가 있어야 말이지……."

여전히 침묵하고 있는 옹염을 향해 입김을 불어 두 손을 비비며 왕이열이 물었다.

"십오마마, 힘드시죠? 여긴 너무 춥군요. 기운을 내서 조금만 더 걸어가실 수 있겠습니까?"

"춥고 힘드네. 다행히 속에 여우털 조끼를 입고 있어서 아직까지는 참을 만하네."

어둠 속에서 옹염의 목소리는 우울해 보였다.

"아마(만주어로 아버지라는 뜻)와 어냥(어머니)의 모습이 떠올랐다가 또 제남(濟南, 산동성 성부)은 지금쯤 어떤 판국일까 궁금해지고, 이렇게 추위와 배고픔에 괴로워하고 있는 현실이 꿈만 같아 도무지 믿어지지가 않네."

그러자 왕이열이 말했다.

"채운누각(彩雲樓閣)이 순식간에 허무하게 사라져 버린 셈이죠. 마마의 신분에 이와 같은 시련을 겪게 되다니, 이 또한 인간의 기사(奇事)가 아닐 수 없습니다…… 황화진에서 한차례 놀라운 일을 당하셨으니 더 이상은 이런 일이 없으리라고 생각했건만 또 다시 악호촌이 도사리고 있을 줄 누가 알았겠습니까? 저의 동년(同年)인 정판교(鄭板橋)가 써주었던 글이 생각납니다. '흘휴시복(吃虧是福, 손해보는 것은 곧 복이다)'이라는 글귀였는데, 되새길수록 참뜻이 새롭습니다. 책에선 이런 글을 읽은 적이 없습니다. 가끔씩 이런저런 시련이 올 때마다 이 구절을 떠올리고 보면 힘이 솟곤 했습니다."

옹염이 머리를 끄덕였다.

"나도 그 글귀를 본 적이 있습니다. 아바마마께서 황자들에게 차사를 내리신 것도 적당히 시련을 겪어 더욱 단단하게 거듭나라는 깊은 뜻의 발로가 아니겠습니까."

"어머, 늑대야!"

그가 말을 이어가고 있을 때 갑자기 혜아가 비명을 지르며 옹염의 품속에 고개를 묻었다. 바들바들 떠는 것이 추위에 떠는 어린 양 같았다.

왕이열과 옹염이 누군가로부터 머리채라도 잡아당긴 듯 벌떡 일어났다. 옹염은 어느새 총을 뽑아 손에 들고 있었다. 혜아가 손가락으로 가리키는 방향을 보니 과연 산 아랫길에 시커먼 물체가 뭉그적거리고 있는 게 보였다.

다섯 장(丈) 안팎의 거리에서 송아지 만한 그것은 행동이 그리 날렵한 것 같진 않았다. 역풍이 크게 불어닥쳤는지라 짐승은 고갯길에서 나는 인기척을 듣지 못한 것 같았다. 뒤뚱뒤뚱 육중한 몸을 놀리며 몇 발짝 다가오던 짐승이 그러나 갑자기 경계를 하며 걸음을 멈추었다. 작은 술잔 만한 눈동자는 누렇고 푸르스름한 빛을 발하고 있었다.

혜아가 겁에 질려 몸을 잔뜩 웅크린 채 나직이 말했다.

"표범인가요? 입에 뭔가 물고 있는데, 양인가요? 잘 안보이네요……."

그러자 왕이열이 목소리를 낮게 깔았다.

"마마, 먼저 총을 쏘지는 마십시오. 잠깐 지켜보시죠……."

세 사람은 손에 땀을 쥔 채 표범과 대치하고 있었다. 일촉즉발의 위험 속에서 한참을 서로 노려보고 있던 중 어인 영문인지 표범이 목구멍에서 꾸르륵 소리를 내더니 몽둥이 같은 꼬리를 흔들며 오던 길로 걸음을 돌려버렸다. 돌아서는 모습이 대단히 억울해 보였다.

"어휴, 심장이야!"

왕이열이 육중한 엉덩이를 흔들며 멀어져 가는 표범을 보며 놀란 가슴을 쓸어 내렸다. 낯빛이 파랗게 질린 혜아도 말했다.

"세상에! 이는 분명히 산신령님께서 십오마마를 보호해 주셨기 때문에 가능한 기적입니다……. 아미타불, 관세음보살……."

한바탕 식은땀을 빼고 위기는 기적처럼 물러갔으나 일행은 더 이상 그곳에 머물러 있을 엄두가 나지 않았다. 날이 점점 칠흑같이 어두워지는 걸 보니 여명이 가까운 모양이었다. 길 위의 바위도 분별할 수 없었다.

내리막길은 유난히 힘겨웠다. 왕이열과 혜아가 옹염을 가운데 세우고 서로 손을 잡은 채 비스듬히 내리막길을 내려가기 시작했다. 주춤주춤 더듬어 가며 걷다보니 전방 어딘가에서 닭이 홰를 치는 소리가 들려왔다. 어딘지는 알 수 없으나 마을이 가까이에 있다는 생각에 일행은 크게 안도했다.

그사이 날은 차츰 밝아왔고 쉬지 않고 길을 재우친 세 사람은 모두 땀이 흥건하여 추위를 잊고 있었다. 희미한 서광을 빌어보니 그렇게 먼길을 걷고 걸었어도 몸은 아직 고산준령을 벗어나지 못하고 있었다. 길옆의 산골짜기에 여덟, 아홉 가구의 작은 마을이 오붓하게 들어앉아 있었다. 모두 사립문에 모사(茅舍, 초가집)였고, 산을 따라 일자로 어깨를 나란히 하고 있었다. 집 뒤에는 층층의 제전(梯田)이 넓게 펼쳐져 있었다. 좁다란 산길이 꼬불꼬불 산등성이로 향하고 있었다.

흰 입김을 토해내며 오던 길을 돌아보니 기암괴석이 울퉁불퉁

솟아 있었고, 갖가지 나무들이 숲을 이룬 좁다란 산길이 하늘로 통하는 사다리 같았다. 그리고 자신들은 밤새 그 사다리를 타고 인간세상으로 내려온 것만 같았다……. 아무리 생각해봐도 저 까마득한 험한 산을 밤새도록 넘었다는 것이 도무지 믿어지지가 않았다…….

저마다 형언할 수 없는 감격에 잠겨 있는 사이 날은 어느새 훤히 밝았다. 어쩐지 날 밝는 속도가 너무 빠르다고 생각했던 왕이열은 이 마을은 워낙 지세가 높은 데다 동녘 산이 상대적으로 낮아 다른 곳에 비해 일출을 빨리 볼 수 있다는 걸 알 수 있었다. 자그마한 토담집들엔 노적가리가 높다라이 쌓여 있었고, 깊은 잠에서 깨어난 마을은 푸르스름한 아침기운을 맞으며 조용히 기지개를 켜고 있었다. 숙면을 취한 평온한 모습이었다. 글공부하기에 더없이 좋은 곳이라고 왕이열이 생각하고 있을 때 옹염이 감탄사를 터트렸다.

"과연 좋은 곳이네! 이런 곳을 두고 옛 시인들은 '유암화명우일촌(柳暗花明又一村)'이라고 했겠지?"

혜아는 두 남자의 모습을 보며 터져 나오는 웃음을 겨우 참았다. 나뭇가지에 긁혀 여기저기 찢겨져나간 왕이열의 두루마기는 바람이 불자 마치 포격에 맞은 깃발처럼 마구 나부꼈고, 머리에 지푸라기며 마른 풀을 달고 있는 옹염은 어디에 긁혔는지 볼에 가느다란 핏줄이 선명했다. 둘 다 열 사흘을 굶은 거지들같이 행색이 초라하고 후줄근해 보였다.

애써 터져 나오는 웃음을 참으며 고개를 숙여 자신을 내려다보니 '겨 묻은 개가 똥 묻은 개를 보고 웃는 격'이었다. 바짓가랑이가 찢겨 살갗이 보였고, 신발도 시커먼 솜이 비죽 나와 있었다. 급히 옷섶을 만져보니 다행히 관방(關防) 문서는 그대로 있었다. 안도의 한숨을 내쉬며 혜아는 옹염의 몸에 묻은 먼지를 털어 주고 머리에 붙은 풀이며 지푸라기를 조심스레 뜯어냈다. 못 이기는 척 내맡기고 있는 옹염을 보며 혜아가 말했다.

"밤새 노적가리에서 주무셨어요? 석탄을 지고 나른 것도 아닌데, 얼굴은 또 어찌 그리 검어요?"

끝내는 참지 못하고 키득거리는 혜아를 보며 그제야 서로를 마주볼 여유가 생긴 옹염과 왕이열은 한심하다는 듯 실소를 터트렸다. 소매를 들어 얼굴을 문질러 닦고 몸에 묻은 먼지를 털고 있으니 마을에서 아침밥을 짓는 연기가 하얗게 피어오르고 있었다.

옹염이 무게를 잡으며 말했다.

"지금은 멋을 낼 때가 아닌 것 같네. 숯검정이라도 좋고 지푸라기도 좋은데, 허기부터 달래고 푹 쉬는 게 무엇보다 요긴한 것 같네!"

그러자 왕이열이 말했다.

"저쪽 우물가에 물을 길으러 나온 사람이 있는 것 같습니다. 아침밥을 짓기 시작한 모양인데, 가서 한끼 얻어먹읍시다!"

옹염이 말없이 머리를 끄덕였다. 어쩔 수 없다는 수긍이었다. 그사이 태양은 지평선에서 조금씩 올라오기 시작했다. 옅게나마 태양빛이 비추기 시작하니 벌써 조금씩 따뜻한 기운이 느껴졌다. 마을 어귀 우물가에서 두 사람이 아직 잠이 덜 깬 듯 느릿느릿 지게를 내려놓고 물을 긷기 시작했다. 개 짖는 소리가 들려오자 멀리 뒤를 돌아보는 것 같았다.

일행은 동네의 오솔길을 따라 마을로 내려갔다. 혜아의 말대로라면 동쪽에서 처음 보이는 집의 굴뚝에서 연기가 맨 먼저 나기 시작했다는 것이었다. 물을 길으러 나온 두 사람도 그 집 식구들일 것 같았다.

대문과 울타리 모두 가시나무를 엮어 만든 것이었다. 조심스레 대문을 두드리니 울타리까지 따라 흔들렸다. 마당에서 거위의 꽥꽥! 하는 소리가 먼저 들려왔다. 이어서 할머니 한 분이 방문을 열고 내다보며 물었다.

"누구세요?"

"길 가던 사람이에요, 할머니."

혜아가 왕이열의 눈치를 보았다. 그리고는 말했다.

"밤길을 걷다 강도를 만나…… 여기까지 쫓겨왔어요. 배가 고파서 그러는데, 뭐 좀 먹을 것을 주시면 안 될까요……."

할머니는 대답이 없었다. 그러자 옆에 있던 꼬마가 또랑또랑한 목소리로 크게 말했다.

"증조할머니! 길 가던 사람인데요, 배가 고프대요! 밥 좀 달래요!"

셋은 그제야 노인이 귀가 어둡다는 걸 알 수 있었다. 손자의 말을 알아들은 듯 노인이 말했다.

"길을 나서면 너나없이 다 고생인 게야. 석두(石頭)야, 문을 열어 드리거라!"

말이 떨어지기가 바쁘게 콩콩 뛰어나와 거위를 저만치 몰아버리고 문을 연 아이는 예닐곱 살 가량 되어 보이는 건강한 사내아이였다. 간밤에 쥐가 핥아주고 간 듯 얼굴이 얼룩덜룩한 아이가 순진무구한 두 눈을 깜빡이며 낯선 세 사람을 훑어보았다. 그러길 한참, 아이가 고개를 돌려 말했다.

"할머니, 양풍구(凉風口) 쪽에서 왔나봐요! 산왕(山王, 비적)들을 만난 게 틀림없는 것 같아요!"

"어서 안으로 모시거라."

노인은 문 앞에서 채소를 다듬고 있었다. 세 사람이 들어서자 말했다.

"방 안으로 들어가시오. 물이 끓은 것 같은데, 석두야! 차 한 잔씩 올리거라. 할아버지가 물 길러 나가셨으니 돌아오면 밥할 거요…… 아이고…… 얼마나 고생이요, 그래! 사로(死路)에 내몰리지 않은 이상은 감히…… 게다가 밤에는 양풍구를 지날 엄두를 못 낸다오. 딱하기도 하지……"

노인은 혀를 끌끌 차면서도 여전히 채소를 고르고 앉아 있었다.

세 칸짜리 낮은 초가집이었다. 햇볕이 잘 드는 좌향(坐向)인 데다 마을 입구에 있어서 그리 습해 보이거나 어두워 보이진 않았다. 널찍한 마당엔 닭이며 오리, 거위를 가두는 공간이 따로 있었고, 돌로 쌓은 마구간도 있었다. 한 쪽에는 도끼로 팬 장작더미가 가지런하고 높다랗게 쌓여 있었다. 마당엔 지푸라기 하나 없이 깨끗했다. 갓 비질을 한 흔적이 역력했다.

따뜻한 아침햇살이 마당을 비추고 그 앞에 앉아 채소를 다듬는 느긋한 노인의 손길이 그렇게 편해 보일 수가 없었다. 아궁이에 장작을 넣고 끓는 솥에 물을 두어 바가지 더 떠 넣는 석두를 대견 스레 바라보던 옹염이 할머니에게 물었다.

"성씨를 여쭤봐도 될까요, 할머니?"

"뭐라고 하는 건지."

노인이 알아듣지 못한 곤혹스런 표정으로 중얼거렸다.

"성이 뭐냐고요?"

혜아가 옆으로 다가가 큰소리로 다시 물었다.

"오…… 나 말이요? 석씨지, 석왕씨(石王氏)라고 부르오. 할아버진 석전주(石栓柱)라고, 물을 길으러 갔는데 곧 올 거요."

"할머니는 연세가 어떻게 되세요?"

혜아가 다시 젖 먹던 힘까지 다 내어 물었다.

노인이 이번에는 알아들은 듯 길게 한숨을 내쉬었다. 그리고는 천천히 대답했다.

"아흔 아홉이오! 어서 죽어야 하는데, 관(棺)도 만들어놓고 묻힐 웅덩이도 파놓았건만…… 이놈의 숨통이 끊겨야 말이지…… 이놈의 지지리도 질긴 숨통이…… 염라대왕이 아직은 받아주고 싶지 않으신가 보지……."

여든 정도밖에 안 보이는 정정한 노인이 벌써 백살을 바라보는 나이라니! 셋은 저마다 눈이 휘둥그레지고 말았다. 이때 커다란 사발에 찻물을 따라온 석두가 다완(茶碗, 사발 크기 만한 찻잔)을 하나씩 내려놓으며 말했다.

"야차(野茶)예요. 드셔보세요. 산에 나는 나물을 말려 할머니께서 만드신 건데 피로회복엔 그만이래요. 그리고 저의 증조할머니께선 올해 백 열 한 살이에요! 내년에 다시 물어도 할머니께선 '아흔 아홉'이라고 하실 걸요!"

세 사람은 아무도 믿지 않는 눈치였다. 그저 놀랍기만 할뿐이었다. 왕이열이 손가락을 꼽아 뭔가를 계산하더니 큰소리로 물었다.

"그럼, 할머니 혹시 오삼계(吳三桂) 알아요?"

"오삼계라고 했소? 알지, 암…… 알고 말고!"

노인이 주름이 자글자글한 작은 입을 옴찔거렸다. 홀쭉한 볼이 움푹하게 깊었다. 산나물인 듯한 풀의 뿌리를 조심스레 손톱으로 뜯어내며 중얼거리듯 말했다.

"오삼계가 경왕(耿王, 경정충), 상왕(尙王, 상가희)과 난을 일으키지 않았소? 세상천지가 흉흉하기 짝이 없었지. 농사를 지어서 근근이 입에 풀칠이나 칠하면 다행인데, 글쎄 1무(畝)당 다섯 되를 군량으로 내놓으라는 거요. 그해 내 나이 열 일곱이었는데…… 얘네 작은할아버지는 태어나지도 않았을 때지. 세상에 저들끼리 뭐가 아귀가 안 맞아 싸움질을 하면서도 애꿎은 우리 백성들만 잡지 뭐요……. 물가가 하늘 높은 줄 모르고 치솟는데…… 두부 한 모에 7문(文)까지 오르더라니까! 오죽하면 애 낳고 그렇게 먹고 싶었던 두부를 한 모밖에 못 먹었을까……. 몸조리에 꼭 필요하다는 홍당(紅糖)은 보고 죽자고 해도 없었어……. 다행히 아흔 아홉 해를 살도록 두 번 다시 그런 난은 없었지……."

개국 초의 '삼번의 난'에 대한 기억이 백 열 한 살의 노인에게는 가물가물할 법도 하지만 노인은 총기가 대단히 좋았다. 구체적으로 어느 해 몇 월에 어디서 무슨 일이 있었다는 식으로 쭉 나열해 나가니 세 젊은이는 그저 놀랍기만 할 따름이었다. 그러면서도 자신의 나이는 '아흔 아홉'이라고 고집하는 걸 보면 민간에서 백세를 넘기는 노인에 대한 안 좋은 '설(說)'이 있는 것 같았다.

잠시 기다리고 있으니 석두의 할아버지가 돌아왔다. 물장구는 등뒤에 따라오는 마흔 살 가량 되는 중년의 사내가 지고 있었다. 노인은 환갑을 갓 넘긴 것 같았고, 체구가 그리 크지는 않으나 아직 정정한 것이 웬만한 젊은이는 둘도 당해낼 것 같이 힘차 보였다. 걸음걸이가 씩씩하고 가랑이에 바람이 일었다. 석두가 좋아라 달려나가며 중년의 사내를 '칠숙(七叔)'이라고 불렀다. 그리고는 노인에게 매달리며 종알거렸다.

"손님이 오셨어요, 할아버지. 양풍구에서 밤길을 걸어오신 모양이에요!"

석 노인이 세 사람을 향해 웃어 보였다. 그리고는 중년의 사내에게 말했다.

"얘야, 넷째숙모한테 가서 집에 손님이 왔으니 전병(煎餅) 몇 장 부쳐서 보내라고 하거라. 손님이 있으니 오늘은 하산하지 말고 내일 하자꾸나!"

장정이 지고 온 물장구를 들어 항아리에 쏟으며 대답했다. 그역시 세 사람을 향해 씽긋 웃어 보였다. 할아버지가 혼잣말처럼 했다.

"에잇…… 이래서 늙으면 아무짝에도 못 쓴다니까. 물을 긷다가 물통을 우물 안에 빠뜨리고 말았지 뭐야. 그래서 어쩔 수 없이 쟤네 칠숙을 불러냈지……."

그사이 할머니는 밥상을 내어왔다. 찰옥수수에 팥을 넣어 끓인 죽과 소금물에 절인 홍당무 무침, 붉은 고추와 식초에 절인 김치볶음, 절인 콩이 반찬의 전부였다. 죽 그릇은 가마솥 같았고 접시는 엎어놓은 솥뚜껑 같았다. 음식이 수북하니 주인의 인심이 그대로 전해졌다. 농가의 초라한 밥상이지만 먹음직스러워 보이고 할머니의 정성이 느껴졌다.

밤새도록 가슴 졸이고 추위에 떨며 위험한 밤길을 걸어온 일행은 뱃가죽이 등에 들러붙은 지 오래됐는지라 음식을 보는 순간 저마다 눈에서 불꽃이 튀었다. 손님의 체면 따윈 염두에도 없는 듯 허겁지겁 죽사발을 들어 마구 쓸어 넣고 있는 왕이열과 혜아를 보며 옹염도 따라서 죽사발을 들었다. 그리고는 젓가락으로 혜아가 하는 대로 이것저것 반찬을 집어 죽 그릇에 올려놓고 훌훌 들이마시기 시작했다. 그사이 '숙모'라는 여인이 갓 부친 전병을 들고 왔다.

활달하고 붙임성 좋은 여인이었다. 석두를 데리고 온돌에 걸터앉은 여인의 입을 통해 옹염 일행은 이 마을 이름은 양풍구이고, 아홉 가구 모두 석씨라는 걸 알 수 있었다. 석왕씨 할머니는 이 마을의 조상이고 살아있는 전설이었으니 집집마다 한 달에 한 번 꼴로 돌아가며 음식을 대접하며 의복이나 생활용품 모두 자손들이 번갈아 챙기는 것으로 노인에 대한 극진한 예를 갖춘다고 했다.

양풍구에서 산길을 따라 십리쯤 내려가면 길목에 두 개의 마을이 더 있다고 했다. 거기에도 모두 석씨 성을 가진 자손들이 살고 있어서 색다른 음식이 있으면 모두 들고 와 할머니에게 효도한다는 것이었다. 산세가 너무 높아 관부에서는 아래의 두 석가촌(石家村)까지만 부세(賦稅)를 징수했고, 이곳 양풍구 마을에선 이제껏 세금이니 뭐니 내본 적이 없다고 했다. 숙모가 말했다.

"처음에 시집이라고 왔는데, 하늘과 땅 사이에 떡하니 턱걸이를 하고 있는 것처럼 위태로워 살 수가 없는 거예요. 이런 데서도 사람이 사나 싶은 게 나오느니 눈물이요, 내뱉느니 한숨뿐이었지요. 심지어는 내 전생에 무슨 죄를 지었기에 이리 생고생을 하나 싶었다고요. 그런데 살다보니 으스대는 이장(里長)도, 콧대높은 갑장(甲長)도 없고, 밤중에 애 떨어지게 문을 두드리거나 발로 차며 빚독촉을 하는 이들도 없는 것이 여간 편한 동네가 아니었습니다. 보다시피 바로 옆에 논도 있고 밭도 있어서 먹고 싶은 작물은 심어 먹으면 되고, 콩을 갈아 두부를 만들어 먹고 출출하면 마당에 널린 닭이나 오리를 고아먹고 좀 좋아요? 소금이 없으면 산을 내려가 낙타 등에 얹어오면 되고. 지금은 불편한 게 하나도 없답니다. 우리 오라버니가 와 보더니 세상에 이런 도화원(桃花

園)이 또 어디 있느냐며 눌러앉아 살고 싶다는 거 있죠? 올 때는 빈손으로 왔어도 갈 땐 녹각(鹿角)이니 호골(虎骨)이니 잔뜩 얻어가니 좀 좋았겠어요?"

옹염은 빙그레 웃으며 그 말에 귀를 기울였다. 죽 한 사발을 거뜬히 비우고 전병까지 한 조각 찢어서 먹었다. 포만감이 이렇게 좋은 줄을 처음 깨닫는 옹염이었다. 왕이열도 부른 배를 쓸어 내리며 이곳 산채(山寨)에 대해 궁금한 점을 물었고, 현성(縣城)이 여기서 얼마나 떨어져 있는지도 물었다.

"저기……."

'숙모'가 젓가락으로 먼 곳을 가리키며 대답했다.

"저기 멀리 보이는 산봉우리가 바로 귀몽정이에요. 그 아래에 산신묘(山神廟)가 있고, 남쪽으로 조금만 더가면 평읍성이 나와요. 소금장수들에게서 들으니 그쪽에 난리가 났나 보더라고요. 왕 아무개라는 군사(軍師)가 비적들과 내통하여 평읍성을 아수라장으로 만들어 버렸다고 하죠?"

이에 옹염이 물었다.

"거리는 어느 정도 됩니까?"

"여기서부터 산을 내려가는 게 십리 길이고, 다시 올라가는 게 십리 길이니 모두 합해 20리 길은 족히 되지요."

숙모가 덧붙였다.

"……이곳 양풍구 산에도 산사람들이 있는 채(寨)가 있고, 저쪽 성수욕에도 있는데, 비적들은 두 곳 다 백 명 내외라고 합니다. 자주 이곳을 지나가는데, 요즘은 관병(官兵)들이 들이칠까봐 무서워 산채를 봉하고 꼼짝 않고 안에 들어앉아 있다고 하더군요. 그런데 손님들은 어쩌다 변을 당한 거예요?"

이에 옹염은 웃기만 할뿐 대답을 하지 않았다. 그리고는 다시 물었다.

"산채랑 이렇게 가까운 곳에서 살면서 무섭지 않아요?"

그러자 옆에 있던 석두가 큰소리로 떠들어댔다.

"산왕(山王, 비적)들은 우릴 괴롭히지 않아요. 가끔씩 눈깔사탕도 주는 걸요!"

이에 석 노인이 말했다.

"토끼도 자기 주변의 풀은 먹지 않는다고. 그네들도 이웃은 괴롭히지 않는다는 규칙 같은 것이 있겠지. 우릴 못살게 군 적은 없소. 알고 보면 불쌍한 사람들이거든. 가난한 소작농들이 지주와의 마찰로 몸싸움을 벌여 관가의 수배를 받던 중 산으로 도망쳐온 사람들이 대부분이지……."

"그래요."

숙모가 말을 받았다.

"이쪽 사람들은 재물은 털어도 살인은 하지 않는다고 하더군요. 강도이기 전에 사람이니까 그렇겠지. 그래서 그런지 산 속의 야수들도 웬만해선 사람을 해코지를 하지 않아요. 몇 번 표범과 맞닥뜨려 혼비백산한 적이 있는데, 먼발치서 물끄러미 바라보더니 뭉그적대며 오던 길로 돌아가 버리는 거 있죠!"

왕이열이 웃으며 말했다.

"좋은 동네인 건 틀림없는 것 같은데, 모두 이 마을 같으면 세수(稅收)를 확보하지 못한 조정은 어려움을 겪겠죠. 양원(梁園)이 아름답긴 하지만 오래 머무를 곳은 못 된다고 누가 말했듯이 우리도 맘씨 좋은 주인 덕분에 배불리 먹었으니 이만 내려가 봐야죠!"

혜아가 머리에 꽂혀있던 금비녀를 석왕씨의 손에 쥐어주며 큰

소리로 말했다.

"할머니! 오래오래 건강하게 사셔야 또 만나죠! 이건 손녀가 할머니에게 드리는 선물이에요!"

엉겁결에 비녀를 받아들고 쪼글쪼글한 눈시울을 좁히며 가까이에 대고 보던 할머니가 깜짝 놀라며 도로 혜아에게 돌려주었다.

"밥은 공짜야! 늙은이가 이런 게 왜 필요해!"

그러자 석 노인도 말했다.

"그냥 가세요. 우린 이때껏 다른 지나가는 사람에게 돈을 받고 밥을 먹여 보낸 적은 없습니다."

한참 승강이 끝에 왕이열은 호기심에 두 눈을 반짝이는 석두를 향해 말했다.

"다들 마다하시니 그럼 석두, 네가 받아두거라! 정 부담스러우면 하산할 때 먹게 떡을 조금 챙겨주시든가요."

석두가 까무잡잡한 작은 손바닥에 금비녀를 올려놓고 마냥 신기해하며 말했다.

"가을에 아버지랑 시장에 갔을 때 이걸 본 적이 있어요! 그때 아버지는 나중에 제가 커서 장가를 가면 그때 며느리에게 사주신다고 하셨는 걸요!"

아이의 말에 사람들은 모두 웃었다. 떡을 만들려면 쌀을 빻아야 한다는 걸 아는 석두가 밖으로 뛰쳐나가며 말했다.

"제가 노새를 매어 방앗간으로 가 쌀을 빻아 올게요!"

혜아가 숙모를 도와 설거지를 하는 사이 옹염과 왕이열은 한쪽에서 머리를 맞댔다. 이 마을은 산채와 5리 길밖에 떨어져 있지 않았으니 아무래도 무풍지대는 못 되었다. 계획대로라면 복강안은 이미 저 앞 귀몽정에 도착했을 텐데, 원숭이와 연락이 두절되어 당장 복강안에게 선을 댈 방법이 없었다. 이곳의 비적들이 산채를 봉하고 들어앉아 있는 걸 보면 복강안이 과연 귀몽정을 탈환할 수 있을까 관망을 하는 것일 터였다. 만에 하나 이럴 때 복강안이 일거에 귀몽정의 소굴을 들어내지 못한다면 사태는 걷잡을 수 없이 험악해질 것이었다.

'발이 넓은' 숙모에게 물으니 다행히 주변에 널려 있는 관군들은 몸을 사리고 있을 뿐 감히 병영을 이달하여 도망간 건 아닌 것 같다고 했고, 산 아래로 십 리쯤 내려가면 접관정(接官亭)과 자그마한 역관(驛館)이 있다고 했다. 그제야 결심을 굳힌 두 사람은 하산하여 평읍현 현성 부근에 숨어들어서 복강안과의 연락을 시도해 보기로 했다. 두 사람이 앞으로의 계획을 짜고 있을 때 석두가 달려왔다.

"할아버지와 숙부께서 놓은 덫에 멧돼지가 걸렸다고 합니다. 한 쪽 다리만 걸려 벗어나려고 용을 쓰는 바람에 어른들이 다 올라갔습니다!"

그러자 숙모가 말했다.

"그럼 됐어! 어른들이 알아서 할거야. 넌 어서 노새를 방앗간으로 끌어다 굴레를 씌워 맷돌을 갈 준비를 하거라, 나는 설거지를 마저 끝내고 갈 테니."

왕이열은 더 이상 비밀얘기를 나눌 자리가 못 된다는 듯 일어섰다. 그러자 옹염이 말했다.

"우리도 이러고 있지 말고 석두를 도와서 방아나 찧으러 갑시다."

방앗간은 바로 집 뒤에 있었다. 산비탈을 따라 돌을 쌓아올리고 짚으로 이엉을 올린 헛간 같은 곳이었다. 구석에는 삽이며 빗자루,

곡괭이 등 농기구들이 있었다. 왕이열과 옹염이 거들어줄 새도 없이 석두는 벌써 노새에 굴레를 씌워 연자매에 붙들어 맸다.

그러나 석두가 아무리 채찍질을 하고 고함을 질러도 노새는 맷돌을 돌릴 생각을 하지 않고 있었다. 한사코 뒷걸음치는 노새를 놓고 셋이 기운을 빼고 있을 때 숙모가 혜아와 함께 키와 자루를 들고 왔다. 숙모가 웃으며 말했다.

"왜 눈을 감싸지 않고 그러고들 있어? 눈을 감싸면 노새가 맷돌을 돌릴 텐데."

사람이 눈을 감싸야 노새가 맷돌을 돌린다? 짐승도 부끄럼을 타나? 난생 처음 듣는 얘기에 옹염과 왕이열은 어리둥절해졌다. 석두가 작은 손으로 눈을 가리는 걸 보며 둘은 의아해 하면서도 두 손으로 눈을 가렸다.

그러나 한참을 기다려도 노새가 맷돌을 돌리는 소리는 들리지 않았다. 대신 두 여인의 깔깔대는 웃음소리가 그칠 줄 몰랐다……. 옹염이 손을 내리고 보니 둘 다 배꼽을 잡고 거의 땅바닥에 주저앉아 있다시피 했다. 혜아가 겨우 숨을 돌리고 나서 노새를 가리키며 말했다.

"숙모님 얘기는 노새…… 노새의 눈을 가리라는 거죠!"

옹염과 왕이열은 저도 모르게 폭소를 터트리고 말았다…….

서둘러 맷돌로 쌀을 빻아 숙모는 또 떡을 쪄냈다. 솜씨가 여간 빠른 게 아니었다. 쪄낸 떡은 밖에 내놓아 김을 빼고는 그릇에 예쁘게 담아 보자기로 꽁꽁 쌌다. 그리고 곳간에서 바람에 말린 양고기와 호두, 산 대추에 심지어 당삼, 황기 등 약재까지 가득 싸주었다. 그사이 석 노인과 할머니는 녹각과 사향도 가져와 한사코 마다하는 세 사람 몰래 보따리 속에 찔러 넣어 주었다.

일행이 연신 감사의 뜻을 표하며 작별인사를 고하고 있을 때 저만치에서 땀에 흠뻑 젖은 사내가 올라오고 있었다. 목덜미에는 노란색 작은 깃발이 꽂혀 있었고, 허리춤엔 징이 매달려 있었다. 징을 두드리며 사내는 소리높이 외쳤다.

"황천패가(黃天覇家)의 녹림호걸(綠林豪傑)들이 비적들을 물리쳤으니 길길이 날뛰던 공 채주(龔寨主)의 무리들이 천병(天兵) 앞에 무릎을 꿇었다네. 여러분! 동네 사람들! 이제부디는 우리 모두 기를 펴고 삽시다."

사내는 바로 대문 앞으로 지나갔으나 아무도 말을 거는 이가 없었다.

"황천패라고, 유명한 녹림의 호걸이 있어요."

어리둥절해 하는 세 사람을 보며 숙모가 대수롭지 않다는 듯 웃으며 말했다.

"해마다 비적들을 소탕해주고 가곤 하는데, 밑에서 소식을 전해오는 사람이에요……."

옹염은 황천패 일행이 당도했다는 말에 속으로 희열을 금치 못했다.

세 사람은 잠시나마 정이 든 석씨네와 아쉬운 석별의 정을 나누고 떠났다. 산골사람 인심이 얼마나 좋은지 왕이열과 혜아가 등짐 가득 둘러메고도 모자라 옹염도 호두며 대추를 등에 졌다. 그리고는 조심조심 산을 내려 왔다.

몇 리 길을 내려오는 동안에도 오가는 행인들은 하나도 없었다. 긴 언덕길을 돌아 내려오니 산자락에 두 개의 오붓한 마을이 어깨를 나란히 하고 있었다. 두말할 것 없이 석씨네 자손들이 모여 사는 마을일 것 같았다.

해를 보니 아직 오시(午時) 전이었다. 마을 어귀에서 잠깐 만났던 노인에게 물으니 접관정까지는 아직 5리 쯤 더 가야 한다고 했다. 물건을 가장 적게 맨 옹염도 기진맥진했거늘 왕이열과 혜아는 오죽하랴 싶었다. 옹염은 길가의 바위에 털썩 걸터앉으며 두 사람더러 오라고 손짓을 했다. 터벅터벅 걸으며 따라오던 혜아가 갑자기 앞을 가리키며 소리치듯 말했다.

"저기를 좀 보세요!"

29. 소년 명장

"원숭이잖아!"

혜아가 가리키는 방향으로 고개를 돌린 옹염과 왕이열이 이구동성으로 외쳤다. 등짐을 던져놓고 마구 두 손을 흔들어 보이는 왕이열의 눈에 희열이 번뜩였다.

"원숭이! 마마께서 여기 계셔!"

멀리서 일행을 알아본 원숭이도 통통 뛰며 좋아라 달려오고 있었다. 거의 다가와 먼발치에서 고꾸라지듯 엎어지며 무릎을 꿇은 원숭이는 한동안 일어날 생각을 하지 않고 있었다. 땅을 짚은 두 팔과 어깨를 떨며 그는 훌쩍이고 있었다. 감격의 눈물이었다. 눈시울이 붉어지긴 옹염과 왕이열도 마찬가지였다. 혜아는 벌써 뒤돌아 서서 손등으로 눈물을 훔치고 있었다.

잠시 후 옹염이 의아해 하며 물었다.

"어떻게 여기서 만나게 됐지? 지난밤엔 어떻게 됐나?"

원숭이가 그제야 눈물 범벅된 얼굴을 들어 울먹이며 대답했다.

"악호촌에선 평읍으로 가는 길이 두 갈래밖에 없었습니다. 전하천을 따라 내려오며…… 하집(夏集)에서도 물었고, 상영(尙營), 마가도구(馬家渡口)에서도 수소문을 했었습니다. 하지만 그곳을 통해 동쪽으로 가는 일행 셋을 본 사람은 아무도 없었습니다. 마마께오서 양풍구 쪽으로 가시지 않았나 하는 생각이 들자 눈앞이 캄캄했습니다. 낮에도 감히 지나다니는 사람들이 없는데 밤길이 얼마나 위험할까 걱정이 태산같았는데, 천만다행으로 비적들과 맞닥뜨리진 않으셨나 보군요! 조금 전엔 이번에도 마마를 못찾으면 이대로 바위에 머리를 들이박고 죽으려고 했었습니다……"

입을 비죽거리며 애써 눈물을 참던 원숭이가 결국에는 목을 놓아 울어버리고 말았다.

하룻밤 사이에 원숭이가 겪은 고초는 이루 다 말할 수가 없었다. 격세지감이 느껴진다는 원숭이의 읍소(泣訴)를 들으며 혜아는 물론 옹염과 왕이열도 눈 주위를 적시고 말았다. 옹염이 다가가 그어깨를 감싸주며 격려를 했다.

"이제 됐네! 비가 온 뒤에 땅이 더욱 굳어진다고, 나도 더 이상은 두려울 게 없을 것 같네! 어찌됐건 이렇게 무사히 상봉했으니 다행이네. 자네를 만나고 보니 심신의 고달픔이 저절로 사라지는 것 같네."

혜아가 눈물을 닦고 간밤에 표범을 만나 놀랐던 얘기를 들려주었다. 울며 웃으며 그 순간의 충격이 어느 정도였는지를 몸짓을 곁들여가며 이어갔다.

"이만큼 커다란 눈에서 시퍼런 불을 뿜으며 멀리서 들려오는 천둥처럼 으르렁대며 저 앞에 떡하니 버티고 섰는데……."

혜아가 손으로 거리를 가늠하며 말을 이었다.

"……바로 코앞이었어요. 우리를 한꺼번에 잡아먹을 듯 노려보는데, 전 기절하는 줄 알았어요! 그런데 놀랍게도 한참을 으르렁대던 놈이 스르르 물러가는 거 있죠!"

혜아는 아직도 그때의 충격이 덜 가신 것 같았다. 왕이열이 나섰다.

"모두 십오마마의 복덕(福德)이 무량한 덕분이었지. 그같은 위험한 고비도 무사히 넘겼는데, 더 이상의 어려움이야 있겠나!"

이에 원숭이가 말했다.

"이제부터는 그 어떤 경우에도 마마의 곁을 떠나지 않을 겁니다. 마마께선 대명(大命)이시니 표범도 피해간 것이 아니겠습니까."

그러자 옹염이 손사래를 쳤다.

"대명은 무슨! 아무리 봐도 입맛을 버리게 생겼으니 그냥 내버려둔 거겠지!"

옹염의 농담에 세 사람은 모두 울다가 웃었다. 모든 짐을 혼자 둘러메고서도 성에 차지 않아 원숭이는 옹염을 등에 업으려고 했다. 이에 옹염이 웃으며 손을 내저었다.

"됐네, 그만하게. 그러지 않아도 나를 향한 자네의 마음은 충분히 알고 있네. 난 자네가 곁에 있어주는 것만으로도 든든하니 어서 갈길이나 재촉하세!"

지지리 무겁게 느껴지던 등짐을 모두 원숭이에게 맡기고 나니 세 사람은 날아갈 듯이 홀가분했다. 원숭이가 길에서 들은 바로 평읍현의 현령은 둘도 없는 청관(淸官)이었다고 했다. 폭민(暴

民)들이 아문을 들이닥치니 먼저 일가들을 우물 속으로 뛰어들게 하고 자신은 미리 준비해두었던 밧줄로 대들보에 목을 맸다는 것이다. 가솔들도 모두 죽었으나 다행히 막내아들이 목숨을 건졌다는 소문도 있다고 했다.

복강안에 대해선 그가 제남에서 3만 인마를 거느리고 와 이미 귀몽정을 물샐틈없이 포위했고, 평읍현에 주둔하고 있던 녹영병들이 복강안의 명을 받고 성(城) 안으로 쳐들어갔다는 소문과 함께 복강안이 제남에서 20문의 '위무대장군포(威武大將軍炮)'를 가져다 귀몽정을 평지로 만들어버릴 거라는 소문도 있다고 했다. 원숭이가 길에서 들은 바는 그밖에도 많았다. 대부분이 당치도 않은 낭설임을 짐작으로 알 수 있는 것들이었다.

"십오마마께오선 더이상 이처럼 민간에 몽진(蒙塵)해 계실 순 없네."

왕이열이 걸어가며 말을 했다.

"어서 연주(兗州)의 흠차행영(欽差行營)과도 연락이 닿고, 복도련님에게도 연락을 해야 할 것이네. 십오마마께오서 평읍에 계시면 그는 십오마마의 신변을 보호해 드려야 할 책임이 있거든. 이곳 역관은 기능이 마비되지 않았는지 모르겠네? 우리의 숙식을 책임지고 조정의 관보도 전해 받아 읽어야 할 텐데……."

왕이열이 말하는 족족 대답하며 원숭이가 덧붙였다.

"안 그래도 역관으로 들어가 봤습니다. 역정들은 모두 현지인들이었는데, 처음에 난이 일어나자 역승(驛丞)만 남고 모두 도망가기에 바빴다고 합니다. 그러다 비적들이 현성을 점령하지 못했다고 하자 다시 돌아왔다고 합니다. 지금은 모든 것이 복 도련님에게 달렸다는 식이더군요. 전쟁을 무사히 치러 비적들의 소굴을 들어

내 버리면 모든 일이 술술 풀릴 테지만 그렇지 못할 경우엔 더 큰 혼란을 야기할 수도 있다는 게 역관의 역승과 역졸들의 관점인 것 같습니다."

옹염은 어려서부터 복강안과 같이 글공부를 하며 가깝게 지내 왔는지라 그 성격을 알고도 남았다. 그가 알고 있는 복강안은 대단히 총명한 반면에 오만불손하고, 호기롭고 협객의 의로움을 소유했으면서도 때론 흉금이 협소하긴 실핏줄 같은 인물이었다. 자신이 평읍으로 '한줌'의 공로를 노리고 왔다는 걸 알면 병권(兵權)을 전부 떠넘겨 버리고 팔짱끼고 나앉아 '강 건너 불 보듯' 할 위인이었다. 그러나 이런 심사를 드러내놓고 말할 순 없었다. 옹염은 조심스럽게 의견을 피력했다.

"복강안은 비적들을 소탕하는 것이 주된 차사인 통수(統帥)이네. 우리의 차사는 백성들을 안무(按撫)하는 것이니 경위가 분명해야 하지 않겠나. 그의 팔꿈치를 잡아당기지 말고 그가 활개치며 군무(軍務)를 볼 수 있도록 최대한 협조해줘야 하네. 복강안에게 자문(咨文)을 보내어 내가 연주에서 각 현을 돌며 시찰하고 있으며, 수시로 군무에 협력할 준비를 하고 있다고 하게. 다른 말은 일절 하지 말게."

복강안에게 자신의 '속내'를 들키지 않으려는 옹염의 심사를 읽은 왕이열은 속으로 어린 나이에 펼치는 계략이 예사롭지 않다고 생각했다.

"하오나 복강안이 마마께오서 평읍에 계신 줄을 모르면 마마의 신변보호는 그에게 책임을 지울 수가 없지 않겠습니까!"

"난 누군가에게 책임을 지우는 일 따윈 싫어하는 사람입니다."

옹염이 턱을 치켜올렸다. 숨길 수 없는 아집과 자부심이 느껴졌다. 그러나 일순간의 표정일 뿐 그는 이내 턱을 내렸다.

"아까 황천패가 와서 비적들을 물리쳤네 어쩌네 하며 징소리를 울리며 산 위에서 떠들고 다니는 자가 있던데, 과연 황천패가 온 게 사실인가?"

이에 원숭이가 대답했다.

"그건 잘 모르겠습니다. 하오나 그자들이 뜬금없는 말을 할 리는 없다고 생각합니다. 사부님께서 내려오셨는지는 산을 내려가 보면 알게 될 겁니다."

계속 걸어가며 의논하며 오는 사이 어느새 울창한 숲 너머로 평읍현 성이 모습을 드러내고 있었다. 협곡에는 얼어붙은 사수(泗水)가 남으로 성수욕(聖水峪)에 닿아 있었다. 돌아서서 양풍구(凉風口)를 보니 마치 건뜻 들려 운무(雲霧)를 타고 있는 것 같았고, 양의 창자처럼 꼬불꼬불한 산길은 한 줄의 실낱같이 까마득했다. 인가가 밀집하고 수레와 말들이 분주히 지나다니는 곳으로 내려오고 보니 일행은 마치 긴긴 꿈속을 지나온 듯한 불가사의한 느낌이 들었다.

현성(縣城)이 훤히 한눈에 보이는 가운데 관도(官道) 옆에 육각형의 작은 정자가 세워져 있었다. 그 앞에 비석이 하나 세워져 있었는데, 거기엔 주먹만한 세 글자가 선명하게 새겨져 있었다.

合水峪

길옆에는 사합원(四合院, 중국의 전통 가옥 형태) 하나가 있었다. 사방의 지붕 모두 기와를 얹은 기와집이었다. 일반 부호들의 집과 별반 다를 바가 없는 이곳이 바로 접관정 역관(接官亭驛館)이었다.

멀지 않은 식당들에서 풍겨오는 음식 냄새가 구미를 자극했다. 오랜 시간 동안 보행하며 배가 출출해진 네 사람은 저마다 코를 킁킁대며 군침을 삼켰다. 세 사람의 등짐을 혼자서 지고도 원숭이는 씩씩하게 역관으로 들어갔다.

아직 신시(申時) 전이었다. 역관에 들어서기 바쁘게 옹염은 목욕부터 했다. 혜아가 다리며 허리를 주물러주자 연신 시원하다며 "여기", "저기" 하며 짚어가던 옹염은 어느새 깊은 잠에 곯아떨어지고 말았다. 왕이열도 눕자마자 코를 드렁드렁 고르더니 시간 반은 자고서야 깨어났다.

눈을 비비며 나와보니 혜아가 마당에서 빨래대야에 손을 담근 채 꾸벅꾸벅 졸고 있었다. 그걸 본 왕이열이 말했다.

"혜아, 너는 낚시질을 하고 있는 게냐?"

그 말에 흠칫 놀라서 졸음이 다 달아난 혜아가 쑥스러워하며 웃음을 감추었다. 그러자 어느새 따라나왔는지 옹염이 말했다.

"역관에 부탁해서 옷을 한 벌 해줘야겠습니다. 여자들은 삼할의 생김새에 칠할의 치장이라고 하지 않았습니까!"

왕이열이 과연 그렇다며 대답하고 있을 때 원숭이가 문서를 한 아름 안고 들어왔다.

"최근의 관보(官報)입니다. 식사부터 하시고 보십시오. 주방에 상차림이 끝나가니 앞에 나가 식사하시죠, 마마!"

그러자 옹염이 웃으며 말했다.

"다 같이 가서 먹지!"

이에 원숭이가 손을 내저었다.

"변장하고 길에 나섰을 땐 어쩔 수 없이 맞수저질을 했사오나 지금과 같은 경우엔 아니 됩니다. 소인과 혜아는 십오마마와 식탁에 같이 앉아 수저를 들 수가 없습니다."

더 이상 옹염은 말이 없었다.

옹염과 왕이열은 빨리 저녁을 먹고 돌아왔다. 혜아는 문풍지를 붙이고 있었고, 원숭이는 등불 밑에서 관보를 정리하고 있었다. 옹염이 말했다.

"음식이 많이 남았으니 가서 먹고 오게. 버리면 아깝지 않은가! 역승에게 전하게. 지금은 비상시기이니 식비 열 냥에 맞추려고 할 거 없이 간소하게 조금만 준비하라고. 우리 넷이 하루에 은자 한 냥이면 족하다고 하게."

원숭이와 혜아가 알겠노라고 대답하며 물러갔다. 말없이 두 사람의 뒷모습을 바라보고 있던 옹염이 말했다.

"예악(禮樂)이란 두 글자는 참으로 불가사의한 것 같습니다. 양풍구에서는 숙식을 같이하고 함께 뒹굴어도 상하 구별이 없었는데, 역관에 오니 바로 달라지는 수밖에 없네요."

"안토치민(安土治民)에는 예(禮)만한 것이 없고, 이풍역속(移風易俗)에는 악(樂)만한 것이 없다고 했습니다."

왕이열이 공자의 어록을 인용하여 말을 이었다.

"예(禮)는 곧 규칙이고 법도이며 예속입니다. 규칙과 예속이 없다면 군신(君臣), 관민(官民), 장유(長幼), 주복(主僕), 부부(夫婦), 붕우(朋友), 육친구족(六親九族)의 사이는 검불처럼 헝클어질 것입니다. 예(禮)로 예속되지 않은 나라는 더 이상 나라가 아니옵고, 세도(世道)도 아수라장이 될 것입니다. 신발이 아무리 좋아도 머리에 쓰고 다닐 수 없고 모자가 아무리 해어지고 볼품없어도 발에 신고 다닐 수는 없는 법입니다. 예의가 붕괴되고 악(樂)

이 소실됨은 귀족과 서민, 심지어는 군주 모두 감내해야 할 고통입니다. 고로 상하 모두 극기복례(克己復禮)해야 하며 각자 자신의 위치에서 본분을 지켜야 하는 것입니다. '예(禮)'라 함은 근본적으로 '애심(愛心)'을 갖고 자신을 극복하여 바른 자세를 가지는 것입니다. 그래서 성현(聖賢)께서도 '극기복례(克己復禮)는 인(仁)이다'라고 하셨던 겁니다."

옹염은 조용히 웃으며 그 설교를 들었다. 서안 위에 놓여 있는 관보를 당겨 펼쳐보며 그는 응답했다.

"이번에 평읍에서 난을 일으킨 왕염(王炎)은 그런 잣대에서 보면 비례무법(非禮無法)의 극치네요. 이시요가 서찰을 보내왔는데, 북경 홍과원(紅果園) 현녀낭낭묘(玄女娘娘廟)의 사람들도 그자를 본 적이 없을 정도로 행적이 묘연하다고 합니다. 과연 일각에서 의혹을 품고 있는 대로 그자가 바로 임상문(林爽文)이라면 이번 기회에 반드시 붙잡아야 할 것입니다. 제가 북경에 있을 때 사료(史料)를 뒤적여보니 일지화(一枝花)의 일당 중에 요진(姚秦)이라는 자도 있었습니다. 그 역시 아직 낙망(落網)하지 않은 고깃배를 삼켜버릴 악어입니다! 어쩐지 금년엔 뭔가 사단이 일어나고야 말 것 같은 불길한 예감이 듭니다……."

이같이 말하며 관보를 훑어보던 옹염(顒琰)이 눈빛을 반짝이며 시선을 단단히 박았다. 류용(劉鏞)이 제남(濟南)에서 발표한 '흠차헌유(欽差憲諭)'가 한눈에 들어왔던 것이다.

산동성 도(道), 부(府), 주(州), 현(縣)의 관원들은 본 흠차가 국태(國泰)를 단죄한다고 하여 직무에 소홀해서는 아니 된다. 민사(民事), 형사(刑事) 사건과 지방의 치안, 이재민들에 대한 진휼(賑恤),

하방(河防), 조운(漕運) 등 직책에 인사(人事) 변경이 있다고 하여 본연의 책임을 회피하거나 차사에 태만하는 자에 대해선 필히 그 죄를 물을 것이다. 평소에 국태, 우이간(于易簡)에게 기생해왔거나 차사로 인해 피치 못할 사연으로 뇌물공여를 해 온 자들은 통봉서간(通封書簡)의 형식으로 자신의 죄를 인정하는 자백서를 류아무개와 화아무개 두 흠차의 서판방(書辦房)으로 발송하면 참작하여 그 죄를 감해줄 것이다. 국태와 우이간의 사건에 주련(株連)은 없다는 성유(聖諭)가 계셨음을 미리 밝힌다. 자신의 죄를 인정치 않고 덮어 감추려 들었다가 동료들에 의해 적발되는 날엔 〈대청률(大淸律)〉에 의해 엄히 단죄할 것이다. 참회와 개과천선의 기회를 주었어도 무시하는 자에겐 류아무개도 어찌할 도리가 없을 것이다…….

류용은 자백서를 직접 자신의 서판방으로 보내라고 함으로써 이번 사건에 직접 착수하여 '끝'을 보고야 말리라는 결연한 의지를 보여주고 있었다. 류용의 나이보다 휜 허리와 검은 얼굴, 빗자루 눈썹과 매서운 세모눈을 떠올리며 왕이열(王爾烈)은 몰래 웃었다.

관보의 다른 면을 보니 낙양(洛陽), 섬주(陝州), 서안(西安) 세 개 부(府)의 지부(知府)들이 '군무(軍務)에 대한 지원이 부실하여 운반 중이던 채소가 전부 부패되는 사고가 발생하여 흠차 아계(阿桂)가 이들 셋에게 벌봉(罰俸) 3개월의 처벌을 내렸고, 그 돈으로 군용 채소를 사기로 했다'는 내용이 눈에 띄었다.

그밖에 또 시선을 붙들어매는 내용은 도찰원(都察院)의 아무개 어사(御史)가 광동(廣東) 세관의 감독인 곽입성(霍立成)에 대한 탄핵문이 실려 있었다.

광동 십삼행(十三行)의 설립은 화양(華洋)이 잡거(雜居)하고 있는 광동 실정을 고려한 국가의 부득이한 조치인 걸로 알고 있사옵니다. 광동은 해역이 넓고 교통이 편리한 지역특성상 외이해구(外夷海寇), 서양상인(西洋商人), 그리고 서양 선교사들의 왕래가 잦은 곳이옵니다. 십삼행은 양상(洋商)들에게 가능한 종류의 편의를 봐줄 수 있겠으나 대신 불순한 저의를 품은 자들의 수상한 움직임을 면밀히 감시하고 경계하며 때론 권선징악을 할 책임도 있다고 보옵니다. 일전에 광주부(廣州府) 성국운(成國運)이 박래품(舶來品)을 조사하던 중 유리와 거울, 천 등 물품을 가득 실은 선박에서 교묘하게 위장한 아편을 발견했다고 하옵니다. 금수품(禁輸品)을 반입하려다 발각된 죄를 물어 세관감도(稅關監道)인 곽입성에게 신변을 인도했으나 국가의 금령을 어긴 장본인들이 불과 며칠만에 무죄석방 되었다고 하옵니다. 남의 나라에 와서 그 나라의 법령을 무시한 양인(洋人)을 단죄하지 않은 저의를 추궁하지 않을 수 없사옵고, 그 왕법욕국(枉法辱國)의 죄를 묻지 않을 수 없사옵니다.

이에 대한 어비(御批)는 '이미 양광총독(兩廣總督) 손사의(孫士毅)를 파견하여 사태파악에 들어갔다'는 것이었다. 나머지 관보를 대충 뒤적여보고 난 옹염이 물었다.

"사부님, 사부님께서 보시기엔 기윤, 이시요, 류용과 화신 등이 몇 사람의 재덕(才德)의 우열이 어떻게 가려질 것 같습니까?"

이때 원숭이와 혜아가 들어서자 옹염은 편한 대로 하라는 손시늉을 해보이고는 웃으며 말을 이었다.

"사제간에 이런 대화는 처음이죠? 사부님의 견해를 한번 들어보고 싶어서요."

왕이열이 퍽이나 난감한 듯 고개를 숙이고 한참을 생각했다. 그리고 말했다.

"화신(和珅)은 안면은 있어도 대화를 나눠본 적은 없습니다. 육경궁(毓慶宮)에 와서도 황자마마들에게는 과일이니 부채니 장난감이니 들여 보내주면서도 사부들과는 거의 말을 하지 않는 편입니다. 세상물정에 해박하고 학문도 그리 모자라진 않아 보였으나 너무 영악하여 가벼운 느낌이 없지 않아 있는 것 같았습니다. 큰그릇으로 거듭날지 여부는 장담할 수 없을 것 같습니다. 이시요(李侍堯)에 대해선 더더욱 아는 바가 없습니다. 관보에서 읽은 바로는 묘족(苗族)들의 반란 때 큰공을 세우고 운남동정(雲南銅政), 광동양무(廣東洋務) 등 굵직굵직한 요무(要務)만 맡아오면서 폐하로부터 누누이 '제일의 능리(能吏)'라는 호평을 받아온 것 정도밖에 아는 바가 없습니다. 하오나 이번 '십삼행' 문제 같은 경우 그가 처음엔 금령을 내려 철폐했다고요? 그런데, 이임을 앞두고 개금(開禁)을 주청 올렸다는 사실이 도무지 이해가 가지 않습니다. 물론 자기 보따리를 묶었다 풀었다 하는데야 열두 번을 한들 누가 뭐라고 하겠습니까! 하지만 이는 엄연히 국가의 요무가 아닙니까? 류용(劉鏞)은 학술(學術) 면에서나 크고 작은 일 가리는 것 없이 차사를 거뜬히 치고 나가는 면에서나 그 아비 류통훈(劉統勛)에 견주었을 때 청출어람(靑出於藍)이 아닌가 합니다. 기윤(紀昀) 같은 경우엔 박학다식하고 예의에 깍듯한 현량(賢良)의 사존(師尊)이라고 생각합니다. 정직하고 사리에 밝고 예의에 어긋남 없는 훌륭한 학자로서 권력에는 도전하느니 도외시하는 쪽이 나을 것 같습니다! 창졸간에 견해가 엉성하고 대답이 부조리할 수도 있사오니 감안하시어 들어주셨으면 합니다. 하오나 제가 생각했던 바 그대로입니다."

"저도 달리 의도가 있어서가 아니라 그냥 궁금해서 여쭤봤을 뿐입니다."

옹염이 빙그레 웃으며 덧붙였다.

"기윤이 정무를 요리함에 있어 서툰 건 사실입니다. 그의 장점은 '재(才)' 한 글자로 요약이 가능하다 하겠습니다. 타의 추종을 불허하는 재학은 그로 하여금 〈사고전서(四庫全書)〉와 같은 거국적인 대서(大書)를 편찬함에 있어 유일무이한 학자로 그 위력을 발휘케 하고 있습니다. 춘풍(春風)이 무형무질(無形無質)하다고 하여 춘풍이 무용(無用)하다고 말할 순 없지 않겠습니까? 그의 박학다식은 언제든 그로 하여금 '우록강남(又綠江南)'의 영광을 만끽케 할 것입니다! 폐하께오서 그에게 천하의 교화(敎化)를 맡기신 것도 그의 저력을 굳게 믿으셨기 때문입니다. 화신은 만천하에 구리냄새를 풍기게 할 위인이고, 이시요는 툭하면 곤장을 휘둘러 아역들을 벌벌 떨게 하고도 남을 위인입니다!"

옹염이 나름대로 이같이 평을 내리며 웃음을 머금었다. 왕이열도 따라 웃으며 말했다.

"역시 십오마마의 견해가 예리하십니다."

그러자 옹염이 말을 받았다.

"방금 관보를 보니 기윤의 사돈인 노견증(盧見曾)에 대한 탄핵안이 올라와 있었고, 군기처(軍機處)의 우민중(于敏中)이 갈효화(葛孝化)에게 띄운 2품 이상의 경관들이 산동성에 전답과 가옥을 구입한 사실 여부를 철저히 수사하라는 내용의 공문이 있었습니다. 혹시 이는 기윤을 겨냥한 것이 아닐까요?"

그러자 왕이열이 대답했다.

"천하의 기효남이 설마 구전문사(求田問舍)의 우(愚)를 범하기야 했겠습니까?"

잠시 침묵하고 있던 옹염이 느닷없이 물어왔다.

"사부님, 현재 관품이 어떻게 되시죠?"

"아…… 저 말씀입니까?"

왕이열이 잠시 무슨 생각을 했는지 뒤늦게 반응하며 아뢰었다.

"종오품(從五品)입니다. 한림원에서 육경궁으로 오면서 한 등급 승진했습니다."

"사부님은 학문은 깊으나 아직 실차(實差)를 맡으신 적이 없는 게 옥의 티군요. 귀경하여 제가 폐하께 주청 올려보겠습니다."

옹염이 그 속내를 가늠할 수 없는 표정으로 자신을 응시하는 왕이열을 향해 물었다.

"외관(外官)으로 나가고 싶으세요, 아니면 경사(京師)에서 육부(六部)의 어느 부서에 자리를 하나 만들어 드릴까요?"

왕이열이 옹염의 진지한 의사타진에 잠시 멍한 표정을 지었다. 한참을 생각하더니 그제야 천천히 입을 열었다.

"전 사실 한낱 우매한 서생에 불과합니다. 가슴에 만권서(萬卷書)를 품었으니 어디 손짓하는 데 없으랴 하고 자만하여 솔직히 느긋하게 있었던 것도 사실입니다. 하오나 이번에 십오마마를 수행하여 밖으로 나와보니 저 자신이 얼마나 우물 안의 개구리였는지 충격을 금할 수 없었습니다. 제가 오만하게 자부해왔던 학문과 경력으로는 '사부' 두 글자에 전혀 어울리지 않는다는 걸 뼈아프게 느꼈습니다! 기왕 마마께오서 하문하셨으니, 양자택일을 하라고 하시면 전 어느 현의 현령으로 가고 싶습니다. 골치 아프고 문제 많은 지방일수록 좋을 것 같습니다. 3년 임기가 끝나 차사에 좋은 평가를 받은 연후에 다시 육경궁으로 돌아와 황자마마들을 시중드는 것도 나쁘진 않다고 생각합니다."

이에 옹염이 웃으며 머리를 저었다.

"사부님은 지금이야 청직(淸職)이시니 그럴 일이 없겠지만 외임으로 나가면 일진두금(日進斗金)이라고 할 수 있을 텐데, 구린내에 젖다보면 구전문사(求田問舍) 하지 말란 법도 없지 않을까요?"

방금 기윤을 논하던 것과 일맥상통한 화제였다. 왕이열이 잠시 생각하고 나서 대답했다.

"'일진두금'이라면 그건 두말할 것 없이 탐관(貪官)이죠. 하오나 너무 궁색한 것보다 돈이 조금은 있는 것이 낫지 않을까요? 읽고 싶었던 책을 실컷 사들이고, 절판서(絶版書)는 사람을 고용하여 베끼게 할 수도 있고 얼마나 값지게 쓰일 수 있는데요! 늙어 천림(泉林)으로 돌아가 서원을 차려 가난하여 글공부와 담을 쌓고 사는 아이들에게 배움의 기회를 마련해주는 것도 하나의 보람 있는 일이 아닐까요? 지금은 주머니 사정이 안 좋다보니 유리창(琉璃廠)으로 갔다가도 군침이나 흘리다 돌아오는 경우가 태반이거든요. 정말 사고 싶었던 책을 못 사고 돌아오면 몇 날 며칠이고 잠을 이룰 수가 없습니다. 정작 가진 사람들은 책을 거들떠보지도 않고 저같이 궁색한 이들은 되레 책에 목을 매니 산다는 것이 어찌 이리 불공평한지요."

옹염이 소리나게 웃음을 터트렸다.

"사부님께도 그런 속사정이 있었군요! 일찍 말씀하시지 그랬어요! 귀경하자마자 제가 〈고금도서집성(古今圖書集成)〉을 한 질 드릴게요. 평소에 읽고 싶으셨던 서적이 있으시면 사부님께는 언제든지 전천후로 개방해 드릴 테니 원하시는 대로 빌려다 열람하세요!"

잠시 침묵이 흐르는 틈을 타 원숭이가 기다렸다는 듯이 웃으며 아뢰었다.

"초경(初更)입니다. 오늘 두 분 모두 대단히 피곤하실 텐데 일찍 주무십시오. 제가 잠자리를 봐드리겠습니다……."

옹염과 왕이열이 자리에서 일어섰다. 옹염이 길게 기지개를 켜며 입을 열었다.

"전 오후에 혜아가 안마를 잘해준 덕분에 맛있게 낮잠을 잤더니 하나도 졸리지 않습니다……."

그러자 왕이열이 조심스레 아뢰었다.

"혜아 처녀가 황자마마를 잘 따르고, 마마께서도 곱게 봐주시니 이젠 마마의 사람이라고 해도 과언이 아닐 것 같습니다. 흥허물이 될 게 없사오니 당당하게 마마의 방에서 시중들게 하는 것이 좋을 것 같습니다."

옹염의 얼굴이 순간적으로 붉어졌다. 때마침 대야에 더운물을 받아 들고 오던 혜아도 그 말을 듣고는 얼굴을 붉혔다.

자리를 깔고 방에 누운 원숭이는 피곤했으나 두 사람이 자리에 들지 않았으니 감히 잠을 잘 수가 없었다. 차라리 그는 밖으로 나와 순찰을 돌기 시작했다. 역관의 안팎 구석구석을 유심히 살펴보고 합수욕(合水峪) 촌락을 한바퀴 돌아 수상한 움직임이 없음을 확인하고서야 안심하고 돌아왔다.

옹염이 머물고 있는 동쪽 방에서 혜아의 이상야릇한 신음소리와 뿌지직대는 낡은 침대소리가 심심찮게 들려왔다. 그러나 주인의 신변을 보호하느라 온통 신경을 곤두세우고 있으니 그 소리에 신경을 쓸 여력이 없었다…….

때는 산이 높고 달이 작아 맑고 구름 한 점 없는 밤하늘이 유난히 춥게 느껴졌다. 어둠의 장막을 가르고 합수욕에서 동쪽으로 약 백 리쯤 떨어진 곳에서 복강안(福康安)이 2천 군사를 거느리고 야간행군을 하여 평읍(平邑)으로 걸음을 재촉하고 있었다. 행오는 게비진(界碑鎭)의 하하촌(河下村)에서 술시(戌時)에 출발했던 것이다.

하하촌에서 평읍까지는 지도에서 볼 때는 직선거리로 70리 가량밖에 되지 않았다. 그러나 현지인들은 이 구간에 사실상 거의 길이라곤 없다는 걸 알고 있었다. 어떤 곳은 아슬아슬한 오솔길이나마 있었지만 아예 돌과 가시덤불이 밭처럼 널려 있는 구간도 있었다.

복강안은 행군을 하면서 크게 두 가지를 염두에 두고 있었다. 첫째, 왕염(王炎)과 공삼(龔三)으로 하여금 맹랑고(孟良崓)로 도주하지 못하게 해야 할 것이고, 둘째는 길을 안내해줄 사람을 물색하여 비밀리에 재빨리 평읍을 점령하여 설령 비적들을 전부 섬멸하지는 못할지라도 산으로 올라간 무리들은 끌어내려야 한다는 것이었다.

2천 군사들 중에 말을 탄 이는 하나도 없었다. 모두 굽이 부드러워 소리가 적게 나는 새로 발급받은 쾌화(快靴)를 신고 획획 바람처럼 날아다녔다. 유난히 높고 차갑게 느껴지는 초생달이 한 줄로 족히 5리 길에 늘어선 부대를 희미하게 비추었다. 마치 검은 뱀이 산골짜기에서 꿈틀대며 움직이고 있는 것 같았다. 복강안 역시 '사두(蛇頭)'에서 반리 쯤 떨어진 행오 속에서 도보행군을 하고 있었다.

　왕길보(王吉保)가 복강안이 마실 물과 술, 식초 그리고 전병(煎餠)이니 수육 등 각종 먹거리와 응급약이 든 배낭을 메고 뒤따라가고 있었다. 그리 건장한 체구가 못 되는 그는 벌써 내의가 땀에 후줄근히 젖었지만 이를 악물고 전혀 힘겨운 내색을 하지 않았다.

　돌연 복강안이 멈춰 섰다.

　"물, 물 좀 줘."

　뚝 멈춰 급히 배낭을 내려 물이 든 호로병을 꺼내 흔들어보던 왕길보가 못내 실망한 기색으로 아뢰었다.

　"어쩌죠? 호로병 안에 든 물이 얼어버렸습니다. 술은 얼지 않은 것 같은데, 이거라도 한 모금 드시겠사옵니까?"

　"술은 상처를 닦을 때 약용으로 쓰는 거지 음주는 절대불가라는 군령도 모르나."

　복강안이 쉬고 미력한 목소리로 퉁명스레 말했다.

　"식초병이나 줘! 차라리 식초를 한 모금 마시는 게 낫지!"

　행군 시에 술과 식초, 물을 챙기는 건 부친에게서 배운 것이었다. 맨입에 식초를 마시는 건 고역이었지만 정작 마시고 나면 갈증을 해소하는 데는 그만한 것도 없었다. 인상을 있는 대로 찌푸리며 식초병을 건네주고 난 복강안이 행군하고 있는 대오를 보며 지시했다.

　"앞뒤에 전하라. 모두 그 자리에서 잠깐 쉬어간다고. 함부로 움직이거나 잡담을 나누지 말고, 배설은 가능한 한 빨리 하고 올 것. 하여섯째더러 향도(嚮導, 길잡이)들을 데리고 이리로 왔다가라고 하거라!"

　'흑사(黑蛇)' 대오가 앞에서부터 차츰 멈춰 섰다. 두 개의 검은 그림자가 대오 옆에서 허둥대며 달려오고 있었다. 작고 다부진 체구의 사내가 군례(軍禮)를 올리며 사천(四川) 사투리가 다분한 어조로 물었다.

"복 도련님, 절 부르셨습니까?"

"앞에 또 갈래길이 생겼네."

복강안이 멀리 어둠 속에 괴물같이 버티고 서 있는 귀몽정을 힐끗 바라보고는 물었다.

"우리가 얼마나 왔나?"

그러자 하여섯째가 대답했다.

"길라잡이들을 잘 둔 덕분에 샛길로 오다보니 벌써 40리 넘게 왔습니다만 평읍까지는 아직도 35리가 남아있습니다."

잠시 침묵에 잠겨 있던 복강안이 다시 길잡이에게 물었다.

"언제쯤 도착할 것 같은가?"

길을 잘못 들까봐 두려웠던 그는 열 명의 길잡이를 두었다. 앞에 여섯, 뒤에 네 명을 배치했다. 출발하기에 앞서 저마다 은자 20냥씩을 내주었으니 결코 적지 않은 액수에 고무된 길잡이들은 대단히 열성적이었다.

복강안의 물음에 길잡이가 대답했다.

"여기서 오른쪽으로 언덕을 올라가면 귀몽정의 남백림(南栢林)입니다. 거기서부터 하산하기 시작하여 10리만 가면 평읍입니다. 한 시간쯤이면 넉넉할 것 같습니다. 여기서 왼편으로 내려가면 20리는 내리막길뿐이오나 겨울엔 강바닥이 미끄러워 곤두박질칠 염려가 큽니다."

"허튼소리 말고 묻는 말에나 대답해! 내리막길을 내려가는 데는 시간이 얼마나 걸려?"

"한 시간 반 정도 걸립니다."

복강안이 아랫입술을 잘근잘근 씹으며 잠시 생각에 잠겼다. 이윽고 그는 결단을 내렸다.

"그럼 남백림 길을 택하지. 하여섯째, 견딜만한가?"

"이래봬도 단단하기가 쇳덩이 같은 사천(四川) 사내입니다. 이 정도는 견뎌내고 말고요!"

하여섯째가 가슴팍을 치며 자신있게 대답했다.

"저의 소견으론 남백림 길이 좀 가깝긴 하나 비탈길을 한참 올라가야 하오니 병사들이 기진맥진할 것 같습니다. 그 기운을 아껴 하천 길을 택하면 귀몽정과 좀 멀긴 하오나 오히려 산 위에서 우리의 동정을 잘 듣지 못할 것 같습니다."

이같이 말하며 하여섯째는 복강안의 명령을 기다렸다. 그는 원래 천군녹영(川軍綠營)의 소부대 대장에 불과했다. 푸헝을 따라 금천(金川)으로, 미얀마로 다니면서 공을 세워 참장(參將) 자리에 오른 하여섯째는 푸헝이 키워낸 맹장이었다.

그가 산동성 제남 진수사(鎭守使)로 발령 받은 지는 1년도 되나마나했다. 그러나 복강안이 제남으로 내려왔을 때 하여섯째는 국태의 사건에 연루되어 이미 직무를 파면당한 채 집에서 대죄(待罪)하고 있는 처지였다. 그런 하여섯째를 복강안이 특별히 지명하여 불러냈으니, 하여섯째로선 이래저래 푸헝 부자에게 은혜를 입은 셈이었다. 사정이 이러하니 그는 오로지 분발하여 은공을 갚고 동산재기(東山再起)의 기회를 노리는 수밖에 없었다.

복강안은 하여섯째의 건의를 받아들였다.

"자네의 견해에 일리가 있네. 남백림으로 가면 우리 군의 목표가 너무 쉽게 드러나는 수가 있어. 숲 속에 조수(鳥獸)들이 푸드득

대고 갈팡질팡할 테니까! 하여섯째, 자넨 정예부대 50명을 데리고 하산하여 빠른 걸음으로 먼저 성 안으로 쳐들어가 성 서쪽의 옥황묘(玉皇廟)를 선점하도록 하게. 모든 행동은 반드시 기밀에 붙여야 한다는 걸 명심하게!"

"예! 알겠습니다!"

"행오를 출발시켜!"

복강안이 일어섰다. 그리고는 왕길보에게 명령했다.

"자넨 뒤에 따라오고 있는 부대를 챙기도록 하게. 대오에 따라붙지 못하는 부상병들이 있으면 전부 편한 옷차림으로 갈아 입히게!"

분부를 마친 복강안은 곧 대오 속에 묻혀버렸다.

하산하자마자 복강안은 하여섯째의 건의를 받아들이길 잘했다는 생각이 들었다. 비록 강바닥이 얼어 조심스럽긴 했으나 평탄한 데다 달빛까지 밝아 행군을 하는 데는 별다른 어려움은 없었다. 울퉁불퉁한 산길을 헤매기 보단 훨씬 나은 것 같았다. 긴 대오 어딘가에서 가끔씩 병사들이 넘어져 "쿵!" 엉덩방아를 찧는 소리가 들려오자 복강안이 명령을 내렸다.

"네 사람이 한 줄씩 손을 잡고 걸어! 뒤에 오는 사람들은 어서 따라붙어!"

과연 네 사람이 한 줄이 되어 걸으니 대오의 덩치가 반으로 줄어들었고 미끄러져 넘어지는 경우도 드물었다. 그렇게 한 시간 반을 속력을 내어서 행군하고 나니 2천 병마는 어느덧 평읍성 북쪽의 옥황묘에 당도해 있었다. 삽시간에 커다란 옥황묘의 앞뒤 마당, 전후 대전(大殿)과 낭하에는 온통 시커먼 병사들 천지였다.

"하여섯째, 잘했어!"

복강안이 옥황전 앞의 처마 밑에서 어두컴컴한 묘우(廟宇)를 바라보며 칭찬을 했다. 얼굴 표정은 똑똑히 볼 수 없었으나 목소리는 대단히 또렷했다.

"지금은 날이 밝기 전 가장 어두울 때네. 왕길보, 자네가 절 밖으로 나가 평읍성을 향해 총 네 발을 발사하고 오게!"

왕길보가 대답과 함께 바람같이 사라졌다. 하여섯째가 물었다.

"오면서 내내 조심에 조심을 거듭하며 왔는데, 어찌하여 목적지에 도착하여 되레 총을 발사하시는 겁니까? 게다가 두 발도 아니고, 세 발도 아니고, 네 발은 무슨 특별한 의미라도 있는 겁니까?"

이에 복강안이 대답했다.

"'사(四)'라는 숫자는 풀이하기에 따라 좋을 수도 나쁠 수도 있거든. 상대로 하여금 불명불백(不明不白)의 혼란에 빠뜨리려는 심산이야. 지금은 워낙 어수선한 때라 우리가 아무리 조심한다고 해도 전혀 물이 안 새게 할 수는 없어. 총을 발사해도 아무런 움직임이 없으면 되레 어목혼주(魚目混珠)할 수도 있어 좋을 텐데 뭘!"

어둠 속에서 그는 어린애처럼 즐거워하며 웃었다. 그리고는 물었다.

"절에 도사(道士)들이 몇이나 있나?"

"여섯 명 있습니다."

하여섯째가 덧붙였다.

"전부 신고(神庫, 신상(神像)과 물건을 넣어두는 창고)에 가둬버렸습니다. 비적들이 하산했는 줄로만 알고 있는 것 같습니다!"

"날이 밝으면 내가 한번 만나보지. 지금부터 묘우(廟宇)를 봉쇄하게. 진입은 가능하나 절에서 나가는 건 엄격히 통제해야겠네.

나의 군령 없이 사사로이 절 밖으로 나가는 사병에 대해선 가차없이 목을 칠 거라고 이르게!"

"예! 향객(香客)들은 어떻게 할까요?"

복강안이 한참 고민 끝에 대답했다.

"단체로 몰려오지 않고 한두 명씩 들어오는 향객들은 일단 전부 가둬버려. 싸움이 끝난 후에 풀어 줘."

그는 손가락 두 개를 펴 보이며 덧붙였다.

"닭이 홰를 치기 시작해서 해뜨기 전까지 사이에 총을 두 발 더 발사하게. 총소리를 듣고서도 절을 찾을 간덩이 부은 자는 없을 테니까!"

말하는 사이 절 밖에서 "탕!"하는 소리가 들려왔다. 왕길보가 쏜 첫 번째 단총(短銃) 소리였다. 화약을 장전하고 있는 듯 잠시 뜸한 후에 다시 두 번째 총소리가 울렸다. 그렇게 모두 네 발이 울리자 절 주변의 숲 속에서 놀란 뭇새들이 푸드득대며 날아올라 여명의 정적을 깼다.

동녘이 뒤집어진 물고기 배처럼 희미하게 밝아오고 있었다. 허리춤에 패도(佩刀)를 걸고 총을 비스듬히 목에 건 왕길보가 득의양양한 표정으로 들어와 아뢰었다.

"네 발 모두 발사 완료했습니다!"

복강안이 하늘색을 살피며 물었다.

"누구 본 사람이 있었나?"

왕길보가 대답했다.

"말똥을 줍고있던 영감탱이가 총소리를 듣더니 기겁하여 소쿠리를 내던진 채 도망가 버렸습니다."

복강안이 말없이 옥황묘 정전으로 들어갔다. 두 팔로 신안(神

案)의 두 모퉁이를 짚고 옥황대제(玉皇大帝)의 신감(神龕)을 마주하고 있는 복강안을 보며 그가 향을 사라 기도를 하려는 줄 안 왕길보가 향을 꺼내 불을 붙이려 했다. 그러자 복강안이 손짓으로 제지했다.

"난 신귀(神鬼) 같은 건 믿지 않아. 난 천명(天命)만을 믿어."

복강안이 숨을 길게 몰아쉬며 말을 이었다.

"얼마 걷지도 않았는데 다리가 아픈 걸 보니 아직 훈련이 덜 된 것 같아. 아버지를 따라가려면 한참 멀었어!"

"도련님께서도 대단히 강건해 보이십니다!"

절 안의 불빛을 빌어 왕길보가 걱정 어린 눈매로 복강안을 바라보았다. 과연 핏기 없는 얼굴이 조금 창백해 보였다.

이번은 그의 네 번째 참전이었다. 조장(棗莊)에서 일전(一戰) 끝에 채칠(蔡七)을 생포했고, 안구(安坵)에서 왕륜(王倫)을 섬멸했었다. 영하(寧夏)에선 회족(回族)들의 난을 악용한 무리들의 소굴을 드러냈고, 3천 악당들을 참살(斬殺)하고 7백 명의 포로를 건륭에게 바쳤었다. 그는 이미 조야(朝野)에서 명장(名將)이라는 평을 받기에 충분했다.

푸헝도 생전에 그런 복강안을 여러 아들들 중에서 가장 주목하고 기대했었다. 과목불망(過目不忘)의 총기가 특출한 데다 동에 번쩍, 서에 번쩍 하는 날렵함과 지용(智勇)을 두루 갖추었으니 그럴 법도 했다. 그런 복강안에게 아비 푸헝의 훈계는 늘 '조괄(趙括)'과 '마속(馬謖)'의 교훈을 잊지 말라는 것이었다. 또한 만인에 앞서는 우월감이 지나쳐 자칫 오만불손하고 무리와 어울리지 못하는 성격적 결함을 범할세라 누누이 경종을 울렸었다. 아직 안하무인에 가까운 거만함이 고쳐지진 않았으나 그의 조심성은 날로 더해갔다.

이번 귀몽정 전투는 이제까지의 참전과 다르다고 그는 생각했다. 관군이 천시(天時)를 점했다고 볼 때 왕염과 공삼은 지리(地利)를 점하고 있었다. 쌍방 모두 전쟁을 치를 준비가 충분한 상태이니 승부를 가늠하기엔 아직 일렀다.

그는 대포를 사용하고 싶었으나 지세가 워낙 험준하여 대포를 이곳 평읍까지 끌어온다는 것은 애당초 불가능했다. 사방으로 배수진을 친다고 했을 때 적어도 7만 병력은 있어야 귀몽정을 단단히 포위할 수 있을 것 같았다.

……뜨거워지는 이마를 짚고 앉아 그는 재삼 자신의 계획을 검토해보았다. 10문의 홍의대포(紅衣大炮)를 귀몽정 북쪽 산자락까지 끌어올려 놓긴 했으나 그게 전부가 아니라는 생각이 들었다. 정면에 있는 왕염의 북채문(北寨門)을 공격하여 들이부수고, 3천 군사들이 계비진(界碑鎭)에서 대거 공격을 가하면 왕염은 감히 동진(東進)은 못할 것이다. 산을 벗어나 서쪽으로 도망가면 유일한 도주로는 평읍에서 성수욕으로 탈출하는 것일 테니, 다시 미산호(微山湖)로 들어와 관군과 대결을 벌이려 들 것이다.

그가 급급히 병마를 이끌고 평읍으로 잠입한 것은 평읍에 주둔하고 있는 1천 관군이 애당초 비적들의 상대가 못 됐기 때문이었다. 그러나 정작 목적지에 도착하고 나니 그는 되레 망설여졌다. 북쪽 산자락은 류용이 지키고 있었다. 만약 왕염이 예상을 뒤집고 자신의 허를 찔러 그리로 필사적인 탈출을 시도하는 날에 류용이 과연 당해낼 수 있을까 그는 내심 걱정스러웠다. 갈효화, 이 미꾸라지도 말만 반지르르한 허풍쟁이였지 정작 적과 맞서서 싸우라고 하면 감히 정면에 나설 수 있을지가 의문이었다…….

머리를 싸매고 앉아 책상에 팔꿈치를 대고 이런저런 생각에 잠겨 있던 그는 슬며시 잠이 들었다. 잠시 후, 두 팔 사이로 떨어진 머리가 쿵! 하고 책상을 박아버렸다. 벌떡 정신을 차리고 일어나 얼굴을 문지르고 팔다리를 놀리고 있으니 왕길보가 대야에 더운 물을 떠왔다.

시원하게 세수를 하고 소금으로 이를 닦고 나니 정신이 번쩍 드는 것 같았다. 그는 분부했다.

"병사들더러 떡을 먹고 어서 잠자리에 들라고 하게! 그리고, 하여섯째더러 잠깐 왔다가라고 하게!"

"예!"

왕길보가 달려나가고 얼마 지나지 않아 하여섯째가 발소리를 쿵쿵대며 들어섰다.

"찾아 계셨습니까?"

복강안이 책상 위에 놓여 있는 인신(印信)과 관방(關防), 필묵(筆墨)과 벼루를 보며 물었다.

"평읍성 밖에 하가령(何家嶺)이란 곳에 주둔하고 있는 녹영병 대장을 알고 있나?"

"일면식은 있사오나 이름은 모르겠습니다."

하여섯째가 말했다.

"작년 여름에 성부(省府) 제남에서 전성(全省)의 녹영병(綠營兵)들의 연습이 있었습니다. 그 당시 저의 부대가 대열이 가장 규범에 가깝다 하여 국태로부터 표창을 받은 적이 있습니다. 천총(千總) 이상의 군관들이 모두 참가했으니 그 자도 저를 보면 안면은 있을 겁니다!"

하여섯째가 사뭇 득의양양한 얼굴로 짧고 굵은 목을 빼들었다.

복강안의 얼굴에 일말의 웃음기가 스치고 지나갔다. 엄동설한의 추위에 윗통을 벗어 던지고 푸헝의 면전에서 '천병(川兵)들은 결코 겁쟁이가 아니다'라고 과시를 했다던 하여섯째였다. 그때부터 푸헝의 신임을 받아왔고 이제는 복강안의 두터운 믿음까지 얻게 된 하여섯째였다.

복강안이 길다란 함에서 영전(令箭) 하나를 뽑아 들었다. 그리고는 진지한 어투로 말했다.

"썩은 나무 같고 분토(糞土) 같은 인물이나 당장 필요하니 가서 불러오게! 내가 직접 가는 게 좋겠지만 이쪽을 비울 수가 없네."

"그리하겠습니다! 어떤 차사이든 분부만 하십시오! 푸상이나 도련님이나 이놈에겐 모두 주인이고 은인입니다!"

"지금은 차사 중이니 주종 관계가 엄연하다 하겠으나 솔직히 난 마음속으로 자네를 숙부 정도로 생각하고 있네. 이기면 함께 영광을 얻고, 패하면 함께 욕을 먹는 우린 그런 사이라는 걸 명심하게!"

"죽을힘을 다해 모시겠습니다! 두 분 주인의 태산 같은 은공은 결코 잊지 못할 것입니다!"

흥분과 격동으로 얼굴이 벌겋게 달아오른 여섯째가 큰소리로 불이(不二)의 충정을 다졌다.

복강안이 그 깊은 뜻을 알겠다는 듯 머리를 끄덕였다. 그리고는 덧붙여 지시했다.

"내 영전을 갖고 가서 그 자더러 즉각 병마를 이끌고 입성(入城)하라고 이르게. 두 가지 좋은 점이 있네. 그들이 입성하면 우리의 주력을 드러내지 않을 수 있네. 워낙에 얻어맞는 게 업인 자들이니 비적들도 저들은 우습게 볼 거란 말일세. 저자들을 정면에 내세우고 류용이 양공(佯攻)을 개시하면 왕염과 공삼 등은 수비가 약한 쪽으로 탈출을 시도할 테지. 그게 어디냐! 바로 평읍을 통해 미산호로 잠입하는 건데, 우린 바로 그 길목에 복병을 심어놓는 거야."

하여섯째가 큰 동작으로 고개를 끄덕이며 맞장구를 쳤다.

"역시 도련님께선 고단수십니다! 그럼, 다녀오겠습니다!"

그러자 복강안이 웃으며 말했다.

"모르긴 해도 미꾸라지 같은 자일 것 같네. 성 안에 주둔해야 정석인데, 성 밖에 진을 치고 있는 걸 보면 알 것 같지 않은가? 얻어터지긴 싫고 실직(失職)의 죄는 면해야 하니 밖에서 적당히 주먹 휘두르는 시늉을 하겠다 이거지. 속셈이 과연 그러하다면 갖은 핑계를 대어서 오지 않으려고 할지도 모르네!"

"감히!"

하여섯째가 눈을 부라렸다.

"그랬다간 단칼에 쳐죽이고 말죠!"

"명령을 받들면 그 자의 죄를 용서해주고, 대죄입공(待罪入功)의 기회라도 주겠지만……."

복강안의 얼굴이 무섭게 일그러졌다.

"한사코 거부하는 날엔 좋은 꼴 못 볼 것이네. 내가 이미 평읍에 와 있다고 하게. 열 명의 호위들만 데리고 왔다고 하게. 우리의 부대는 모레 묘시(卯時)까지 은폐하고 있어야 할 것이네!"

하여섯째가 병사 둘을 거느리고 명령을 전하러 갔다. 복강안은 옥황전을 나섰다. 전각 뒤편에 있는 신고(神庫)로 가서 영문도 모른 채 갇혀 있는 도사들을 들여다보았다. 이번에 길잡이로 따라 나섰던 열 명도 거기 함께 처넣어버렸다. 몇 마디 위로의 말을 하고 두둑한 불전(佛錢)도 약속했다.

그런 다음에는 병사들이 있는 군막으로 갔다. 잠자리는 불편하지 않은지, 춥지는 않은지 따뜻한 말로 위로해주고 심기일전을 통한 전력투구를 호소했다. 배가 고프다고 아우성인 병사들에게는 자신의 떡과 수육을 내주었고, 장시간의 행군으로 여기저기 멍들고 찰과상을 입은 병사들에게는 약도 아낌없이 내주었다. 배고픔과 추위에 노출돼 있으면서도 다행히 병사들의 사기는 충천해 있었다.

복강안은 내내 하여섯째가 돌아오기만을 초조하게 기다렸다. 밖에 나와 서성이며 이제나저제나 기다리고 있던 중 자정이 훨씬 넘어서야 얼굴이 소가죽처럼 굳어진 하여섯째가 돌아왔다.

"도련님, 과연 도련님 말씀 그대로였습니다!"

미처 복강안이 묻기도 전에 여섯째가 군례를 올리며 갔다 온 보고를 했다.

"제가 도련님의 명령을 전했더니 대군(大軍)이 움직이기도 전에 양초(糧草)가 먼저 필요하다는 식으로 대뜸 제게 3개월 동안의 군향(軍餉)부터 요구하고 나오는 거 있죠? 자기가 비적들의 가족 천여 명을 붙잡아 놓았는데, 어떻게 처치하는 게 좋겠느냐며 물어오기도 했습니다. 즉각 입성하지 않으면 군법에 따라 큰 변을 당하게 될 것이라고 말했으나 무모하게 입성하다가 전군이 전멸되는 참변을 당하는 날엔 그 죄명이 더 크다며 아무리 빨라도 내일 저녁에야 입성이 가능하다고 했습니다. 제가 마지막으로 통수께서 이미 평읍에 당도해 계신다고 말해서야 어쩔 수 없이 따라나섰습니다. 퉤! 같잖은 것이 뭐 삼십사공주(三十四公主)마마의 아들이라고? 거짓말을 해도 유분수지!"

삼십사공주라면 강희(康熙)의 막내딸이었다. 따지고 보면 당금 천자의 막내고모인 셈이었다. 집에 자주 드나들어 모친과 가깝게 지내는 것 같았던 기억이 떠오르며 복강안은 놀란 나머지 찬 숨을 들이마시고 말았다.

이를 어찌한다? 어찌 이럴 수가! 미간을 좁히고 초조하게 방책을 강구하며 그는 물었다.

"이름이 뭐라고 하던가?"

"아거하라고 합니다!"

"사람은 어디 있나?"

"모두 열 세 명의 군관들이 왔습니다."

왕길보가 옆에서 대신 대답했다.

"안면 있는 사람이 하나도 없기에 대문 밖에서 잠시 기다리라고 했습니다!"

소년 복강안은 머리 속이 검불처럼 복잡했다. 몇 마디 물어본 건 생각을 정리할 시간을 벌기 위함이었다. 부친이 와병 중일 때부터 건륭은 이미 다른 고굉(股肱)을 물색하고 있었던 것 같았다. '푸가[傅家]의 문생(門生)'들인 기윤, 이시요 등이 갈수록 세력권에서 밀려나고 있다는 걸 알만한 사람은 모두 알고 있었다. 이럴 때 내가 황실의 '코털'을 뽑는다면 과연 어떤 결과를 초래하게 될 것인가? 건륭황제는 날 어찌 볼 것이며, 모친은 또 아들의 앞날에 먹구름이 끼었다며 얼마나 괴로워하실까?

……찰나에 수많은 생각들이 복강안의 뇌리를 스치고 지나갔다. 그러나 그는 곧 마음을 다잡고 칼을 휘둘러 머리 속의 검불을 힘껏 쳐버렸다. 잠깐의 망설임은 내심 굳건한 자존심을 앞서지 못했던 것이다.

"흥!"

콧소리를 내어 냉소를 터트리며 그는 날카로운 눈빛으로 대문 쪽을 노려보며 잘근잘근 씹어 뱉듯 말했다.

"절 안에 있는 관병들을 전부 소집하여 대열을 맞춰놓고 군관들은 옥황전 앞에 집합하라. 화창대(火槍隊)도 동원시켜라! 그런 다음에 아거하를 안으로 들이라!"

〈제6부 ⑯권에서 계속〉